習賦椎輪記

朱曉海　著

臺灣學生書局印行

序

這本小冊子共收六篇讀書報告。

就各篇主要關注的作品來源而言，或出自近歲考古所獲；或屬傳世逾千載的文獻。

就探索的方式而言，則一方面從事作品本身解析；一方面嘗試自文學、文化發展的脈絡考察其意義。

以所關注作品、學界迄今的研究狀況來說，泰半為士林罕及，少部分屬於以往或當前熱門的對象。前者固非筆者別具隻眼，或喜好反世道而行；後者尤非樂逐風氣使然，看似背反的兩種去取其實出自同一根苗：習讀兩漢六朝篇什三十年來，由於素性貪圖逸易，大多僅在原典裡打轉，揀些生冷課題，可免祛大事檢閱過往研究成果的工夫，而也正坐如是造車，出門合轍的機率銳減，即便染指熟爛課題，也不至枉被剽襲之罪。

至於所及作品的時代限斷，雖碻以漢賦為主，但上涉先秦，下迄晉、宋，名從實定，是以不敢妄題曰漢賦論集，何況誾誾報告，焉容侈言論集？《莊子‧天道》記述輪扁釋椎鑿，上堂啓齊桓語：

> 斲輪，徐則甘而不固；疾則苦而不入，不徐不疾，得之於手而應於心，口不能言，有數存焉於其間，臣不能以喻臣之子，臣之子亦不能受之於臣，是以行年七十而老斲輪。

蕭統化用故實，於《文選·序》中說：

> 若夫椎輪爲大輅之始，大輅寧有椎輪之質；增冰爲積水所
> 成，積水曾微寒冰之凜，何哉？蓋踵其事而增華；變其本而
> 加厲。物既有之，文亦宜然。

竊度椎輪一詞上古、中古這兩處的用法頗近個人情實，故取以標
冊。倖冀如此釋題，不蹈賊七之譏（詳顧炎武《日知錄·文章繁簡
條》）。

既談到習作甘苦，不妨略事剖白。年少時，伏誦一二賢達名
作，驚佩未已：一首小詩竟能申論萬餘言。闔起書，依樣默錄，不
到兩三行，就再怎麼也記不起還有什麼應寫的。試驗再三，依然。
從此洞悉終身將受困於筆澀袖短。其次，多年來弗克進益，猶在師
門家法初階遭如般如。以書寫傳統中國學門方面的報告而言，行文
不能擺落材料，像裹小腳走路似的。第三，雖也曾負笈海外有年，
始終僅與柏拉圖、奧古斯丁、康德等幽靈過往，一直未能自拔於陸
沈，通古今之變。據《史記·貨殖列傳》所述：趙地俗類鄭、衛，
丈夫「相聚遊戲」，「起則相隨椎剽；休則掘冢」，爭較豪氣；女
子則設形容，揄袂跕屣，游媚富貴，出不遠千里，無怪乎邯鄲這通
都大邑中的居民凡事考究，連步姿也趨先時髦，令人艷羨。但筆者
唯恐年屆知命，還淪落到匍匐而歸，故至今只能在時光隧道那端自
慚鄙樸，吞食苦果。甘甜則在讀、寫全程備嘗我主耶穌基督的恩典
護持。用是，報告中苟有可采，非余敏，純受自天；若夫謬戾，非
啓示有忒，率小子童昧無良。非基督徒或許將此視爲虛文客套，但

神的兒女則應該均能首肯：所有的美善皆本於衪，且依靠衪。

在神的權能安排下，一生得益於許多先生，馮故教授繩武（承基）影響尤深。先師未嘗授讀過一篇兩漢或魏、晉的賦作，然個人研習兩漢六朝的方向和規模全仗先師啓奠。猶記大一在佈告欄的課表前饑渴搜尋，亢奮地來到先師「六朝文」課堂上。起手就是徐、庾各兩篇巨構。字字認得，合在一塊，句句不解。講義空白處抄滿了，依舊領略不到那些鴻裁的精妙。十來年後，輪到自己要上講臺了，尋繹反復，才首度恍惚體悟：先師眼界之卓爾、門徑之正確。選那門課的學生高達七、八十人，但都是外系的，因為先師只要求期末繳篇作文，而且一律放行，對他們而言，是最方便的營養學分。到第二堂，就剩下我一個尚不符選修資格的低年級旁聽生。此後整學年的課堂景觀就是：一位穿著紮腳棉褲、布鞋，戴著油瓶底似鏡片的清癯老人寫黑板；一個混噩浮華少年在昏黃的燈光下奮筆疾書。少年時而貪玩遲到，老人就悠然踱步等他。老人棄世已二十載，少年青絲也早轉華髮，但這些年間，無論午夜案前、熙攘會場，還是在異邦漫天寂靜飛雪中獨行，那音容始終在他心頭，猶昨日。

非常感謝鮑總經理邦瑞不以利潤計，慨允出版；游均晶女史編輯辛勞，多方左右，這才讓在下獲得惠承通人大雅斧政的機會。

末學 **朱曉海** 謹誌於雙貓診

習賦椎輪記

目　錄

賦源平章雙隅

壹·〈唐革〉、〈釣〉二賦考訂補

　　一九七二年四月間於山東臨沂銀雀山發得兩座西漢武帝前期
（140－118B.C）❶的墓葬。一號墓中有大批竹簡，竹簡書寫年代
自然早於墓葬時期，從簡文字體推斷，當屬西漢文、景至武帝初這
段期間抄錄的❷，則被抄錄的作品撰成年代也就可知絕不晚於文、
景之世。

　　其中有簡背題作〈唐革〉的賦篇殘文，羅福頤、湯漳平兩位先
後根據傳述文獻指出：革當讀作勒❸。其實現有出土材料中有足與

❶　吳九龍，《銀雀山漢簡釋文》（北京：文物出版社，1985），〈敘論一·
　　墓葬的年代和墓主人〉，頁 7-8。

❷　前揭書，〈敘論二·漢簡的書寫年代〉，頁 13。

❸　羅福頤，〈臨沂漢簡所見古籍概略〉，《古文字研究》第十一輯（1985
　　年），第 8 節，頁 38；湯漳平，〈論唐勒賦殘簡〉，《文物》第四期，
　　（1990 年），頁 48-9。
　　孔穎達，《毛詩正義》（臺北：臺灣中華書局，1968），冊二，卷十一之
　　二〈小雅·鴻雁之什·斯干〉，頁 4b：「如鳥斯革」，《釋文》：
　　「革，如字。《韓詩》作翱，云：『翅也。』」羅氏殆據上海涵芬樓景印
　　通志堂本《經典釋文》，卷六《毛詩音義》，故逕引為：「《韓詩》作

傳述文獻相比照、更具說服力的證據。今本《周易》遘六二「執之用黃牛之革」、革初九「鞏用黃牛之革」、六二「巳日乃革之」、上六「小人革面」、鼎九三「鼎耳革」，於湖南長沙馬王堆漢墓所出的帛書《周易》中，諸革字俱寫作勒❹。至於出土實物彼此間的異文可資證明革、勒相通者，王念孫《讀書雜志》八之六《荀子・禮論》「金革」條自註已引及。

　　其次，羅、湯以及譚家健❺三位都認為這篇賦的作者乃唐勒。按：首簡（簡號 0184）明言：

> 　　唐革與宋玉言御襄王前，唐革先再曰：「人謂就父登車嗛菶，馬汁險正齊，周均不摯，步趨……。」

另一簡（簡號 3588）有殘文：

> 　　……御有三，而王梁、就（父）……。

勒」。考《說文解字》，靮、勒兼收，係二字。又，王先慎，《韓非子集解》（臺北：世界書局，1983），卷十四〈外儲說右下〉，頁 251：「故王良、造父，天下之善御者也，然而使王良操左革而叱咤之；使造父操右革而鞭笞之，馬不能行十里，共故也」，湯氏引此，認為「左革」、「右革」即左勒、右勒，殆據孫詒讓，《札迻》（臺北：世界書局，1961），卷七，頁 5 之說。

❹　馬王堆漢墓帛書整理小組，〈馬王堆帛書《六十四卦》釋文〉，《文物》第三期（1984 年），頁 1、6、7。

❺　譚家健，〈《唐勒》賦殘篇考釋及其他〉，《文學遺產》第三期（1990年），頁 32-4。

對照改述本篇的《淮南子》卷六〈覽冥〉，可知王良、造父之御，世俗固以爲巧，非御之貴者也，也就是說：在御的三重境界中，它們僅居次或末，鉗且、大丙「以弗御御之者」方屬上乘。再持與傳世宋玉名下的〈大言〉、〈小言〉、〈釣〉❻相較，發現都是就同一課題採二段或三段的漸昇論式，先稱者襄王、景差、登徒子率作爲後稱者的陪襯，主人公係宋玉❼。傳世三賦既繫於宋玉名下，則此湮沈逾千載、同一論式的〈唐革〉殘賦依例亦當屬諸宋玉。再者，先秦以來命題方式不外兩類：或取一篇一章首出而足與其它篇章首出者有別之二、三字；或取全篇全章內容主幹所在。〈唐革〉命篇顯係根據前一條例，與《孟子》書中〈萬章〉、〈公孫丑〉同。〈萬章〉、〈公孫丑〉或可假「退而與萬章之徒……作《孟子》七篇」❽爲辭，謂篇題名即著者名，然〈告子〉、〈離婁〉又當如何解釋？且縱如彼曲說，萬章、公孫丑也只能視爲述者、編者，豈能逕指爲該二篇的作者？舉《孟》、《莊》、《荀》等書以證：戰國諸子於自行記述與它人論辯際，不乏自道姓氏、自稱子之例，實係昧於文獻發展所致，尤種因於未辨作者一詞的意義，將內容意思大體孰屬與述意編寫成文者誰混同爲一。〈萬章〉等既仍繫於孟子名下，則〈唐革〉不得歸諸唐勒著作篇目中。

---

❻　章樵注，《古文苑》（臺北：鼎文書局，1973），卷二〈宋玉賦六首〉，頁 41-2、42-5、48-51。

❼　李學勤，《周易經傳溯源》（長春：長春出版社，1992），第二章，第三節，頁 93-4，已指明此點。

❽　瀧川龜太郎，《史記會注考證》（臺北：藝文印書館，1972。以下簡稱《史記》），卷七四〈孟子荀卿列傳〉，頁 919。

　　第三，湯、譚二位均由出土的〈唐革〉申論宋玉名下的〈釣〉賦不如近代所疑❾，俱引《文心雕龍》卷二〈詮賦〉語：

　　　　荀況〈禮〉、〈智〉，宋玉〈風〉、〈釣〉，爰錫名號，與詩畫境。

為證。《文心雕龍》於齊末成書❿，蕭齊政權不過二四年（479－502），則至晚於宋、齊之交〈釣〉賦應已見諸《宋玉集》中。考《列子》卷五〈湯問〉「均天下之至理也」章：

　　　　詹何以獨繭絲爲綸，芒鍼爲鉤，荊篠爲竿，剖粒爲餌，引盈車之魚於百仞之淵、泊流之中，綸不絕，鉤不伸，竿不撓。

張湛注曰：

　　　　夫飾芳餌，挂微鉤，下沈青泥，上乘驚波，因水勢而施舍，頡頏委縱，與之沈浮，及其弛絕，故生而獲也。

注文顯係〈釣〉賦原文：

---

❾　〈論唐勒賦殘簡〉，頁 52；〈《唐勒》賦殘篇考釋及其他〉，頁 38、39。

❿　范文瀾，《文心雕龍注》（臺北：臺灣開明書局，1970），卷十〈序志〉，注 6，頁 22b-24b。

> 夫玄洲芳水餌，挂繳鉤，其意不可得退而牽行，下觸清泥，上則波飆，玄洲因水勢而施之，頡之頑之，委縱收欲，與魚沈浮，及其解弛也，因而獲之。

的節述。張湛引書時或不標出處，如同篇「匏巴鼓琴而鳥舞魚躍」章，於「雖師曠之清角」下注云：

> 師曠爲晉平公奏清角，一奏之，有白雲從西北起；再奏之，大風至而雨隨之；三奏之，裂帷幕，破俎豆，飛廊瓦，左右皆奔走，平公恐伏，晉國大旱，赤地三年，故曰得聲者或吉或凶也。

事見《韓非子》卷三〈十過〉，張湛一樣不標出處，逕行節述。若夫卷八〈說符〉「楊子之鄰人亡羊」章「仁義使我愛身而後名」句下注：

> 身體髮膚不敢毀傷也。

「仁義使我殺身以成名」下注：

> 旡求生以害仁，有殺身以成仁也。

「仁義使我身名並全」下注：

　　既明且哲，以保其身。

其例更夥，不足爲異。張湛注《列》至晚不逾東晉孝武一朝❶，業
引及〈釣〉，是該賦於渡江初當已面世。然尤有進者，張氏期表明
《列子》乃先秦初葉舊籍，以至「《莊子》、《愼到》、《韓
非》、《尸子》、《淮南子》、《玄示》、《旨歸》多稱其言」
❷，此後方「散在民間，未有傳者」❸，因而於釋證故實、「後」
人屬辭引類多同之際，除了極少數可能的例外，所採書籍未有晚於
西漢者❹。或曰：這只能顯示時人已誤將〈釣〉賦視爲先秦宋玉名

---

❶　沈約，《宋書》（臺北：藝文印書館，1972），卷九二〈良吏列傳·王歆
　　之傳〉附，頁 1096：「高平張祐……祖父湛，晉孝武世以才學爲中書侍
　　郎、光祿勳」；楊勇，《世說新語校箋》（臺北：明倫出版社，1971），
　　下卷〈任誕第二十三〉，第 43 條，劉孝標注引《張氏譜》，頁 571：
　　「湛仕至中書郎」，按古代傳記敘事及官海文化慣例，張湛當辛於孝武
　　世，光祿勳乃追贈官銜。自〈任誕第二十三〉，第 45 條，頁 572，知桓
　　沖及聞張湛酒後挽歌，據吳士鑑、劉承幹，《晉書斠注》（臺北：藝文印
　　書館，1972），卷九〈孝武帝記〉，頁 168、卷七四〈桓沖傳〉，頁
　　1293-4，桓沖自太元二年（377）十月出鎮荊州後，即未返京，則張湛養
　　成此癖不得晚於此時，且其父張曠必已辛，否則　　　台教，而張湛序《列
　　子注》時，稱「先父」，故推斷云耳。

❷　楊伯峻，《列子集釋》（北京：中華書局，1996），附錄二，張湛〈列子
　　序〉，頁 279-80。

❸　前揭書，附錄二，劉向〈列子新書目錄〉，頁 278。

❹　所謂極少數可能的例外是指三處引用的圖緯：卷一〈天瑞〉，「昔者聖人
　　因陰陽以統天地」章，於「濁重者下爲地」下，頁 8，引〈乾鑿度〉、卷
　　五〈湯問〉「殷湯問於夏革」章，於「實惟無底之谷」下，頁 151，引
　　〈含神霧〉、於「其國人猶數十丈」下，頁 155，引〈河圖玉版〉。圖緯

下之作，並不能由此推斷〈釣〉賦果眞如彼。今考《淮南子》卷二
〈俶眞〉：

> 是故以道爲竿、以德爲綸、禮樂爲鉤、仁義爲餌，投之於
> 江，浮之於海，萬物紛紛，孰非其有？

顯係〈釣〉賦原文：

> 昔堯、舜、湯、禹之釣也，以聖賢爲竿、道德爲綸、仁義爲
> 鉤、祿利爲餌……投之於瀆，視之於海，漫漫群生，孰非吾
> 有？

的改寫，是則〈釣〉賦碻屬西漢武帝前的作品。

貳‧「賦者將以諷也」義證

〈釣〉賦以玄淵特「水濱之役夫也已」 ❶，「未可謂能持

篇錄雖於兩漢之交已定，但難保此後不仍有個別段落字句的附益。

至於卷五〈湯問〉「均天下之至理也」章，於「引盈車之魚」下，頁
172，張湛注引《家語》曰：「鯤魚其大盈車」，此句不見於王肅注《孔
子家語》，蓋傳自戰國、爲漢人著錄的古本遺文。

❶ 役夫一詞不經見，多集中在戰國末葉的作品裏。如王先謙，《荀子集解》
（臺北：世界書局，1981。以下簡稱《荀子》），卷七〈王霸〉，頁
139：「何故必自爲之？爲之者，役夫之道也、墨子之說也」，卷十七

竿」，真正高明的釣道乃堯、舜等聖王「以四海爲池，萬民爲魚」之釣，「其竿非竹，其綸非絲，其鉤非鍼，其餌非蠟」。

《淮南子》卷一〈原道〉、卷六〈覽冥〉改寫〈唐革〉論御，指出：王良、造父等「末世之御」仗恃的乃「輕車、良馬、勁策、利錣」；真正可貴的乃馮夷、鉗且、大丙式的御術，「以天爲蓋，以地爲輿，四時爲馬，陰陽爲御」，「除轡銜，去鞭策」，「不招指，不咄叱」的「弗御御之者」。

《史記》卷四十〈楚世家〉載頃襄王十八年有楚人以弋術見召者，自認「以弱弓微繳加歸雁之上」，乃「小矢」，何足爲道？當「以聖人爲弓，以勇士爲繳」，「秦、魏、燕、趙者，騏雁也；齊、魯、韓、衛者，青首也；騶、費、郯、邳者，羅鸗也」，方可謂發矢之樂❿。

《呂覽》卷十五〈順說〉載宋康王「所悅者勇有力」，惠盎表

〈性惡〉，頁 297：「有聖人之知者、有士君子之知者、有小人之知者、有役夫之知者」；吳則虞，《晏子春秋集釋》（臺北：鼎文書局，1977），卷二〈內篇諫下〉，第 5 章，頁 111：「夫子曷爲至此？殆爲大臺之役夫」；《韓非子集解》，卷十〈內儲說下六微〉，頁 190：「江芊曰：『呼！役夫！宜君王之欲廢女而立職也。』」當即役人，陳奇猷，《呂氏春秋集釋》（上海：學林出版社，1995。以下簡稱《呂覽》），卷十五〈順說〉，頁 906：「魯束縛而檻之，使役人載而送之齊，其謳歌而引」；趙善詒，《說苑疏證》（上海：華東師範大學出版社，1985。以下簡稱《說苑》），卷十九〈脩文〉，第 30 章，頁 581：「津人曰：『向也役人固已告矣，夫子不聽役人之言……。』」或亦人役、廝役、役徒之謂，係賤稱，故可移作署人語。

❿ 〈《唐勒》賦殘篇考釋及其他〉，頁 39 已引及此條。

示有道可教，使人「刺之不入」、「擊之弗中」，但接著指出此不過最末一流，不及使人雖有勇力弗敢刺擊，更不及使人「本無其志」，不願刺擊，而上上之道則非特銷解對方刺擊之志，且能積極引生愛利我之心，此即孔、墨人格的效應。

《莊子》卷十上〈說劍〉載「趙文王喜劍」，太子悝請莊子諫止，莊子語王所好「蓬頭突鬢垂冠」、「瞋目而語難」的劍士所持不過「庶人之劍，無異於鬥雞」；佳者乃諸侯之劍；上者係「天子之劍，以燕谿、石城為鋒，齊、岱為鍔……制以五行，論以刑德，開以陰陽，持以春夏，行以秋冬」，一用則天下服。

綜合以上諸例觀之，可得數點通性：

一、進諫者乃微宦或布衣之士，甚至是無名小卒。

二、進諫者率取「俗主」❶凤習耽好處，如釣、御、射、劍擊等，為切入口，絕不直接正面說教。

三、諫言採二段或累層高下對比論式❶，對君上所讚佩、認

---

❶　《呂覽》，卷十五〈順說〉，頁 906。

❶　按境界高下記述古人對話，甚早即出現。如劉寶楠，《論語正義》（臺北：世界書局，1956），卷六〈公冶長〉，「顏淵季路侍」章，頁 109-10、卷十四〈先進〉，「子路曾皙冉有公西華侍坐」章，頁 252-61。直至戰國末葉專論性的篇章中此式猶存，如《荀子》，卷十〈議兵〉，頁 179-81 論齊、魏、秦、桓文、湯武之兵，頁 191-2 論以德、以力、以富兼人三術；卷十二〈正論〉，頁 228-9 論勢榮勢辱及義榮義辱，只是表現高下諸境之語咸由一人自道。這也同樣反映於對話式這類記述中，由早先不同人代表不同境界改為盡出一人之口，除了正文所引《呂覽》、《莊子》二條外，最明顯的例子莫過於屈守元，《韓詩外傳箋疏》（成都：巴蜀書社，

爲無以復加的技藝，指出猶有高一籌者在。

四、對比兩極的高下實爲質的轉化，因爲彼技與此技類屬並不同，只是巧用同一語詞除了字面常識義，還可有寓意用法，將兩下縮合在一起。

五、目標都在誘導當事國的首腦爲賢明之君。

爲行文便利計，我們將此勸諫模式標爲（甲）。

× × ×

如果以勸諫模式（甲）爲準，檢視彼時有關記述，至少還可以發現其它六種與它某些通性犬牙交錯的勸諫模式，茲分述如下。

（乙）、模式（甲）中諸例甚易於讓我們想起：《孟子》卷二〈梁惠王下〉所載孟子說齊宣王好樂、好勇、好貨、好色之辭，尤其是「交鄰國有道乎」章，孟子提出匹夫之小勇，與文王之大勇對比。但兩者有一細微差異：模式（甲）於君王所好者持貶抑態度，認爲彼等於其領域範圍中層次頗低，但在模式（乙）中，對君上感官欲求本身及欲求對象並無微辭，只是假塗質疑對方欲求本身的眞摯性：是否誠好，指出欲望莫不希望獲得滿足後的快感，但現有欲求手段並不足以充分配合這項目的，唯有修正欲求手段，才能有相應的更大快感。易言之，勸諫者期盼扭轉的並非君上所好的對象：由感官欲求躍昇爲精神層面合乎道德的欲求，而是落在欲求方式上：由獨樂轉爲眾樂，所謂「與百姓同之」❿。固然這種欲求滿足

1996），卷八，第 10 章，頁 693。

❿ 焦循，《孟子正義》（臺北：世界書局，1956。以下簡稱《孟子》），卷

對象量的變動本身實際上無形正涉及質變：由一己之私轉為與人之公，但就形式層面來說，模式（甲）期盼達到的境界躍昇，乃縱貫面的變動；孟子勸諫期盼達到的欲求滿足者範圍擴充，乃橫切面的改異。

（丙）、這種勸諫模式可以《六韜》卷一〈六韜·文師〉呂尚以釣說文王、《韓非子》卷十三〈外儲說右上〉唐易鞠以弋術說齊宣王、《史記》卷四六〈田敬仲完世家〉騶忌以鼓琴說齊威王、《說苑》卷二〈臣術〉第九章百里奚以飯牛說秦繆公等例為代表。它與模式（甲）同樣以君上一般所好為進諫點，也同樣以前者與治國之術為對比兩極，但不認為兩下有何質異，以致君上所好的技藝境界有待躍昇，反而視釣、弋、飯牛、鼓琴之術與治國之術相通，乃同一原理在不同項限的展示。故曰：「以餌取魚」猶「以祿取人」、弋貴謹廩，「為天下何以異此廩」、「飲食之以時，使之不以暴，有險先後之以身」乃肥牛、牧民所共守者、鼓琴須為主（君）的大絃、為輔（臣）的小絃等恰當配合，所謂「琴所以象政」[20]，張琴「大絃急，則小絃絕矣」[21]。至於《荀子》卷二十〈哀公〉所載對魯定公論東野畢善馭否，則可謂是（甲）、（丙）兩模式的綜合：一方面貶抑東野畢馭術不及造父；一方面又認為像造父那樣真正高明的馭術與馭民之術同條共貫，所謂：

二〈梁惠王章句下〉，頁81。

[20] 趙善詒，《新序疏證》（上海：華東師範大學出版社，1989），卷二〈雜事二〉，第7章，頁39。

[21] 《韓詩外傳箋疏》，卷一，第23章，頁79。

> 舜巧於使民；而造父巧於使馬，舜不窮其民；造父不窮其
> 馬，是舜無失民；造父無失馬也。

故顏淵雖未必工於馭，得「以政知」東野畢之馬將失。這一模式最
主要希望讓君上認爲：所推薦的治國之術非挾泰山、超北海之屬，
就在日用常行間，非不能也，是不爲也。

（丁）、對於君上的物欲非但不貶抑或要求轉化，反而竭力展
現欲求對象的誘惑力，刺激對方欲望的強度，等到對方被吸引到非
要不可的地步時，指出饜足欲望別無他途，而那條途徑就其本身屬
性而言乃道德的。這種勸諫模式最著之例當數伊尹以割烹要湯。
《呂覽》卷十四〈本味〉記述得很詳密：

> （伊尹）說湯以至味。湯曰：「可對而爲乎？」對曰：「君之
> 國小，不足以具之，爲天子然後可具……肉之美者：猩猩之
> 脣、雉雉之炙……；魚之美者：洞庭之鱄、東海之鮞……；
> 菜之美者：崑崙之蘋、壽木之華……；和之美者：陽樸之
> 薑、招搖之桂……；飯之美者：玄山之禾、不周之粟……，
> 水之美者：三危之露、崑崙之井……；果之美者：沙棠之
> 實……雲夢之柚……；馬之美者：青龍之匹、遺風之乘，非
> 先爲天子，不可得而具。天子不可彊爲，必先知道，道者止
> 彼在己，己成而天子成，天子成則至味具……。」

此說所以見非於孟子，恐怕並不僅如孟子表面所說的，乃「枉己而

正人」❷，殆因照這種傳聞，勸諫成效乃在於鼓動人心私欲至極，以辯證地達到公利之義，非純王之道，用後世朱熹評漢祖唐宗的話來說，不過闇與理合，底子全不堪聞問❷，這就將受諫者、儒門崇奉的商湯描繪成一個「依乎仁而蹈利」的「小人之傑」❷了，非本乎仁義而誅暴的聖王。

　　（戊）、對於君王堅持要作或正在作以逞個人情慾的事，表面上與模式（丁）頗近似，非但不勸阻，還迎合助陣，可是在變本加屬的過程中顯示君上作爲的荒唐或個中危機。換言之，這乃是以「勸」爲諷。《史記》卷一二六〈滑稽列傳〉中優孟諫楚莊王葬愛馬、優旃諫秦始皇大苑囿即此一模式的著例。《新序》卷六〈刺奢〉第三章：

　　　　魏王將起中天臺，令曰：「敢諫者死。」許綰負蔂操鍤入，
　　　　曰：「聞大王將起中天臺，臣願加一力。」王曰：「子何力
　　　　有加？」綰曰：「雖無力，能商臺。」王曰：「若何？」
　　　　曰：「臣聞天與地相去萬五千里，今王因而半之，當起七千
　　　　五百里之臺，高既如是，其趾須方八千里。盡王之地不足以
　　　　爲臺趾。古者堯、舜建諸侯，地方五千里，王必起此臺，先
　　　　以兵伐諸侯，盡有其地，猶不足，又伐四夷，得方八千里乃

❷　《孟子》，卷九〈萬章章句上〉，頁387。
❷　朱熹，《晦庵集》，《景印文淵閣四庫全書‧集部八三》（臺北：臺灣商務印書館，1983），卷三六〈書‧答陳同甫〉，第四書，頁 1118、第六書，頁 1121-2。
❷　《荀子》，卷三〈仲尼〉，頁68。

足以爲臺趾。材木之積、人徒之眾、倉廩之儲，數以萬億。度八千里之外當定農畝之地，足以奉給王之臺者。臺具以備，乃可以作。」魏王默然，無以應，乃罷起臺。

也屬同一類型。至於像《晏子春秋》卷七〈外篇〉第十三章：

景公好弋，使燭鄒主鳥而亡之，公怒，詔吏殺之。晏子曰：「燭鄒有罪三，請數之以其罪而殺之。」公曰：「可。」於是召而數之公前，曰：「燭鄒！汝爲吾君主鳥而亡之，是罪一也；使吾君以鳥之故殺人，是罪二也；使諸侯聞之，以吾君重鳥以輕士，是罪三也。」數燭鄒罪已畢，請殺之。公曰：「勿殺！寡人聞命矣。」

《淮南子》卷十八〈人閒〉：

魯哀公欲西益宅，史爭之，以爲西益宅不祥，哀公作色而怒，左右數諫不聽，乃以問其傅宰折睢，曰：「吾欲益宅，而史以爲不祥，子以爲何如？」宰折睢曰：「天下有三不祥，西益宅不與焉。」哀公大悅而喜。頃復問曰：「何謂三不祥？」對曰：「不行禮義，一不祥也；嗜慾無止，二不祥也；不聽強諫，三不祥也。」哀公默然深念，憤然自反，遂不西益宅。

也可歸於這一模式，只是在諫阻手段──「勸」的程度上有強弱之

別：宰折睢並未進一步鼓勵哀公往其它三方益宅，僅除去西益宅的障礙；晏嬰也未火上添油，好比建議夷三族，只幫助使眼前行為合理化。另外，在迎合助陣外衣下的諫阻實質方面也有差異：優孟等人都未嘗明言君上舉動的荒唐，荒唐乃是揉合在喜感中的；宰折睢諫哀公時，雖也未道破，但指桑罵槐的暗示性甚強；晏嬰一例則直接在數主鳥人之罪時，把君上之罪挾帶進來，暴諸日下。

（己）、君上對於和自身欲惡無關的事象表示意見或徵詢臣下看法，臣下在回應中藉機申論更當措意的事象，並暗將矛頭掉轉向君上本身，提醒對方討論的事象並非不干己，實情或許是自身隱患更大。這一模式的例子可參《新序》卷一〈雜事一〉第十七章：

> 晉平公閒居，師曠侍坐。平公曰：「子生無目眹，甚矣子之
> 墨墨也！」師曠對曰：「天下有五墨墨，而臣不得與一
> 焉。」平公曰：「何謂也？」師曠曰：「群臣行路以采名
> 譽，百姓侵冤無所告訴，而君不悟，此一墨墨也；忠臣不
> 用，用臣不忠，下才處高，不肖臨賢，而君不悟，此二墨墨
> 也……國有五墨墨而不危者，未之有也。臣之墨墨，小墨墨
> 爾，何害乎國家哉？」

《說苑》卷十〈敬慎〉第二四章：

> 魯哀公問孔子曰：「予聞忘之甚者，徙而忘其妻，有諸
> 乎？」孔子對曰：「此非忘之甚者也，忘之甚者忘其身。」
> 哀公曰：「可得聞與？」對曰：「昔夏桀貴為天子，富有天

下，不修禹之道，毀壞辟法，裂絕世祀，荒淫於樂，沉酗於酒。其臣有左師觸龍者，諂諛不止。湯誅桀、左師觸龍者，身死，四支不同壇而居，此忘其身者也。」哀公愀然變色曰：「善。」

這與（甲）模式實同型，都採取對比論式，先指出君上所論者乃其間之小者，續道甚者，只因勸諫的觸媒相反：（甲）模式資藉的是君上讚佩的技藝；本模式資藉的是君上視爲不佳的事象，故（甲）模式降低陪襯者的價值；本模式則沖淡陪襯者的反價值，一期盼達到振奮的果效；一期盼發揮警惕的作用。唯上舉二例自始至終均未直斥「人君之蔽」❷⁵，《呂覽》卷十五〈順說〉：

田贊衣補衣而見荊王，荊王曰：「先生之衣何其惡也？」田贊對曰：「衣又有惡於此者也。」荊王曰：「可得而聞乎？」對曰：「甲惡於此。」王曰：「何謂也？」對曰：「冬日則寒；夏日則暑，衣無惡乎甲者。贊也貧，故衣惡也。今大王，萬乘之主也，富貴無敵，而好衣民以甲，臣弗得也。意者爲其義邪？甲之事，兵之事也，刈人之頸，刳人之腹，墮人之城郭，刑人之父子也，其名又甚不榮。意者爲其實邪？苟慮害人，人亦必慮害之；苟慮危人，人亦必慮危之，其實人則甚不安。之二者，臣爲大王無取焉。」荊王無以應。

---

❷⁵　前揭書，卷十五〈解蔽〉，頁259。

則直揭君非，就本模式而言，殆爲變例。

　　（庚）、君上提出問題徵詢意見時，臣下故作驚人之語，顚覆一般認爲具有正面價値事象的觀感，一方面藉著聞所未聞帶來的新奇感喚起君上的注意力，因而追問；一方面將驚人之語放回原有的語言、思考脈絡中，提醒對方的短視以及所謂正面事象本身的不足處。例如《淮南子》卷十二〈道應〉：

> 魏武侯問於李克曰：「吳之所以亡者，何也？」李克對曰：「數戰而數勝。」武侯曰：「數戰數勝，國之福，其獨以亡，何故也？」對曰：「數戰則民罷；數勝則主憍，以憍主使罷民而國不亡者，天下鮮矣。憍則恣，恣則極物；罷則怨，怨則極慮，上下俱極，吳之亡猶晚矣，夫差之所以自剄於干遂也。」

《韓非子》卷九〈內儲說上七術〉：

> 魏惠王謂卜皮曰：「子聞寡人之聲聞亦何如焉？」對曰：「臣聞王之慈惠也。」王欣然喜曰：「然則功且安至？」對曰：「王之功至於亡。」王曰：「慈惠，行善也，行之而亡，何也？」卜皮對曰：「夫慈者不忍，而惠者好與也。不忍則不誅有過；好予則不待有功而賞。有過不罪；無功受賞，雖亡，不亦可乎？」

至於《新序》卷四〈雜事四〉第二十章善善惡惡國反爲墟，尤可見

驚人之語的必要。野人的回應雖大出齊桓公意表，尚不足令其自
反，何況無之？有時甚至須採取更戲劇性的手段，不惜激怒君上，
期收憤悱而後啓發之效。如《韓詩外傳》卷八第二八章：

> 魏文侯問狐卷子曰：「父賢足恃乎？」對曰：「不足。」
> 「子賢足恃乎？」對曰：「不足。」「兄賢足恃乎？」對
> 曰：「不足。」「弟賢足恃乎？」對曰：「不足。」「臣賢
> 足恃乎？」對曰：「不足。」文侯勃然作色而怒曰：「寡人
> 問此五者於子，一以爲不足者，何也？」對曰：「父賢不過
> 堯，而丹朱放；子賢不過舜，而瞽瞍頑；兄賢不過舜，而象
> 傲；弟賢不過周公，而管叔誅；臣賢不過湯、武，而桀、紂
> 伐。望人者不至，恃人者不久。君欲治，從身始，人何可恃
> 乎？」

但這種已可歸諸譎諫模式的規諫其前提在君上主動詢問，爲了彌補
操之在彼的缺失，臣下有時不得不以反常的行動——肢體語言取代
第一階段故作駭俗的口頭語言，引發君上垂問。如《韓非子》卷十
五〈難一〉：

> 晉平公與群臣飲，飲酣乃喟然歎曰：「莫樂爲人君，惟其言
> 而莫之違。」師曠侍坐於前，援琴撞之。公披衽而避，琴壞
> 於壁。公曰：「太師誰撞？」師曠曰：「今者有小人言於側
> 者，故撞之。」公曰：「寡人也。」師曠曰：「是非君人者
> 之言也。」左右請除之，公曰：「釋之，以爲寡人戒。」

《說苑》卷九〈正諫〉第十四章：

> 趙簡子舉兵而攻齊，令軍中有敢諫者，罪至死。被甲之士名
> 曰公盧，望見簡子，大笑。簡子曰：「子何笑？」對曰：
> 「臣有宿笑。」簡子曰：「有以解之則可；無以解之則
> 死。」對曰：「當桑之時，臣鄰家夫與妻俱之田。見桑中
> 女，因往追之，不能得；還，其妻怒而去之。臣笑其曠
> 也。」簡子曰：「今吾伐國失國，是吾曠也。」於是罷師而
> 歸。

已沾隱語規諷的特性了。

$$\times \qquad \times \qquad \times$$

《白虎通》卷五〈五諫〉說：

> 諫有五：一曰諷諫；二曰順諫；三曰闚諫；四曰指諫；五曰
> 陷諫。

前乎此的《說苑》卷九〈正諫〉第一章、後乎此的《公羊傳》莊公
二四年「冬戎侵曹曹羈出奔陳」何休注、《孔子家語》卷三〈辯
政〉也都言及五諫，名目頗有出入[26]，對於五諫內容何以取此舍

---

[26] 《白虎通》：諷　順　闚　指　陷
　　《說　苑》：諷　降　　正　慧　忠
　　《解　詁》：諷　順　　直　贛　爭

彼，率乏說明，然而這方面帶給我們理解上的困撓尚屬小事，眞正令人遲疑的是：一樁勸諫行爲能單純地全然劃歸爲某一類，而不與其它勸諫類別交涉嗎？以上述各模式而言，固有諷諫、順諫者流的素質，也時帶譎諫的特色，可得而言者，彼等俱非指直不諱或犯顏抗爭，甚至彊君撟君的方式。

　　事實上，當戰國之際；士人「生於亂世，事亂君，焉能直言正諫」❷❼？「敢有諫者死」❷❽爲當時是類傳聞記述中的習套語。在「欲諫不敢」❷❾，「欲默則不能已」❸❿的內心交爭下，「出詞遜

　　《家　語》：風　降　　直　慧　譎

　　陳立，《白虎通疏証》（臺北：鼎文書局，1973），卷五〈五諫〉，頁78：「順諫者……出詞遜順，不逆君心」；「指諫者……指者，質也，質指其事而諫」，質、直、正可互訓，而《孔子家語》（臺北：世界書局，1983），卷三〈辯政〉，頁 33，王肅以「卑降其體」注降諫，與順諫似，故聊且如此歸併。慧、贛或當讀作坎，今本《周易》坎卦卦、爻辭中諸坎字，於帛書《周易》中俱寫作贛，而孔穎達，《周易注疏》（臺北：臺灣學生書局，1967），「習坎」《釋文》，頁 799：「本亦作埳；京、劉作欿，險也、陷也」；卷九〈序卦〉，頁 756：「坎者，陷也」。《說苑》，卷二〈臣術〉，第 17 章，頁 53 既接受《荀子》，卷九〈臣道〉，頁 165「逆命而利君謂之忠」之說，而何休，《春秋公羊傳何氏解詁》（臺北：臺灣中華書局，1970），卷八，頁 8a 以宣公十五年子反迫使楚莊王罷宋圍例釋爭諫，則二者或屬同一類別。

❷❼　劉向集錄，《戰國策》（上海：上海古籍出版社，1995），卷十一〈齊策四·先生王斗造門而欲見齊宣王〉，頁 414。

❷❽　《說苑》，卷九〈正諫〉，第 6 章，頁 244。

❷❾　同上。

❸❿　王先謙，《漢書補注》（臺北：藝文印書館，1972），卷八七上〈揚雄傳〉，頁 1523。

順，不逆君心」等勸諫方式就發達起來了。再者，時君的文化素養相當低落，聲色犬馬之好卻甚深，道地的微妙之言既不樂聞，宋康王就明說：所悅乃「無爲仁義者」㉛；縱聞，也未必能解，故惟有假塗其所好，所謂「大王喜劍，故以劍見王」㉜、「主君好樂，故以樂見」㉝、「周王子頹好牛，臣以養牛干之」㉞，寓陽春白雪之意於下里巴人之聲中，即今之樂爲古之樂也。但採取諷諫、順諫等模式，也有它積極面的考慮因素。《戰國策》卷十〈齊策三·孟嘗君在薛〉編者有總結經驗的按語：

> 顛蹶之請、望拜之謁，雖得，則薄矣。善說者陳其勢，言其方，人之急也，若自在隘窘之中，豈用強力哉？

令對方自悟利害是非、自發進退行止的原則不僅適用於教育、國際間的縱橫遊說，也是於國內勸諫君上的最佳法門。因此，隨著專制威權的陰影日深，鼓勵有心勸諫者，述、記·編、修、作那些勸諫案例以供學習技巧的活動也就應運勃興。該活動衍化過程中的成果之一即是後代文體分類中賦曰者的出現！

賦的淵源多端，但就現有材料來看，不論是荀況〈禮〉、〈智〉等篇，還是宋玉〈釣〉、〈唐革〉之作，均涵規導君上的強

㉛　《呂覽》，卷十五〈順說〉，頁905。

㉜　郭慶藩，《校正莊子集釋》（臺北：世界書局，1971），卷十上〈說劍〉，頁1018。

㉝　《說苑》，卷九〈正諫〉，第4章，頁242。

㉞　《史記》，卷五〈秦本紀〉，頁88。

烈性向。諷原本是那些賦作的根苗，而且這基因也一直遺傳下來，或顯或隱。像班固〈兩都〉、張衡〈二京〉明顯在採用上述的勸諫模式（甲），先稱的西都賓、憑虛公子不過在作東都主人、安處先生的陪襯，以示道德富貴的卓越性。揚雄〈長楊〉整篇似乎都在為今上荒淫畋獵辯護，但真所謂反言若正，乃模式（戊）的孑遺。至於司馬相如的〈子虛〉、〈上林〉更是（甲）、（戊）二模式的綜合。一方面藉後稱的亡是公痛批諸侯王僭越；一方面假稱天子於窮奢極樂之餘自悟「此泰奢侈」，「非所以為繼嗣創業垂統也」，轉而「游于六藝之囿，騖乎仁義之塗，覽觀《春秋》之林」，「脩容乎《禮》園，翱翔乎《書》圃，述《易》道，放怪獸」❸❺。並非如今人所說，由於處在儒門詩教教條的籠罩下，創作賦這種宮廷遊戲文學時，不得不曲終奏雅，講幾句諷諫的門面話。誠然，賦的淵源既多端，那諷諫的基因有時就會被來自其它淵源的成分壓抑至不彰的地步，甚至在作品生產過程中全數被淘汰，但就見存早期大部分賦作而言，諷諫之義確確實實係內具於彼，非外襲取的。

參・「好辭而以賦見稱」申釋

戰國時，國際間合縱連橫風氣鼎盛，為講究遊說技巧，以達到遊說果效，乃有人紛紛將說客的廷對、上君主的書信，以及流傳的權變故事渲染、改寫，編纂成各種冊子，其中還夾雜著設想某類情境自造的案例，以供有心此道者學習模仿。這些冊子或以國為別，

---

❸❺ 前揭書，卷一一七〈司馬相如傳〉，頁 1220-1。

如《國策》、《國事》之疇；或以治術爲經，如《韓非子》中〈說林〉、〈儲說〉之編；也有以享譽人物爲中心進行彙編的，如《漢書》卷三十〈藝文志・諸子略・縱橫家〉著錄的《蘇子》三十一篇、《張子》十篇。司馬遷早已指出：「世言蘇秦多異，異時事有類之者皆附之蘇秦」❸。述、記、編、修、作者均未嘗措意個中史實程度，所重乃在不同時、地、人、事交相配合的類型以及相應各類型揣情摩意的售說技巧。

既有因應國際間陰謀詐說乃集結指導性的教本如彼，豈會獨乏配合國內勸諫需求而撰輯文獻之舉？宋本《說苑》末所附劉向〈敘錄〉說：

> 所校中書《說苑雜事》，及臣向書、民間書誣校讎，其事類眾多……一一條別篇目，更以造新事十萬言以上……號曰《新苑》。

是當時本有將持治道百端規君之「說」彙集成書者。劉向再整理時，又參以一己新造，事與蒯通敘戰國遊士並自身權變諸說八十一首，結爲《雋永》❸，同型異脈，足相映發。

上引那些材料非但同一故事的情節、措辭載諸甲書者經常異乎

---

❸　前揭書，卷六九〈蘇秦列傳・太史公曰〉，頁 889。以上參楊寬，增訂本《戰國史》（臺北：谷風出版社，1986），第十二章，第五節，頁 635-7。

❸　《漢書補注》，卷四五〈蒯通傳〉，頁 1045。

錄於乙書者，其中人物也每每出入。好比：孟子說齊宣王好色諸節，於《新序》卷三〈雜事三〉第一章中竟成了說梁惠王；《荀子》卷二十〈哀公〉所載顏淵對魯定公論御，《呂覽》卷十九〈適威〉則作顏闔與魯莊公相問答；《淮南子》卷十八〈人間〉宰折睢對魯哀公西益宅，《新序》卷五〈雜事五〉第十一章諫者係孔子；《淮南子》卷十二〈道應〉問吳何以亡者乃魏武侯，《韓詩外傳》卷十第二三章則作魏文侯；《韓非子》卷十五〈難一〉師曠以琴撞晉平公，《說苑》卷一〈君道〉第三八章易爲師經與魏文侯。實因戰國末葉以至西漢元、成這段時期內，記、述、編、修這類材料者多重義不重事❸，他們固然儘量不托諸空言，但對於依附的行事並不如後代所理解的那般嚴格，須是史實，傳曰、野語、寓言、軼聞無不可，甚至不妨自我作古，按往舊造說，只要一能使爲政者粗明治道；二足供給當時士子練習規諫之用即可，情節、措辭、人物眞

---

❸ 即使在儒家經典中也流露這種重義不重事的傾向，《公羊傳》即其著例。卷八，莊公二十五年六月「辛未朔日有食之鼓用牲于社」傳，頁 9b：「以朱絲營社，或曰脅之；或曰爲闇，恐人犯之」、卷九，閔公二年冬「齊高子來盟」傳，頁 11a：「立僖公而城魯，或曰自鹿門至于爭門者是也；或曰自爭門至于吏門者是也」、卷二三，昭公二十年夏「曹公孫會自鄸出奔宋」傳，頁 76：「曹伯廬卒于師，則未知公子喜時從與？公子負芻從與？」是器用、地理、人事均可不定，弗以爲諱。這與疑則傳疑或師說多歧無本質關係，因爲人品甚不可取而被借來寓託賢德典範的固甚夥，全悖史實的地方更不勝枚舉。《公羊傳》借事明義，與《周易》假象況道乃同一路數，詳見阮芝生，《從公羊學論春秋的性質》（臺北：國立臺灣大學文學院《文史叢刊》之二十八，1969），第四章，第一節，頁 123-32。

妄俱非所計。

　　另一方面，在籀讀這類文獻時，很容易發現：故事人物有籠垛式傾向。被勸諫的君上在齊總是桓公、景公；在晉不外乎晉文、晉平；魯則哀公；趙則簡子、襄子；魏乃文侯、惠王。勸諫者不出管仲、晏嬰、孔子、咎犯、師曠、段干木等人。這種現象固可再度顯示這類材料重義不重事的特性，記述中的人物宜視同小說意義下的角色──未必全無現實底子爲媒介，但主要成份係虛構，然而這並未解釋：在那些勸諫場景中活動的何以經常是某些人物。換句話說，引介虛構的那點現實底子是什麼？這恐怕當從那些勸諫內容的性質上臆推。既然勸諫內容俱欲歸止於仁義法正，而在那段歷史期間持論行事確曾屬於這範圍的不過那寥寥數賢，虛構角色既不能離了譜，聲口要能吻合一般印象，則角色選取也沒有多少餘地了。勸諫者既鎖定在有限名單內，被勸諫者自然也相應地不脫與那幾位賢人並時的君上，因此雖代出昏君庸主，史實上有更待勸諫的，卻只有那幾位經常入選。

　　由此揣度，宋玉蓋楚國末葉一小有名氣的勸諫者㊴，隨著發跡楚地、好楚歌楚辭的漢室君臣登上政治舞臺中心，而聲光漸顯，故環繞他述、記、編、修、作，被後世歸類爲辭賦的作品不在少數。也正因重義不重事，故於此賦中他爲登徒子讒謗㊵，在彼賦中係唐

㊴　李善注，《文選》（臺北：藝文印書館，1971），卷四五〈對問·對楚王問〉，頁 639 載楚襄王責問宋玉：「何士民眾庶不譽之甚也」，可見他於當時社會中絕非默默無聞者，特非令聞耳。由宋玉自詡「瑰意琦行」來看，則傳聞記述賦予他的形象也不是一個和柔媚上的人。

㊵　《文選》，卷十九〈賦癸·情·登徒子好色賦〉，頁 274。

勒短之❹，甚至人物全面改易成鄒陽譖司馬相如❷，然模式猶同。

　　《史記》卷八四〈屈原列傳〉末有段世以為費解因而曲說的論述：

> 屈原既死之後，楚有宋玉、唐勒、景差之徒者，皆好辭而以
> 賦見稱，然皆祖屈原之從容辭令，終莫敢直諫。

如今應可得到比較切近的詮釋。要詮釋一個語詞或一句話，最要緊的依據之一乃是它的上下文。宋玉等好的「辭」非楚辭或辭賦之謂，乃是下文「從容辭令」中「辭令」的省稱。無論如何異想天開，「辭令」俱與楚辭或辭賦無涉，因為傳末這句話乃在呼應傳首所說的「嫻於辭令」，「出則接遇賓客，應對諸侯」。這可取證於《史記》全書它文唯一用過的一處，即卷八六〈刺客列傳〉：

> （齊）桓公與（魯）莊公既盟於壇上，曹沫執匕首劫齊桓
> 公……桓公乃許盡歸魯之侵地。既已言，曹沫投其匕首下
> 壇，北面就群臣之位，顏色不變，辭令如故。

復可徵諸與《史記》撰成時代相先後各書的用法，如《韓詩外傳》卷三第十章：

---

❹　　《古文苑》，卷二〈宋玉賦六首・諷賦〉，頁45-8。
❷　　前揭書，卷三〈漢臣賦十二首・美人賦〉，頁74-8。

飾其辭令幣帛以禮俊士。

《春秋繁露》卷一〈玉杯〉：

> 「禮云禮云，玉帛云乎哉？」推而前之，亦宜曰：朝云朝
> 云，辭令云乎哉？

《大戴禮》卷十二〈朝事〉：

> 天子之所以撫諸侯者……七歲屬象胥，喻言語，叶辭令。

《說苑》卷七〈政理〉第二二章：

> ……使公孫揮爲之辭令，成，乃受子太叔行之，以應對諸
> 侯。

俱指境內、境外官式交際語言。「辭」亦然❸。《史記》卷六〈秦
始皇本紀〉：

> 受命應對，吾未嘗敢失辭也。

---

❸　筆者無意宣稱：辭或辭令在當時只有這種語義，惟欲證明：這種語義是辭
　　或辭令當時通行的用法之一。

卷一百十〈匈奴列傳〉：

> 數使使於漢，好辭甘言求請和親。

至於它書，如《晏子春秋》卷六〈內篇‧雜下〉第八章：

> 吾聞晏嬰，蓋北方辯于辭、習于禮者也。

《韓詩外傳》卷十第八章：

> 出正辭而當諸侯乎？吾乃始壯耳。

《公羊傳》莊公十九年秋：

> 聘禮，大夫受命不受辭。

《說苑》卷十一〈善說〉第一章：

> 昔子產脩其辭，而趙武致其敬；王孫滿明其言，而楚莊以
> 慚；蘇秦行其說，而六國以安；蒯通陳說，而身得以全。夫
> 辭者，乃所以尊君重身，安國全性者也。故辭不可不脩，而
> 說不可不善。

盡人皆知：屈原並非專業的文學創作者，本係政壇活躍人物，在楚

國外交界主張聯齊合從的策略,與親秦派針鋒相對。政壇鬥爭失敗,又見放逐,這才有〈離騷〉等文之作。

宋玉、唐勒、景差之徒所好的就是擔任那種行人之官或縱橫家。這本為當時一般士人的志向之一,君不見:孟子學生景春就艷羨「公孫衍、張儀豈不誠大丈夫哉?一怒而諸侯懼,安居而天下熄」❹。尤其對於宋玉這種生長「南楚窮巷」❺中,賴友人推薦才得「以為小臣」❻者,格外具有魅力。唐勒、景差❼生平事跡全然不悉,但《戰國策》中有:

> 楚王甚愛,奉命使秦;又嘗為蘇秦說薛公的景鯉❽。
> 邯鄲之難時,沮昭奚恤議,圖令趙、魏相弊的景舍❾。
> 爵為執圭,官為柱國,領楚眾救周;又嘗奉命以六城賂齊、太子為質的景翠❺⓪。

---

❹ 《孟子》,卷六〈滕文公章句下〉,頁 244。

❺ 同注❹⓪。

❻ 虞世南,《北堂書鈔》(臺北:宏業書局,1974),卷三三〈政術部七·薦賢十八〉,「蓋桂因地」注引〈宋玉集序〉,頁 119。

❼ 《說苑》,卷七〈政理〉,第 34 章,頁 194:「景差相鄭,鄭人有冬涉水者,出而脛寒。後景差過之,下陪乘而載之,覆以上衽。叔向聞之曰……」,恐係同名的另一人。

❽ 《戰國策》,卷六〈秦策四·楚王使景鯉如秦〉,頁 237、卷十〈齊策三·楚王死〉,頁 371。

❾ 前揭書,卷十四〈楚策一·邯鄲之難〉,頁 484-5。

❺⓪ 前揭書,卷一〈東周策·秦攻宜陽〉,頁 5-7、卷十五〈楚策二·齊秦約攻楚〉,頁 524。

奉命救燕，攻魏以解兵的景陽51。

爲楚將，見禽於魏的唐明52。

爲楚說韓相公仲，而爲公仲士於諸公，主韓、楚事的唐客53。

《史記》卷四十〈楚世家〉中還有：

爲楚國干城，懷王二八年爲秦兵所殺的唐昧。

爲楚將，懷王二九年爲秦兵所殺的景缺。

昭、屈、景本楚國公族；唐氏似亦楚之巨室，故既任楚將，且世掌天官，至漢初猶有唐都54，唐勒、景差豈貴遊子弟歟55？然則彼二人若從身兼行人、大巫的屈原游習，殆不足怪。王逸或許也因此類推宋玉，稱其爲屈原弟子。無論如何，宋玉之徒本衷是冀望在國際外交界揚名立萬，惟時歟命歟，竟止於文學侍從、諸大夫之列，以順諫譎諷略收德音，有關這方面的記述在後世傳寫中被顏曰賦，竟以此見稱。「奉始造命」、婉陳政教善惡固俱屬言語一科，但前者出疆外；後者居內廷，前者諸侯擁彗側席；後者縱不脅肩諂笑，也

51 前揭書，卷三一〈燕策三・齊韓魏共攻燕〉，頁 1119。

52 前揭書，卷二一〈趙策四・魏敗楚於陘山〉，頁 766。

53 前揭書，卷二八〈韓策三・公仲使韓珉之秦求武隧〉，頁 1020。

54 《史記》，卷二七〈天官書〉，頁 477、480。

55 賈公彥，《周禮注疏》（臺北：臺灣中華書局，1968），卷十四〈地官・師氏〉，頁 3b。

須謹伺顏色❺，焉得同日而語？然彼等規諫君上手法多取自行人及縱橫家遊說技巧之一端：從容，揣摩君上所能接受者以爲立說門徑，因對方聲色味榭弋釣劍御之好進行誘導，此所以非切言直諫，所謂「口多微辭，所學於師也」❺。

《漢書》卷三十〈藝文志·諸子略〉說：

> 從橫家者流，蓋出於行人之官。

而行人須深諳《詩》學，否則無以言，誦《詩》三百的作用之一就是爲了使於四方時專對之便❺，當時諸侯卿大夫交接，「當揖讓之時，必稱《詩》以諭其志」❺。《漢書》卷八八〈儒林傳·王式傳〉又載式對欽使責問語：

> 臣以《詩》三百五篇朝夕授王，至於忠臣孝子之篇，未嘗不爲王反復誦之也；至於危亡失道之君，未嘗不流涕，爲王深陳之也。臣以三百五篇諫，是以亡諫書。

---

❺ 《新序疏證》，卷五〈雜事五〉，第 25 章，頁 157-8：「宋玉事楚襄王而不見察，意氣不得，形於顏色。或謂曰：『先生何談說之不揚、計畫之疑也？』宋玉曰：「不然。子獨不見夫玄蝯乎？當其居桂林之中……從容游戲，超騰往來……及其在枳棘之中也，恐懼而悼慄，危視而蹟行……此皮筋非加急而體益短也，處勢不便故也……。」

❺ 同注❹。

❺ 《論語正義》，卷十六〈子路〉，頁 285。

❺ 《漢書補注》，卷三十〈藝文志·詩賦略〉，頁 902。

按諸《國》、《左》，可知《詩》諫在春秋時期已有，漢人直踵事揚屬而已。照本文上述，見存早期賦作一大淵藪即順諫譎諷者流，則在這個角度上，確如《文選》卷一〈賦甲·京都上·兩都賦序〉所載或人之言：

> 賦者，古《詩》之流也。

賦與辭❻誠然同源，數典固不可忘其祖，卻也不當淆亂昭穆房脈。像〈藝文志·詩賦略〉：

> 春秋之後，周道寖壞，聘問歌詠不行於列國，學《詩》之士逸在布衣，而賢人失志之賦作矣，大儒孫卿及楚臣屈原離讒憂國，皆作賦以風，咸有惻隱古《詩》之義。

以至章學誠後世文體備於戰國諸語❻，就不免此嫌了。行人與諷諫者乃《詩》學嫡裔，前者蛻變爲縱橫家之辭；後者衍化出宋玉等名下之賦。雙方在某些表述技巧上有相襲或互通之處，自屬當然，但

---

❻ 《文選》，蕭統〈序〉，頁 1-2 在說明不收經、子、史當中，特別提到世俗一直不知如何名目的某類：「若賢人之美辭、忠臣之抗直、謀夫之話、辨士之端……所謂坐狙丘，議稷下、仲連之卻秦軍、食其之下齊國、留侯之發八難、曲逆之吐六奇」，指出「若斯之流……雖傳之簡牘，而事異篇章」，正屬本文所說規諫者之言與縱橫家之辭這兩部分。

❻ 章學誠，《文史通義》（臺北：漢聲出版社，1973），〈內篇一·詩教上〉，頁 18。

由上文諸例清楚可見：前者馳騁辭令乃在外交活動中；後者言說針對範圍係內政，此其一。前者辭令內容不出陰謀變詐；後者言說內容率歸止於仁義法正，此其二。前者賣國鬻權，史不絕書；後者雖也不乏圖個人富貴的動機，但主要還是斤斤於當事國之安榮，欲致君三五列，此其三。宋玉名下若〈唐革〉、〈釣〉之屬眞正的精神父系乃是絕大多數成員無名姓的順諫譎諷者流。

（先於 1997 年 9 月北京大學、香港大學、北京清華大學、新竹清華大學聯合舉辦之「紀念王國維先生誕辰一百二十周年學術研討會」上宣讀，後發表於北京清華大學《清華大學學報（哲學社會科學版）》13 卷 1 期，1998 年 3 月）

某些早期賦作與
先秦諸子學關係證釋

　　《文史通義》內篇一〈詩教上〉認為：戰國諸子之作其內容思想皆推本六藝，但表達形式則於《詩》教獨厚，所謂《詩》教是指由行人專對這方面蛻化而來的縱橫風尚。後世文體既備於戰國，則鋒起眾制之首——賦自尤深染縱橫特色。章氏此說欠妥，因為就春秋時期《詩》教用途而言，外則專對四方；內則規諷君上，由前者衍生出縱橫之士；由後者則形成一順諫者流的傳統，賦即是它的嫡裔，前者多圖一己富貴，於國際間講求權謀譎詐；後者則欲致君賢明，講求內政合乎安民原則，前、後二者雖因同源，不免有依似相仿處，但究竟由於異脈，故方向、特質均無從混同。❶章說雖欠妥，後世蹈襲者已未能掌握全豹，因章氏於《校讎通義》卷三〈十五之二〉中嘗申言：

> 古之賦家者流，原本《詩》、〈騷〉，出入戰國諸子：假設問對，莊、列寓言之遺也；恢廓聲勢，蘇、張縱橫之體也；排比諧隱，《韓非》儲說之屬也；徵材聚事，《呂覽》類輯

---

❶　詳拙作，〈賦源平章隻隅〉，本書，頁30-3。

之義也。

其實章氏更精要的洞見別有在，如《文史通義》卷一〈詩教下〉指出：

> 賦家者流猶有諸子之遺意，居然自命一家之言者，其中又各有宗旨焉，殊非後世詩、賦之流。

早期賦作所異於諸子者，特立意不專家；辭章則有餘，繳繞之思少；聲色之變穠，本文即欲證、釋這點。

壹

今本《荀子》保存五篇荀賦。頭兩篇的內容：禮、知係荀學中極重要的觀念，盡人皆知，毋庸辭費。後三篇由於不但採隱語形式呈現，❷而且是隱中套隱，換言之，見於各篇賦末、初揭的謎底猶非究竟面目，尚須進一步解碼，這就導致一般登堂未入室的讀者每每心不獲安：荀況怎麼會勞精運腕於詠物這類雕蟲之舉？所謂「隱語之用，被于紀傳，大者興治濟身，其次弼違曉惑」，「理周要

---

❷ 范文瀾，《文心雕龍注》（臺北：臺灣開明書局，1970），卷三〈諧讔〉，頁 51b-52a：「自魏代以來，頗非俳優，而君子嘲隱，化爲謎語……荀卿《蠶賦》，已兆其體。」

務，豈爲童稚之戲謔」。❸故自楊倞起就出現兩派附會：一派強調它們在國計民生方面的功能。譬如以「蠶之功至大，時人鮮知其本。《詩》曰：『婦無公事，休其蠶織。』戰國時，此俗尤甚，故荀卿感而賦之」❹；於箴則說：「古者貴賤皆有事，故王后親織玄紞；公侯夫人加之以紘綖；大夫妻成祭服；士妻衣其夫。末世皆不脩婦功，故託辭於箴，明其爲物微，而用至重，以譏當世也」❺。另一派則認爲荀況乃採取擬喻手法抒發個人的政見，所謂「頌揚和表達了他理想中的君王和官吏應該具備的道德風尚」。統治者應像蠶「功立而身廢，事成而家敗」；像箴那樣銳利而「掉繚」，能夠合縱連橫，「下覆百姓；上飾帝王」。❻後者較近情實，可惜弗克掌握解謎要點，又未扣緊荀學堂奧，以至射覆不中。關於〈雲〉的指涉，詳下文，此處只董理〈蠶〉、〈箴〉二首。

探索寓意要緊的原則乃把握該事物的特性，擺落障眼枝葉，否則會如同瞎子摸象，似乎怎麼詮解都持之有故。而且所謂的特性須在一般人常識範圍內，因爲，至少就荀賦來說，製作謎語的人以及他預設解謎的對象都不是什麼昆蟲學家或專業工技人員，是以縱使蠶的消化器官有何額外功能、針孔形狀有什麼流派差異，也不會編織爲解謎線索。在一般人的印象中，蠶的特性不外乎：積日累旬地

---

❸　前揭書，頁 51b-52a。

❹　王先謙，《荀子集解》（臺北：世界書局，1981；以下簡稱《荀子》），卷十八〈賦‧蠶〉，頁 317。

❺　《荀子》，卷十八〈賦‧箴〉，頁 318。

❻　北京大學哲學系，《荀子新注》（臺北：里仁書局，1983），卷二六〈賦‧說明〉，頁 509。

「食桑而吐絲」，❼一生歷經蟲、蛹、蛾、子的蛻變。後者尤須把握，也就是說，荀況詠的物是蠶，非蠶繭或由蠶繭繰成的蠶絲，雖然養蠶的目的端在此，但此功能應收攝在主體身上觀察領會。至於索解箴理時，重點卻適倒置。因為荀況所詠的箴不是醫療用品，而是女紅的工具，它予人最主要的印象來自職能：或匯集零星放置的部分合成一物件；或密集來往形成各式文章圖案，前者即縫紉；後者乃刺繡，所謂「善治衣裳」，「以成文章」，❽兩種職能均須貫穿表裏。由此可知，賦雖但題箴，實際所詠的乃連線的箴，非徒箴。至於箴本身的屬性：鐵製、細小，所謂「生於山阜」、「始生鉅，其成功小」、「簪以為父」，❾反到無關宏旨，因為這些乃箴與其它近似物品，如釘、鉤，的共通處。即使是它旳「銳其剽」、「頭銛達」，❿也須置於發揮上述職能的脈絡中來看，否則如何自別於錐、鏃？持此反觀荀學，立可辨識：蠶理指涉的乃「成人」⓫之學中的積與化；箴理譬擬的是荀況一再強調的通統類。

　　荀況認定「人之性惡」，「固無禮義」，也固「不知禮義」，惟「悖亂在己」，⓬因此要想使這個人形獸質的存在真正成人，須矯易人性素樸，所謂「變心」⓭「化性」⓮。這樁外鑠工程端賴點

---

❼　同注❹。
❽　《荀子》，卷十八，〈賦·箴〉，頁317。
❾　同注❽、注❺。
❿　同注❽。
⓫　《荀子》，卷一〈勸學〉，頁12。
⓬　前揭書，卷十七〈性惡〉，頁292-3。
⓭　前揭書，卷四〈儒效〉，頁86：「四海之內莫不變心易慮以化順之」、

點滴滴累積，他稱之為「積微」。⑮《荀子》卷二〈榮辱〉說：

> 可以為堯、禹，可以為桀、跖……在注錯習俗之所積耳。

也就是說，人可以積善，也可以積凶。前者有待人意識性學習，遵循人格或非人格的典範才能入門，所以《荀子》卷四〈儒效〉說：

> 人無師法，則隆性矣；有師法，則隆積矣……性也者，吾所不能為也，然而可化也；積也者，非吾所有也，然而可為也。

在師法的引導下，或者積文學；或者積禮義；或者積思慮，⑯積而不息，殊塗同歸，指向成德，故〈儒效〉又說：

> 涂之人百姓積善而全盡，謂之聖人……故聖人也者，人之所積也。

卷八〈君道〉，頁 158：「百姓易俗，小人變心，姦怪之屬莫不反慤，夫是之謂政教之極。」

⑭　前揭書，卷十七〈性惡〉，頁292。

⑮　前揭書，卷十九〈大略〉，頁 333：「夫盡小者大，積微者箸，德至者色澤洽，行盡者聲問遠，小人不誠於內，而求之於外。」另參卷二〈不苟〉，頁 28-30。

⑯　分見前揭書，卷五〈王制〉，頁 94、卷十〈議兵〉，頁 190、卷十七〈性惡〉，頁 291。

卷一〈勸學〉則說：

> 積善成德，而神明自得，聖心備焉。

這種累積的過程極其漫長，如同蠶食，卻也是唯一奏效的途徑，故
《荀子》卷十一〈彊國〉說：

> 能積微者速成。

雖說「眞積力久則入」，[17]但所謂入乃是程度問題，換言之，
「化」乃是在過程中漸變，非驟變，如同蠶「屢化而不壽」，「三
俯三起」，[18]至終才「長遷而不反其初」。[19]中間任何懈怠、受外
在誘因偏離，都可能全功盡棄。從「人之生固小人」[20]到「聖心備
焉」整個始末來看，自是「前亂而後治」，但就歷程中前後相銜的
兩階段而論，也是比較意義上的「前亂而後治」，[21]須要不斷地
「弃其耆老，收其後世」。[22]「化性而起僞，僞起而生禮義」。[23]
禮重等差，等差又有賴外在各種標誌彰顯，服飾上的文章即居其

---

[17]　前揭書，卷一〈勸學〉，頁 7。

[18]　同注[4]。

[19]　《荀子》，卷二〈不苟〉，頁 30。

[20]　前揭書，卷〈榮辱〉，頁 40。

[21]　同注[4]。

[22]　《荀子》，卷十八〈賦・蠶〉，頁 316。

[23]　同注[14]。

一，故「禮義」與「文」或「文理」❷常連言，甚至逕以「文」代表聖王的禮義系統和它們的特性，《荀子》卷二〈不苟〉就稱君子立身處事的典範爲「至文」。荀況認爲：禮既重別異，又重養人之欲，❷事實上唯有堅守前者，方能辯證地達到後者，《荀子》卷十三〈禮論〉就說：

> 孰知夫出費用之所以養財也？孰知夫恭敬辭讓之所以養安也？孰知夫禮義文理之所以養情也……故人一之於禮義，則兩得之矣。

這一切既由積微化性而來，自可譽爲「功被天下，爲萬世文，禮樂以成，貴賤以分，養老長幼，待之而後存」。❷

人要成人有待服膺師法，遵行禮制，但成法有所不及，具體的禮制也有它的時宜限度，若拘於成法禮文，「倚物怪變，所未嘗聞也、所未嘗見也，卒然起一方」，❷則無從恰當回應。「官人守數」，「尺寸尋丈莫得不循乎制數度量然後行」，❷但不識其義，荀況期勉人爲養原的君子、聖人，「有法者以法行；無法者以類舉」，「聽斷以類，明振毫末，舉措應變而不窮，夫是之謂有

---

❷　《荀子》，卷九〈臣道〉，頁 170；卷十三〈禮論〉，頁 238；卷十七〈性惡〉，頁 289、291、292。

❷　前揭書，卷十三〈禮論〉，頁231。

❷　同注❷。

❷　前揭書，卷四〈儒效〉，頁89。

❷　分見前揭書，卷八〈君道〉，頁152、卷七〈王霸〉，頁144。

原」。㉙《荀子》卷一〈修身〉就說：

> 人無法，則倀倀然；有法而無志其義，則渠渠然；依乎法而
> 又深其類，然後溫溫然。

但類有大小，「推而共之，共則有共」；「推而別之，別則有
別」，㉚如何安頓眾類仍是問題，荀況針對這點提出「統類」㉛或
說「本統」㉜；再者，無論類或統，在一般用語中，只是描述事
實，未必盡爲善類、善統，因此有時他加以限定，稱作「仁義之
類」、「仁義之統」，㉝廓清可能的誤導，整合在一起，即《荀
子》卷一〈勸學〉所說：

> 禮者，法之大分、類之綱紀也，故學至乎禮而止矣。

以卷十五〈解蔽〉的話來表示，即是：

㉙　前揭書，卷五〈王制〉，頁 96、101。

㉚　前揭書，卷十六〈正名〉，頁 278。

㉛　如前揭書，卷四〈儒效〉，頁 84、89；卷十七〈性惡〉，頁 297。

㉜　前揭書，卷十〈議兵〉，頁 183：「齊桓、晉文、楚莊、吳闔閭、越句踐
是皆和齊之兵也，可謂入其域矣，然而未有本統也，故可以霸，而不可以
王。」已「入其域」，是於類中，然猶曰「未有本統」，則類非統矣。

㉝　分見前揭書，卷四〈儒效〉，頁 89、卷二〈榮辱〉，頁 41。卷二〈不
苟〉，頁 30，則稱「禮義之統」、卷十四〈樂論〉，頁 255，又稱「禮樂
之統」。

案以聖王之制爲法，法其法以求其統類。

然細味《荀》文，統似乎猶未至極。《荀子》卷八〈君道〉就說：
爲君有四統，「四統者俱而天下歸之」，統若係至極，「壹統
類」、「通統類」❸❹就難解釋了。從《荀子》卷十九〈大略〉：

> 君子處仁以義，然後仁也；行義以禮，然後義也；制禮反本
> 成末，然後禮也，三者皆通，然後道也。

可知道方爲究竟，故《荀子》卷二十〈哀公〉以「知通乎大道，應
變而不窮，辨乎萬物之情性」說明聖人特點。統類是歷代萬千曲儀
度數的無形、內在準據，道通統類，可謂「連裏」，❸❺又是各階層
具體禮法，所謂「表」，❸❻的和合基礎，就像箴線既「能合從，又
善連衡」，❸❼無怪乎荀子以道貫名之，《荀子》卷十一〈天論〉
說：

> 百王之無變，足以爲道貫，一廢一起，應之以貫。

---

❸❹ 分見前揭書，卷三〈非十二子〉，頁 60、卷四〈儒效〉，頁 92。

❸❺ 同注❺。

❸❻ 《荀子》，卷十一〈天論〉，頁 212：「治民者表道，表不明則亂，禮
者，表也……道無不明，外內異表，隱顯有常。」楊倞注：「外謂朝、
聘；內謂冠、昏，所表識章示各異也。隱顯即內外也。」

❸❼ 同注❽。

《荀子》卷八〈君道〉嘗言：

> 法不能獨立；類不能自行，得其人則存；失其人則亡。

同理，「貫之大體未嘗亡也」，❸只因聖王既歿，雖存猶亡，就像篋線固仍在奩處室，「時用則存，不用則亡」。❸然則道之於聖人猶篋線之於繡工，此所以《荀子》卷四〈儒效〉說：

> 聖人也者，道之管也，天下之道管是矣，百王之道一是矣，故《詩》、《書》、《禮》、《樂》之歸是矣。

能通仁義統類，雖亡於《禮經》，聖人這絕論繡工也就可以據禮之本，因時因地創儀制法，❹《荀子》卷十六〈正名〉講得更具體：

> 若有王者起，必將有循於舊名，有作於新名，然則所爲有名、與所緣以同異、與制名之樞要，不可不察也。

如此所「成文章」自是愈發周備粲然，「下覆百姓，上飾帝王，功業甚博」。❹

---

❸　《荀子》，卷十一〈天論〉，頁 212。

❸　同注❽。

❹　《荀子》，卷十九〈大略〉，頁 324。

❹　同注❽。

貳

　　〈神女〉爲建安以降意淫神交之作的鼻祖，向來被視爲單純的文學作品，至多綴上「風諫婬惑」㊷的門面，但只怕這乃溺喪不知所歸導致的結果。欲識其本來面目，首當從描述神女的特點入手——

一、美的程度達到「甚麗」，「孰者克尙」？「其象無雙，其美無極……西施掩面，比之無色」，以至人類既有經驗中的典型、觀念、語詞均無從模擬概括，所謂「毛嬙鄣袂，不足程式」，「上古既無，世所未見」。結合絕對出凡的美、世間語言表述無力二者，作者稱之：「狀甚奇異」，「瓌姿瑋態，不可勝贊」，「何可極言」？

二、她豐富到「五色並馳，不可殫形」，「志態橫出，不可勝記」，以至人的心、目不暇接，總覺得她在不停變化，所謂「須臾之間，美貌橫生」，㊸「忽兮改容，須臾之間，變化無窮」。㊹不僅外形，前一刻悠然「步裔裔」，瞬間「婉若遊龍乘雲翔」；看似「立踟躕而不安」，但同時又覺得神女「性沉詳而不煩」。總之一句話，「盛矣！麗

㊷　李善注，《文選》（臺北：藝文印書館，1971），卷十九〈賦癸·情〉所載〈高唐賦〉賦題下注，頁270。

㊸　以上引文並見《文選》，卷十九〈賦癸·情〉所載〈神女賦〉，頁 273-4。

㊹　《文選》，卷十九〈賦癸·情〉所載〈高唐賦〉，頁270。

矣！難測究矣！」❹

次則應留意作者對神女與觀察者間關係的記述——

三、與神女會遇這整個特殊經驗非刻意修爲所致，該特殊經驗喪失也非人爲因素使然。〈高唐〉末固然提出：「將欲往見，必先齋戒，差時擇日，簡輿玄服，建雲斾，蜺爲旌，翠爲蓋，風起雨止，千里而逝，蓋發蒙，往自會」，但事實上這連串的條件尙無一踐履，當晚即與神女會遇。可見合與離均非條件下的結果，乃突發、不必然的。

四、與神女會遇乃在夢中，也就是說，這是日常經驗組構的向度之外，另一向度中的經驗。作者曾記述當事人要跨越兩向度間門檻時的身心狀況：「精神怳惚」，「紛紛擾擾，未知何意」，「目色髣髴，乍若有記」。❻用現代的話來說：這乃是當事人感官認知結構鬆動，累積經驗的記憶庫逐漸瓦解，以至經驗心的畛域模糊，已無從使目下初嚐的新感受與記憶中的既有資訊類目「當簿」❼了，出神在即。以既有向度爲準，此乃虛妄，故假夢喻，但自另一向度言，這方是實存，所謂「朝徹」「大覺」。❽

五、神女與觀察者始終處在不即不離的狀態。所謂「意似近而

---

❹　以上引文並見《文選》，卷十九〈賦癸・情〉所載〈神女賦〉，頁 273。

❻　同上。

❼　《荀子》，卷十六〈正名〉，頁 277-8：「微知必將待天官之當簿其類，然後可也，五官簿之而不知，心徵之而無說，則人莫不然謂之不知。」

❽　分見郭慶藩，《校正莊子集釋》（臺北：世界書局，1971；以下簡稱《莊子》），卷三上〈大宗師〉，頁 252、卷一下〈齊物論〉，頁 104。

既遠兮，若將來而復旋」，既「褰余幬而請御兮，願盡心之惓惓」，卻又「懷貞亮之絜清兮，卒與我兮相難」，已經「遷延引身，不可親附」，偏還「似逝未行，中若相首，目略微眄，精彩相授」。㊾因爲觀察者的心靈狀況固已轉變，得以獨見獨，所謂「他人莫睹，玉覽其狀」，㊿神女也兼具超越、遍在兩大特性，所謂「既姽嫿於幽靜兮，又婆娑乎人間」，(51)但雙方畢竟是異質異級存有，故雖一，卻又不一。

行筆至此，謎底已昭然在目：神女乃道的喻表，與神女會遇乃密契經驗的情色文學版。

惟其如此，當針對一習而未察的現象——作者筆下的神女在人意識清醒狀態下爲何要以雲的形象面世——反省時，方能了悟。作者僅在〈高唐〉開篇處略予著墨，荀子倒曾站在自己學說的角度，花大工夫賦雲：雲無定形，方圓、大小等概念都用不上，所謂「圓者中規，方者中矩」，「充盈大宇而不窕，入郄穴而不偪」；無方所，方位、遠近、快慢等概念也見置，所謂「託地而遊宇」，「忽兮其極之遠」，「往來惛憊」，「莫知其門」；無定質，顏色、溫度等都是殊異化後順物示相的，所謂「五采備而成文」，「冬日作寒；夏日作暑」。它爲萬物所資，所謂「天下之咸蹇」，「失之則

㊾ 以上引文出處同注㊸。

㊿ 同注㊺。「玉」，今本作「王」，校說詳後文。又，可參《莊子》，卷五上〈天地〉，頁 411：「王德之人……冥冥之中，獨見曉焉；無聲之中，獨聞和焉，故深之又深而能物焉；神之又神而能精焉。」

(51) 同注㊺。

滅，得之則存」，而又變化不測，如在左右，與一般宇宙圖式中的帝相當，所以說「通于大神」，但它實無意志，所以說「行遠疾速而不可託訊」，「暴至殺傷而不億忌」。雲雖然「德厚堯、禹」，「而不捐」一物，「功被天下而不私置」，有似傳統儒學所說既仁且公的道體，但既說它「友風而子雨」，㊷同屬荀學中天這個範疇，也就僅是物理意義的存在罷了。荀、宋賦中的雲其實說的都是氣，故〈高唐〉迺以雲氣聯言，視爲一同義複辭，襄王以「此何氣也」爲問，宋玉以「朝雲」爲對。㊼歧異在於：荀況因自己獨特的天論，氣只具有物理意義；寄名宋玉的那位作者則本諸戰國時期的氣論主流，氣既是宇宙萬有物質性的底基素材，同時又涵具最高的精神作用，不僅如此，還秉承莊學，以氣、道爲指涉同一實體的二名。此所以當作者考慮世間可經驗的存在，以充供喻表道體的神女在另一向度的示相時，會選取雲。

　　以下則處理三項可能的疑難，希望藉此同時有助於加深對〈神女〉的理解——

　　首先，莊學中的氣或道乃是非位格的自主存有，神女則明顯表現出情感、意志，乃位格神，以此喻表彼，豈非不倫？不僅如此，在性別上何以必取女神？按：〈神女〉作者乃以文學手法宣揚道家學說，爲引起聽眾興趣，乃採取角色入賦，以便加強故事成份；既

<hr />

㊷　以上引文並見《荀子》，卷十八〈賦·雲〉，頁 314-6。詳參拙著，〈荀學一個側面——「氣」——的初步摹寫〉，楊儒賓主編，《中國古代思想中的氣論及身體觀》（臺北：巨流圖書公司，1993），頁 451-83。

㊼　同注㊹。

用角色,自有位格。然更要緊的是:道家學說中很重要的一部分乃上古大母神神話的創造性轉化。㊹學者早已指出:中國對宇宙生成的想像非希伯來式無中生有的創造觀,乃是由一豐沛實體流衍形成的生育圖像,㊺此所以在脫胎於斯的《老子》書中以「萬物之母」、「玄牝」、「天下母」、「天下之牝」㊻作為道的代稱,「貴食母」、「守其母」、「有國之母」㊼乃貴道、守道、有道的同義詞,而古代社會中女性的諸般特點,好比柔、弱、虛、靜、卑、下、慈、儉、容受、無名、居後,都被用來比配道體屬性。㊽喻表道體的神話必為女性於焉可解。

其次,〈神女〉雖無夢中交合的記述,但〈神女〉乃以〈高唐〉為前提,故開篇即說:

> 楚襄王與宋玉遊於雲夢之浦,使玉賦高唐之事,其夜玉寢,

㊹ 詳參楊儒賓,〈道與玄牝〉,將發表於《台灣哲學》第二期(1999年)。

㊺ Benjamin I. Schwartz, "On the Absence of Reductionism in Chinese Thought," *Journal of Chinese Philosophy*, No. 1, Dec. 1973, pp. 40-42; *The World of Thought in Ancient China*, (Cambridge: Harvard University Press, 1985), p. 26, 200, 203-204.

㊻ 以上引文分見王弼,《老子王弼注》(臺北:河洛圖書出版社,1974;以下簡稱《老子》),第一章,頁 1、第六章,頁 7、第五二章,頁 73、第六一章,頁 87。

㊼ 以上引文分見《老子》,第二十章,頁 27、第五二章,頁 73、第五九章,頁 85。

㊽ B. Schwartz, *The World of Thought*, pp. 200-201.

> 果夢與神女遇，其狀甚麗……王曰：「若此盛矣，試爲寡人賦之。」玉曰：「唯唯。」

而〈高唐〉曾記述：神女「願薦枕席」，先王「因幸之」，如何能將這種猥褻場景整合進所提假說中？而且襄王復遊，與神女雖未有肌膚之親，所謂「歡情未接」，但畢竟一方嘗「請御」；另方也表示「願假須臾」❺❾以遂欲，聞莊學而悅者難道真的如是無忌父子聚麀的醜行？按：宋人筆記中已指出：「其夜王寢」以下五個「王」、「玉」字互訛；❻⓿近年來所得日本溫故堂藏《文選》古鈔本正如所校，❻①是與神女會遇者乃宋玉。少數人則認爲：除了「王曰狀何如也玉曰茂矣美矣」二處當校，餘者不誤。❻②黃侃已看出：俱非通方之論。「先王」被坐實爲楚懷王，乃後起附會，否則，真從名教大義著眼，無論王、玉互乙或不乙，均害教傷義——襄王入

---

❺❾ 同注❹③。

❻⓿ 姚寬，《西溪叢語》，《百部叢書集成》景印《學津討原叢書》第十八函（臺北：藝文印書館，1969），卷上，頁 4b-5a、沈括，《夢溪補筆談》，《百部叢書集成》景印《學津討原叢書》第十九函，〈補第四卷後十件〉，頁 4a-5a。

❻① 屈守元，《昭明文選雜述及選講——選學椎輪初集》（臺北：貫雅文化事業有限公司，1990），上編四〈《文選》傳本舉要〉，頁 30、〈跋日本古抄無注三十卷本《文選》〉，趙福海主編，《文選學論集》（長春：時代文藝出版社，1992），頁 23。

❻② 孫志祖，《文選考異》，《選學叢書》三（臺北：廣文書局，1977），卷一〈神女賦〉，頁 36a-37a。

夢故有父子聚麀之嫌；宋玉入夢不也干犯臣玷君榻之大忌？⑥實則賦中的「先王」乃理想中眞君的代稱。許多人類文化學調查報告均歷歷指陳：性交（且往往是雜交）乃與烈酒、藥物、歌舞等並列或並用，以達出神的重要手段，⑭是因性交高潮時的身心狀況與密契境界有相當接近的成分，以至見知古今各大宗教中的神祕主義教派作品經常以性交描述人與最高存有的密契體驗，主要在強調：日常經驗中各種隔閡被擺落，二位一體形成的深度認識，以及由此獲得的狂喜、滿足感，「精交接以來往兮，心凱康以樂歡」⑥尚係個中小者。於此爲猥褻；於彼爲神聖，甲詆爲廟妓；乙尊奉爲神明化身，豈能執此甲以視彼乙？是則假巫山雲雨入論玄喻一的賦作，毫不足怪。

最後，〈高唐〉、〈神女〉文脈相承，實爲一篇，猶〈子虛〉之於〈士林〉。⑥神女若果爲道的喻表，與神女會遇係譬擬見獨的密契體驗，則又將如何解釋〈高唐〉「寡人方今可以遊乎」以降文字，末不亦斷章取義，唯視所須？按；從賦中對高唐的頌歎，好

---

⑥　黃焯編次，黃侃，《文選平點》（上海：上海古籍出版社，1985），頁71-2、73；惟季剛先生仍從孫校。按：孫說非是。「王曰狀何如也」，與〈高唐〉「王曰其何如矣」呼應；「玉曰茂矣美矣……不可勝贊」，與〈高唐〉「玉曰高矣顯矣……不可稱論」相對；「王曰若此盛矣試爲寡人賦之玉曰唯唯」，與〈高唐〉「王曰試爲寡人賦之玉曰唯唯」同式，後者「王曰」非更端復言之辭，則〈神女〉最後的「王曰」不容異例。

⑭　Max Weber, *The Sociology of Religion*, trans. Ephraim Fischoff (Boston: Beacon Press, 1963), pp. 236-243.

⑥　《文選》，卷十九〈賦癸・情〉所載〈神女賦〉，頁 274。

⑥　《文選平點》，頁 71。

比：

> 高矣顯矣！臨望遠矣！廣矣普矣！萬物祖矣！上屬於天，下
> 見於淵，珍怪奇偉，不可稱論。
> 惟高唐之大體兮，殊無物類之可儀比，巫山赫其無疇兮，道
> 互折而曾累。**❻⓻**

已可知：它乃是貫衍天、地、淵三界的中柱或說聖梯。持與故籍中
對崑崙以及其它宇宙山的描繪相較——自稽水的大阺，而後升至中
阪，復登至高處，方抵山巔觀側，不正類「增城九重」，由閬風、
縣圃而至帝居？**❻⓼**它高、廣到無可儀比，居半山「俯視崝嶸，窒寥
窈冥，不見其底」，「足盡汗出」，「無故自恐，賁、育之斷，不
能為勇」，**❻⓽**何如「圍三千里」，「高萬仞」，「日月所相避隱為
光明」？**❼⓿**「玄木多榮」，「雙椅垂房」，「秋蘭茝蕙，江離載
菁，青荃射干，揭車苞并」，**❼⓵**又何似遍山的珠樹、玉樹、琁樹、

---

❻⓻　同注❹❹。

❻⓼　劉文典，《淮南鴻烈集解》（臺北：臺灣商務印書館，1959），卷四〈墬
　　　形〉，頁 2b、4a-b。

❻⓽　《文選》，卷十九〈賦癸·情〉所載〈高唐賦〉，頁 271-2。

❼⓿　分見《神異經》，王謨輯，《增訂漢魏叢書》（臺北：大化書局，
　　　1983），〈中荒經〉，頁 3307、郝懿行，《山海經箋疏》（臺北：藝文
　　　印書館，1974；以下簡稱《山海經》），卷十一〈海內西經〉，頁 350、
　　　瀧川龜太郎，《史記會注考證》（臺北：藝文印書館，1972），卷一二三
　　　〈大宛列傳·太史公曰〉，頁 1283。

❼⓵　同注❻⓽。

沙棠、琅玕？⑫異物「縰縰莘莘，若生於鬼，若出於神，狀似走獸，或象飛禽，譎詭奇偉，不可究陳」，⑬與把守聖山的戴勝鷥鳳、如羊而四角土螻、蜂狀卻大似鴛鴦的欽原等，⑭有多少本質差異？百谷俱集，波起「若麗山之孤畝」，浪聚「若浮海而望碣石」，⑮容量、聲勢之大何遜於疏圃之池四水並出？⑯何愧於「水之靈府」⑰的豪名？「有方之士：羨門高谿、上成鬱林……禱琁室，醮諸神，禮太一」，⑱和「開明東有巫彭、巫抵、巫陽、巫履、巫凡、巫相……皆操不死之藥」，⑲孰云其異？登高唐，與神女會，可使人「九竅通鬱，精神察滯，延年益壽千萬歲」，⑳正不

---

⑫　《淮南鴻烈集解》，卷四〈墬形〉，頁 3a。

⑬　《文選》，卷十九〈賦癸·情〉所載〈高唐賦〉，頁 272。

⑭　分見《山海經》，卷十一〈海內西經〉，頁 354、卷二〈西山經〉，頁 72。

⑮　《文選》，卷十九〈賦癸·情〉所載〈高唐賦〉，頁 271。

⑯　《淮南鴻烈集解》，卷四〈地形〉，頁 3b-4a。

⑰　《山海經》附郭璞，《山海經圖讚》，〈西山經·昆侖丘〉，頁 491。

⑱　同注⑬。《莊子》，卷十下〈天下〉，頁 1093：「關尹、老聃聞其風而悅之，建之以常無有，主之以太一」；陳奇猷，《呂氏春秋校釋》（上海：學林出版社，1984），卷五〈大樂〉，頁 256：「道也者，至精也，不可為形，不可為名，彊為之名，謂之太一」；荊門市博物館，《郭店楚墓竹簡》（北京：文物出版社，1998），〈太一生水〉，頁 125：「天地者，太一之所生也，是故太一藏於水，行於時，週而或□□□□萬物母」，是太一即道，道成肉身即此神女，萬物之母。〈高唐〉言：有方之士「禮太一，傳祝已具，言辭已畢」，與〈神女〉末：「禮不遑訖，辭不及究」，正相對照。

⑲　《山海經》，卷十一〈海內西經〉，頁 355。

⑳　同注⑬。

外乎其它宇宙山或聖梯的構想目的：重返不死之鄉——實無二致。
以上那些描繪合塑成的圖象在人心中共通喚起兩種感受：既歆羨，
又驚恐。然而其它宇宙山圖象欲藉驚恐感傳遞的信息乃是修煉工夫
歷程的艱辛、有不斷的嚴酷考驗須通過，〈高唐〉則似乎著重引發
驚恐感本身的表述。學者早已指出：當人這有限存有面對超越者以
至分享神聖屬性的存在時，其莊嚴神秘使經驗界語言、概念的把握
能力崩塌，在不解卻又具壓倒性力量下，人會驚恐，但又因它的無
限完美，和徜徉其中的超凡幸福感，會對人產生強大的吸引力，以
至令人迷戀。**㉛**〈神女〉表述的是後者；〈高唐〉則竭力捕抓前
者，聯合圖示密契體驗。

〈風〉取論辯的形式爲序引，論辯的焦點在於：風是否會因
人、因地而異。楚襄王認爲：他「披襟而當」的風乃「與庶人共
者」；宋玉則認爲：「庶人安得而共之」。所謂「共」，是說「不
擇貴賤高下而加焉」。賦中表達因人，所謂「大王」這尊貴身份，
而不共時，用的詞彙爲「獨」；表達因地，所謂「所託者」，而不
共時，則曰：「殊」。因此，乍視之下，這顯然是戰國時期儒、
墨、道、名均嘗預焉的一熱門課題——同異，或說兼別、齊畸之
辨。但如果進一步追問：作者何以要取風，而不就喪期、牛馬、山

㉛ Rudolf Otto, *The Idea of the Holy*. (London: Oxford University Press, 1958), pp. 1-4.

淵等其它事物，闡明他對同異的觀點，則對全賦理解會更具體些。

　　風無形無相、無色無味，但又確實存在，這一方面固然導致意圖介紹風的作者在描述上的難度增劇，另方面卻也成了他一露身手的契機。作者取風在現象界產生的功能、爲人察知的部分爲津渡：

　　　　視覺方面——「舞於松柏之下」、「蹷石伐木，梢殺林莽」、
　　　　　　　　　　「堀堁揚塵」、「動沙堁，吹死灰」。
　　　　聽覺方面——「飄忽淜滂，激颺熛怒，耾耾雷聲」、「衝孔動
　　　　　　　　　　楗」、「襲門」。
　　　　嗅覺方面——「邸華葉而振氣」、「獵蕙草，離秦衡」或「駭
　　　　　　　　　　溷濁，揚腐餘」。
　　　　觸覺方面——「憯悽惏慄，清涼增欷，清清泠泠」或「毆溫致
　　　　　　　　　　濕」。

來反顯斯大物存焉。照作者先後假託襄王、宋玉之口所說：「風者，天地之氣」、「風生於地」，善注已指出後一句語本《莊子》卷一下〈齊物論〉：

　　　　夫大塊噫氣，其名爲風。

是作者表面在賦風，其實在論氣，故曰「風氣」，❽研覈風是否會因人、因地而異，乃是在研覈氣是否會因人、因地而異；商略君王與庶人能否共風，乃是在商略各式存有是否共氣。就前一問來說，

----

❽　　以上引文並見《文選》，卷十三〈賦庚・物色〉所載〈風賦〉，頁 195-
　　6。

無論稊稗、屎溺，還是神奇，都只是萬物「以不同形相禪」，「通天下一氣耳」，**⑱**自永恆觀點而言，氣這自立存有當然不因人、因地而異；然而自世界諸般有限存有無盡變化，變化又須依存氣，氣在如此投射反觀下相應呈現多相，「彼且為嬰兒，亦與之為嬰兒；彼且為無町畦，亦與之為無町畦」，**⑲**則氣又可說會因人、因地而異。就後一問來說，萬有根源都是氣，彼是自可謂共氣，因此得說：「萬物與我為一」，同於大通；然而從萬有各自取以成其德，彼德是德又焉得共？是「周與胡蝶則必有分矣」。**⑳**這樣看來，〈風〉的作者係藉用楚襄王、宋玉表述莊學觀點下的氣論，但因側重世界這面，故言獨、殊、不共。

宋玉名下另一篇作品：〈對楚王問〉，是否原係一賦的序引而為人割裂出來，**㉑**容有異辭，但確實也涉及齊／不齊這論點。作者藉用「士民眾庶」對宋玉「不譽之甚也」興端。宋玉認為此乃必然，他先以音樂欣賞比擬：

> 客有歌於郢中者，其始曰〈下里〉、〈巴人〉，國中屬而和者數千人；其為〈陽阿〉、〈薤露〉，國中屬而和者數百

㉓ 分見《莊子》，卷九上〈寓言〉，頁950、卷七下〈知北遊〉，頁733

㉔ 《莊子》，卷二中〈人間世〉，頁165。

㉕ 以上引文並見《莊子》，卷一下〈齊物論〉，頁79、112。

㉖ 賦的序引部分雖間夾韻語，基本上以無韻文為主體，而《文選》收錄篇翰，時有刪節，俞正燮，《癸巳存稿》（臺北：臺灣商務印書館，1971），卷十二〈文選自校本跋〉，頁360-1，業道及，故〈對楚王問〉無韻，仍係視為賦的刪略孑遺，並非什麼立異駭俗之論。

人；其爲〈陽春〉、〈白雪〉，國中屬而和者不過數十人；引商刻羽，雜以流徵，國中屬而和者不過數人而已，是其曲彌高，其和彌寡。❽

在我們看，這乃今本《老子》第四十一章：

上士聞道，勤而行之；中士聞道，若存若亡；下士聞道，大笑之，不笑，不足以爲道。故建言有之：明道若昧……大白若辱，廣德若不足……。

的另一種表示法。接著的兩個譬喻：

鳳凰上擊九千里，絕雲霓，負蒼天，翶翔乎杳冥之上，夫藩籬之鷃豈能與之料天地之高哉？
鯤魚朝發崑崙之墟，暴鬐於碣石，暮宿於孟諸，夫尺澤之鯢豈能與之量江海之大哉？❽

一眼即可辨視乃《莊子》卷一上〈逍遙遊〉棘對湯問「小大之辯」章，綜合卷六下〈秋水〉公子牟嘲公孫龍「埳井之蛙」章的改寫。「和」、「料」、「量」都涉及「知」的問題，因此表面上看，這裡談的是：某人事物其質的高／下與對該人事物認知者量的多／寡

---

❽ 以上引文並見《文選》，卷四五〈對問〉所載〈對楚王問〉，頁639。
❽ 同上。

是否成正比，或說齊抑不齊，但前者與後者不齊甚易理解，何勞大費周章「畢其辭」？[89]所以頗疑〈對楚王問〉中涉及的齊／不齊不止於此。斥鷃之於鳳凰、尺鯢之於鯤魚、眾庶之於聖人，就各自大的類屬而言，固可曰同類，但如果「求馬，黃、黑馬皆可致……黃、黑馬一也，而可以應有馬，而不可應有白馬」，[90]則求人，聖人、眾庶皆可致，眾庶可以應有人，不可以應有聖人。聖人乃是一個「瑰」、「琦」、「超」、「獨」[91]的類，不能因眾庶也是一類，而兩者又都見括於一更大的人類，就緣彼此皆類而類同。順此謬論再發展下去，將出現殺盜即殺人，愛聖賢猶愛臧獲的怪論。然則士民眾庶的認知方式特認知方式中之一類耳，聖人認知以至認知聖人那種認知有待另類認知：唯不一也才能一，好比「墮爾形體，咄爾聰明」才能「同於大通」；[92]「超然獨處」才能「見獨」，[93]此所以面對「遺行」的質疑，他坦然坐實：「有之」，「世俗之民又安知臣之所為哉」？[94]

如果說〈對楚王問〉是假途改寫「小大之辯」、「埳井之蛙」章，以論知道，則〈大言〉、〈小言〉更無疑義在取此蹊徑，唯所

---

[89]　同上。

[90]　金受申，《公孫龍子釋》（臺北：河洛圖書出版社，1975），〈本論·白馬論第二〉，頁 14-5。

[91]　《文選》，卷四五〈對問〉所載〈對楚王問〉，頁 639：「聖人瑰意琦行，超然獨處」。

[92]　分見《莊子》，卷四下〈在宥〉，頁 390、卷三上〈大宗師〉，頁 284。

[93]　《莊子》，卷三上〈大宗師〉，頁 252。

[94]　以上引文出處並同注[87]。

欲闡明者乃道自身。〈大言〉、〈小言〉的關係猶〈高唐〉之於〈神女〉，後者以前者情節爲基石，故〈小言〉開篇即說：

> 楚襄王既登陽雲之臺，令諸大夫景差、唐勒、宋玉等並造〈大言賦〉，賦畢，而宋玉受賞。王曰：「此賦之迂誕，則極巨偉矣，抑未備也……然則上坐者未足明賞，賢人有能爲〈小言賦〉者，賜之雲夢之田。」**⑮**

二者必須合觀。假使撰述者在記實，也就是說，〈大言〉、〈小言〉的場景非全屬虛構，則楚襄王起初不過窮極無聊，尋求新奇娛樂，與《世說新語》下卷〈排調第二五〉條 61 所載桓玄、顧愷之、殷仲堪「共作了語」、「復作危語」相類，宋玉則因勢利導以明道。襄王等人論大、小時，均泥於跡。好比：論大，縱使時間長達「一世」；空間廣及「萬里」，上「絕天維」；下夷太山，仍在經驗界中，可以量度，總有涯際，然眞正的至大要能無外，無涯際。在「跋越九州，無所容止……據地盼天，迫不得仰」的大人眼中，光是他的長劍就已「倚天外」，是天地不足以窮至大之域。充溢六合的血海，經驗世界內的車駕固「不可以屬」，但對於以「方地爲車，圓天爲蓋」**⑯**的大人，苞負那點容量、重量，直若被夜露而走耳。同理，比蚊翼、蚤鱗再輕、微，總還是有體、有形，所謂

---

⑮ 章樵注，《古文苑》（臺北：鼎文書局，1973），卷二〈宋玉賦六首・小言賦〉，頁 42-3。

⑯ 以上引文並見前揭書，卷二〈宋玉賦六首・大言賦〉，頁 41-2。

的輕、微乃是相較而言，是蠅鬚、毫端不足以定至細之倪。若夫飛
糠、粃糟、蟣肝，既然猶能析、剖、切，則析、剖、切後所餘，從
眞正的至小尺度來看，若輿若舟，自可再分割，❾所謂「一尺之
捶，日取其半，萬世不竭」，❾除非無半與非半，「不可斮也」，
❾才算絕對的小。故宋玉說：

> 無內之中，微物潛生，比之無象；言之無名，蒙蒙滅景；昧
> 昧遺形，超於大虛之域；出於未兆之庭，纖於蟲末之微薎；
> 陋於茸毛之方生，視之則眇眇；望之則冥冥，離朱爲之歎
> 悶，神明不能察其情，二子之言磊磊，皆不小，何如此之爲
> 精？❿

只有形、象、景俱滅，超乎視聽等感官經驗之外，言詞、概念全然
不復適用者，才能曰小。且不說這段文字與今本《老子》第十四
章：

> 視之不見，名曰夷；聽之不聞，名曰希；搏之不得，名曰

---

❾　前揭書，卷二〈宋玉賦六首・小言賦〉，頁43-4，景差言：「體輕蚊翼；
　　形微蚤鱗」；唐勒言：「舘於蠅鬚，宴于毫端」，「析飛糠以爲輿；剖粃
　　糟以爲舟……烹虱脛；切蟣肝」。

❾　《莊子》，卷十下〈天下〉，頁1106。

❾　孫詒讓，《定本墨子閒詁》（臺北：世界書局，1972），卷十〈經說
　　下〉，頁229。

❿　《古文苑》，卷二〈宋玉賦六首・小言賦〉，頁44-5。

微，此三者不可致詰……繩繩不可名，復歸於無物，是謂無狀之狀、無物之象。

第二一章：

道之爲物，惟恍惟惚，惚兮恍兮，其中有物；恍兮惚兮，其中有象；窈兮冥兮，其中有精。

有多少相通處；「超於大虛之域，出於未兆之庭」二句較諸《莊子》卷一下〈齊物論〉：

有有也者，有无也者，有未始有无也者，有未始有夫未始有无也者。

何其神似？而「離朱爲之歎悶」云云豈非《莊子》卷五上〈天地〉：

黃帝遊乎赤水之北，登乎崑崙之丘而南望，還歸，遺其玄珠，使知索之而不得；使離朱索之而不得；使喫詬索之而不得也，乃使象罔，象罔得之。

的還原濃縮？是宋玉碻在論道。「樸雖小，天下莫能臣也」，[101]又

---

⑩　《老子》，第三二章，頁43。

爲至大,則眞正的小乃超乎大、小對較下的小。⑩其實,在宋玉揭示道的屬性之前,撰賦者已先透過襄王之口,回復用哲學語言暗示:

> 一陰一陽,道之所貴,小往大來,〈剝〉、〈復〉之類也,是故卑高相配而天地位;三光並照則小大備,能高而不能下,非兼通也;能麤而不能細,非妙工也。⑩

「一陰一陽之謂道」,⑩是道乃「周行而不殆」⑩者,就像《易傳》作者假〈剝〉、〈復〉相續、〈泰〉極〈否〉來所示一樣。世間意義的高下、麤細都是妄將此綿綿大環截裂後顯示的現象、判斷,所謂的道若眞止於片面隻隅,所謂「非兼通」,也就不克當宇宙的造化者,所謂「非妙工」,惟不割之大制,才能觀其妙。可見襄王、宋玉指涉實爲一,只是王多旁敲側擊;玉則正面暈染,前者匯通《易》、《老》;後者融貫《莊》、《老》,惟側重否定論式以明道,則無別。

---

⑩ 請參《莊子》,卷六下〈秋水〉北海若對河伯「至精无形,至大不可圍」問,頁 572。

⑩ 《古文苑》,卷二〈宋玉賦六首·小言賦〉,頁 43。

⑩ 孔穎達,《周易注疏》(臺北:臺灣學生書局,1967),卷七〈繫辭上〉,頁 601。

⑩ 《老子》,第二五章,頁 33。

肆

在漢賦史上居里程碑地位的〈七發〉以「楚太子有疾，而吳客往問之」為全篇骨幹。雖然吳客認為：「太子之病可無藥石針刺灸療而已，可以要言妙道說而去也」，並指出：痊癒後，若要長期保持健康，也須要「世之君子，博見強識」者「常無離側，以為羽翼」，方能使現有病因無從獲得醞釀復發的溫床，但這絲毫不意謂吳客不諳醫理、診斷等專業知識，以至拉高調門，講空話，事實上，他在那方面涉獵匪淺。但因對方病情已嚴重到「大命乃傾」的程度，「雖今扁鵲治內；巫咸治外，尚何及哉」，不能不採軼塵絕世之方。《黃帝內經‧素問》卷二〈陰陽應象大論〉說：

> 善診者，察色按脈，先別陰陽、審清濁，而知部分；視喘息、聽聲音，而知所苦；觀權衡規矩，而知病所主；按尺寸，觀浮沉滑澀，而知病所生。

吳客觀察到楚太子「膚色靡曼」；對方雖憑几而臥，已知患者「四支委隨」，是能「察色」。他覺知楚太子「筋骨挺解，血脈淫濯」，是能「按尺寸，觀浮沉滑澀」。他能不待問即斷言太子的病徵：

> 紛屯澹淡，噓唏煩酲，惕惕怵怵，臥不得暝，虛中重聽，惡聞人聲……聰明眩曜，悅怒不平。

是「知所苦」。他能歸結病因：「飲食則溫淳甘膬，腥醲肥厚；衣裳則雜遝曼煖，燀爍熱暑」，加上「越女侍前，齊姬奉後」，以至內熱過盛，卻因「內有保母，外有傅父，欲交無所」，不得宣洩，導至氣血「淹滯永久而不廢」，反向鬱結在中，所謂「邪氣逆襲，中若結轖」，是「知病所主」、「別陰陽」。吳客還能提出既有醫說，所謂「故曰」，支持自己的看法：

> 出輿入輦，命曰蹷痿之機；洞房清宮，命曰寒熱之媒；皓齒娥眉，命曰伐性之斧；甘脆肥膿，命曰腐腸之藥。⓰

善注已指出：這段文字乃《呂氏春秋》卷一〈本生〉的節述。其實，他對病因的診斷也有所本，《呂氏春秋》卷一〈重己〉說：

> 室大則多陰；高臺則多陽，多陰則蹷，多陽則痿，此陰陽不適之患也。是故先王不處大室，不爲高臺，味不眾珍，衣不燀熱。燀熱則理塞，理塞則氣不達；味眾珍則胃充，胃充則中大悗，中大悗則氣不達，以此（求）長生可得乎？

差異只在：《呂覽》撰述者重事前預防，所謂「節乎性」；⓱〈七發〉的吳客面對的乃已病之後，因此要以泄，所謂「發」，爲治術。〈本生〉、〈重己〉等篇乃《呂覽》撰述者取材自養生學派作

⓰　以上引文並見《文選》，卷三四〈七上〉所載〈七發〉，頁 487-8。
⓱　《呂氏春秋校釋》，卷一〈重己〉，頁 35。

品改寫成的，⑩是則吳客當係一頗諳養生學派論點、說辭，並通習醫術者，他之所以得獲楚太子接見，殆以遊方郎中身份，所謂「以方見」。⑩如此方能解釋文中另兩處特殊現象：一、吳客進奏的「方術之有資略者，若莊周、魏牟、楊朱、墨翟、便蜎、詹何之倫」，除墨翟外，都是養生學派尊奉的宗師。即便是墨翟，因為他的禁慾苦修主張，也很可能嘗為早先論敵：養生學派的某支後學引為同調。⑩二、傳統醫方多取擷自然界的動、植、礦物以至人為的特殊器物為藥材，故「以方見」者必須多識鳥獸草木以至各式奇物的藥性、產地，這不僅事涉專門絕業，方術者流還有技藝秘不外傳的行規禁忌，⑩無怪乎吳客提到的「山膚」、「安胡」、「薄耆之

---

⑩　詳參 Angus C. Graham, "The Background of the Mencian Theory of Human Nature"，《清華學報》新六卷一、二合期（1967 年 12 月），頁 216-23。

⑩　瀧川龜太郎，《史記會注考證》（臺北：藝文印書館，1972；以下簡稱《史記》），卷二八〈封禪書〉，頁 493：「是時李少君亦以祠竈穀道卻老方見上」、頁 494：「其明年齊人少翁以鬼神方見上」。

⑩　王明，《抱朴子內篇校釋》（北京：中華書局，1985），卷十九〈遐覽〉，頁 337：「其變化之術，大者唯有《墨子五行記》，本有五卷，昔劉君安未仙去時，鈔取其要，以為一卷。其法用藥用符，乃能令人飛行上下，隱淪無方。」君安乃劉根字，漢人，事見汪紹楹校注，《搜神記》（臺北：里仁書局，1982），卷一，第 16 條，頁 6-7；王先謙，《後漢書集解》（臺北：藝文印書館，1972），卷八二下〈方術列傳〉，頁 979。是甚早墨家即為方士攀附。

⑩　可參馬繼興，《馬王堆古醫書考釋》（長沙：湖南科學技術出版社，1992），〈專論〉第三篇〈《五十二病方》的方、藥名數〉，頁 110-9、第五篇〈馬王堆漢墓醫書的藥物學成就〉，頁 123-9、〈附錄〉一〈馬王堆古醫書藥名出處索引〉，頁 1074-98。《史記》，卷一百五〈扁鵲倉公

炎」、「齒至之車」、「溷章」、「螭龍德牧」、「苗松」，⑫連號稱「書籙」⑬的李善都不詳。

賦文涉及醫術，非獨〈七發〉為然。〈風〉在申述「風氣殊焉」時，就指陳：「起於青蘋之末」的雄風「中人」，可以「愈病析酲，發明耳目，寧體便人」；「起於窮巷之閒」的雌風「中人」，會「憞溷鬱邑，毆溫致濕，中心慘怛，生病造熱，中脣為胗，得目為蔑，啗齰嗽獲」。⑭李善引《素問》、《呂覽》為注，甚是。遠自殷商，風就被視為人們罹疾的主因之一，⑮所以《黃帝內經‧素問》卷一〈生氣通天論〉說：「風者，百病之始也」，但下文又說：「大風苛毒，弗之能害，此因時之序也」。參對《黃帝內經‧靈樞》中的〈九宮八風第七十七〉，可知：風有實、虛，「風從其所居之鄉來為實風，主生，長養萬物；從其沖後來為虛

列傳〉，頁 1126：「臣意曰：『得見事侍公前，悉得禁方，幸甚，意死，不敢妄傳人。』……師光喜曰：『……同產處臨淄，善為方，吾不若。其方甚奇，非世之所聞也。吾年中時，嘗欲受其方，楊中倩不肯，曰：「若非其人也。」……。』」；王先謙，《漢書補注》（臺北：藝文印書館，1972；以下簡稱《漢書》），卷三六〈楚元王傳附劉向傳〉，頁964：「淮南有枕中鴻寶苑秘書，書言神僊、使鬼物為金之術，及鄒衍重道延命方，世人莫見」，方、書曰禁、秘，非其人不傳，世所未聞、莫見，可知忌諱之深。

⑫ 出處並見《文選》，卷三四〈七上〉所載〈七發〉，頁 488-90。

⑬ 歐陽修，《唐書》（臺北：藝文印書館，1972），卷二百二〈文藝中‧李邕傳〉，頁 2295。

⑭ 以上引文出處同注⑧。

⑮ 嚴一萍，〈中國醫學之起源攷略〉（下），《大陸雜誌》二卷九期（1951年 5 月），頁 15。

風,傷人者也,主殺,主害者」,⑯因此要講究風占,一方面對那些「虛邪賊風,避之有時」;⑰另方面又應順四時八方陰陽消息,而吸風調氣。誠明乎此,則對於風分雌、雄這種突兀說法可恍然了悟,原來它們乃是醫方者流命風曰虛、曰實的別構,則〈風〉賦撰述者對養生方術同樣具有相當造詣。

與〈七發〉作者枚乘同遊梁王菀園的司馬相如傳頌代表作爲〈子虛〉、〈上林〉,兩篇在賦文正式開展時,均先描繪帝王苑囿,以充供接下來的畋獵遊觀舞臺。這兩大段文字描繪方式有別,〈子虛〉以山爲中樞:

其中有山焉,其山則盤紆岪鬱……,
其土則丹青赭堊……,
其石則赤玉玫瑰……。
其東則有蕙圃,衡蘭芷若……。
其南則有平原廣澤……,
其高燥則生葴菥苞荔……;
其埤溼則生藏莨蒹葭……。
其西則有湧泉清池……外發芙蓉菱華;
內隱鉅石白沙;

⑯　楊維傑,《黃帝內經靈樞譯解》(臺北:臺聯國風出版社,1984),頁572-3,有八方虛風與病變部位簡表。

⑰　山東中醫學院、河北醫學院,《黃帝內經素問校釋》(北京:人民衛生出版社,1982),卷一〈上古天眞論〉,頁5。

其中則有神龜蛟鼉……。

其北則有有陰林，其樹楩枏豫章……；

其上則有鵷鶵孔鸞……；

其下則有白虎玄豹……。

〈上林〉則改取水爲核心：

左蒼梧；

右西極；

丹水更其南；

紫淵徑其北；

終始灞、滻，出入涇、渭，酆、鎬、潦、潏紆餘委蛇，經營
乎其內……。

於是乎蛟龍赤螭……潛處乎深巖……；

明月珠子……蓁積乎其中；

鴻鷫鵠鴇……群浮乎其上……。

於是乎崇山矗矗……陂池貏豸……亭皋千里……，

掩以綠蕙……。

於是乎周覽泛觀……日出東沼；

入乎西陂；

其南則隆冬生長，涌水躍波，

其獸則㺉旄貘犛……；

其北則盛夏含凍裂地，涉冰揭河，

其獸則麒麟角瑞……。⑱

而且在鋪陳苑囿的奇珍品物時，〈子虛〉先標出地點位置，再說蘊藏出產；〈上林〉則動、植、礦物羅列於前，所在居後。兩篇這部分的描繪方式差異，自與避免複沓生厭、藉技巧多樣以示才華有關，但最令我們感興趣的是：這種描繪方式從何而來。過去多認為沿襲戰國時縱橫家遊說列國、概陳該國疆域的路數，⑲也或許有人會聯想到〈招魂〉、〈大招〉中對六合、四方的敘寫。⑳意識上的差異——蘇秦等人的那些說辭強調的是軍事地理意義上的形勝以及軍備資源；〈子虛〉、〈上林〉所矜夸的則為自然資源中無關軍事部分，〈招魂〉、〈大招〉要顯示六合四方均充斥惡靈怪物，不可居；〈子虛〉、〈上林〉則竭力布陳隨處俱有美物佳品存焉，可盡情享受——誠然無礙技巧上的相似或借用，然試檢《山海經》，如卷一〈南山經〉：

> 青丘之山其陽多玉；
> > 其陰多青䨼。
> > 有獸焉，其狀如狐而九尾；
> > > 其音如嬰兒，能食人，食者不蠱。

---

⑱　以上引文分見《文選》，卷七〈賦丁·畋獵上〉所載〈子虛賦〉，頁 122-3、卷八〈賦丁·畋獵中〉所載〈上林賦〉，頁 126-8。

⑲　《史記》，卷六九〈蘇秦傳〉，頁 875-81。

⑳　洪興祖，《楚辭補注》（臺北：臺灣中華書局，1966），卷九〈招魂〉，頁 2b-5a、卷十〈大招〉，頁 1b-3a。

有鳥焉，其狀如鳩；

其音若呵，名曰灌灌，佩之不惑。

英水出焉，南流注于即翼之澤，

其中多赤鱬，其狀如魚而人面；

其音如鴛鴦，食之不疥。

卷二〈西山經〉：

崳山其木多漆棫；

其草多薊蘺芎藭……。

孟山其陰多鐵；

其陽多銅；

其獸多白狼白虎；

其鳥多白雉白翟……。

卷三〈北山經〉：

縣雍之山其上多玉；

其下多銅；

其獸多閭麋；

其鳥多白翟白鶺。

晉水出焉，而東南流注于汾水，

其中多鮆魚，其狀如儵而赤鱗；

其音如叱，食之不驕。

立即可見《山海經》係二賦那種描繪方式的祖本，〈子虛〉以山為中樞；〈上林〉用水為核心，將各種禽、魚、獸、草、木、石分別編附在架構的東西（左右）、南北（陰陽）、上（高）、下（埤）、中諸部位，實乃《山海經》敘介模式的繁衍。二賦中的山「上干青雲」，足令「日月蔽虧」，眾水出焉，山麓並四野「俶儻瑰偉，異方殊類，珍怪鳥獸，萬端鱗崒，充牣其中」，還有「眇眇忽忽，若神仙之髣髴」的「鄭女曼姬」、「青琴宓妃之徒」游乎其間，「靈圄燕於閒館，偓佺之倫暴於南榮」，俯觀「奔星更於閨闥，宛虹拖於楯軒」，[121]這幅景觀豈不正是《山海經》所述天地之中、日月所入的宇宙山——崑崙圖的人間摹版？[122]崑崙這帝之下都「非仁羿莫能上」，[123]〈上林〉也明言：只有當今天子「德隆於三王，而功羨於五帝，若此，故獵乃可喜」，換言之，唯通過嚴苛的考驗後，那上林苑才能成為眞正的人間樂園。是則指稱二賦乃《山海經》衣被之作，應非捕風捉影之談。

原本凡道藝術業均可稱方術，其中一小部分於春秋、戰國之際

---

[121] 以上引文分見《文選》，卷七〈賦丁・畋獵上〉所載〈子虛賦〉，頁122、125、124；卷八〈賦丁・畋獵中〉所載〈上林賦〉，頁131、128。

[122] 二賦中許多地理、產物名稱，如桂林、泱漭、碝石、盧橘、陶駼、鷩鳥，均見諸《山海經》等神話記述中。詳參高步瀛，《文選李注義疏》，《選學叢書》十（臺北：廣文書局，1977），卷七〈子虛賦〉，頁1270-93、卷八〈上林賦〉，頁1327-1408。

[123] 《山海經》，卷十一〈海內西經〉，頁350-1。郭璞如字讀，「言非仁人及有才藝如羿者不能得登」，但又云：「羿，一或作聖」；郝懿行則改字訓，「仁、仍古字通……羿、羽義近……此經『仁羿』即《楚辭》『仍羽人』，言羽化登仙也」。總之，意謂須具備某種特殊資格方能進入聖所。

經歷重大的哲學突破，以百家言的姿態現世，於是方術逐漸成爲
《漢書》卷三十〈藝文志〉所說術數、方伎的專稱。⑭名稱雖有先
後廣狹之別，但詞義範圍的變動、哲學突破程度的多寡並未阻隔百
家言與方術者流兩下的關係，其中又以五行學派、養生學派、道家
與方術間的糾葛最深，至於方術團體內部大小支裔，雖各有專司，
但相互牽涉、彼此蹈襲的情況更是治絲愈棼。戰國中葉，方術之士
這大集團、司天數⑮這行業中，興起了一位不世雄桀：鄒衍。據
《史記》卷七四〈孟子荀卿列傳〉的撮述，鄒衍學說有兩方面，一
爲歷史，「先序今以上至黃帝、學者所共術，大並世盛衰，因載其
機祥度制」，「五德轉移，治各有宜，而符應若茲」；一爲地理，
「先列中國名山、大川、通谷、禽獸、水土所殖、物類所珍，因而
推之，及海外人之所不能睹」，「中國名曰赤縣神州」，「中國外
如赤縣神州者九，乃所謂九州也，於是有裨海環之」，「如此者
九，乃有大瀛海環其外」。前者以五德終始名世；後者即大九州
說。而所謂大九州，實乃神儒家事。〈孟子荀卿列傳〉記載：燕昭
王嘗爲他「築碣石宮，身親往師之」。碣石乃傳說中仙人居所，故
始皇後來東巡碣石，還特派燕人盧生、韓終、侯公、石生求仙人不
死之藥。⑯是則鄒衍當時左據未來眞命天子的的符籙；右握通仙登

---

⑭　詳參陳槃，〈戰國秦漢間方士考論〉，《中央研究院歷史語言研究所集
　　刊》第十七本（1948 年），頁 7-19。

⑮　《史記》，卷二七〈天官書〉，頁 477。

⑯　前揭書，卷六〈秦始皇本紀·三二年〉，頁 116。

霞的密方，從其說，今生為大聖；⑫它世為真人，無怪乎氣燄令王
侯郊迎，側行襒席。如此貴震天下，自是令大小同行莫不扼捥，不
少即托身鄒氏名下，雖不盡通曉，仍傳其術，何況鄒氏的整齊間架
既易於借用比附，也確有它的長處？《黃帝內經》、《山海經》即
此潮流下的成果。⑬上文嘗將二者與枚、馬賦作關係的線索指出，
苟數典不忘其祖，如鄒衍作怪迂之論，「要其歸，必止乎仁義節
儉」，「始也濫耳」；⑬「相如雖多虛辭濫說，然其要歸，引之節
儉」，⑬則又何疑某些早期賦作係嘗聞鄒衍之風而起者？⑬

伍

　　上文已約略疏證某些早期賦作與先秦諸子學在思想方面密切的

⑫　前揭書，卷七四〈孟子荀卿列傳〉，頁 920：「鄒衍....深觀陰陽消息，而
　　作怪迂之變、終始大聖之篇十餘萬言」；卷十六〈秦楚之際月表・序〉，
　　頁 298：「王跡之興起於閭巷，合從討伐，軼於三代，鄉秦之禁適足以資
　　賢者，為驅除難耳....此乃傳之所謂大聖乎？豈非天哉？豈非天哉？非大
　　聖，孰能當此受命而帝者乎？」

⑬　詳參陳槃，〈論早期讖緯及其與鄒衍書說之關係〉，《中央研究院歷史語
　　言研究所集刊》第二十本上冊（1948 年），頁 171-9、185、王夢鷗，
　　《鄒衍遺說考》（臺北：臺灣商務印書館，1966），第七章，頁 125-41。

⑬　《史記》，卷七四〈孟子荀卿列傳〉，頁 920。

⑬　前揭書，卷一一七〈司馬相如傳・太史公曰〉，頁 1233。

⑬　畢庶春，〈試論大賦與鄒衍及稷下學派──大賦藝術特色探源〉，《文學
　　遺產》第二期（1993 年），頁 23-30，與本文論式及論點異同，讀者可自
　　行參閱。

關係，接著面臨的問題則是：如何解釋這現象。

　　從既存早期賦作出自諷諫者流這點，可清楚知道：撰寫者的對象乃同時的王公大人。他們於射、御、聲、色以及某些奇伎淫巧不僅樂之不疲，有時還相當在行，但對於諸子微眇之言既無學術素養足以理會欣賞，也缺乏興趣去接觸探究。❷這就使得當時部分想推銷自己學術信念者不得不另覓它途，舍哲學論述式語言，取文學形象、描繪生動的方式，期使那些王公大人興趣盎然，不至於接觸之初即因畏難或枯燥而生拒心。有的甚至不惜降格，添加一些煽惑刺激的染料，牽就那些王公大人的低俗口味，〈神女〉即個中著例。若以見下情況比配，那就像將一齣論上帝存有與否的主題式藝術電影，改編妝點成家庭倫理、間諜動作、愛情香豔大悲劇。「曲彌高而和愈寡」，非獨音樂這行業會遭逢，《韓非子》卷十九〈五蠹〉就明言：諸子之說乃「上智之所難知也」。接受的前提在欣賞，欣賞的前提在瞭解，瞭解的先行條件為聆聽教誨，而若根本沒接觸的興趣、意願，還談甚麼聆聽呢？此所以像荀況那般端方嚴峻的大師也不得不取成相、謎語那些俚俗形式為新瓶，來裝載聖王之道。❸諸子哲學通俗的結果之一即是前揭賦作面世。

　　要能將諸子學改編成通俗文藝版，先決條件在於那些後世所說的賦家對諸子學能有一定程度的認識，而諸子學各有其萌興之地，

---

❷　〈賦源平章雙隅〉，本書，頁 20-1。

❸　法術之士同樣會使用成相為訓誨管道，《睡虎地秦墓竹簡》（臺北：里仁書局，1981），〈為吏之道〉第五欄，頁 533，即是。詳參譚家健，《先秦散文藝術新探》（北京：首都師範大學出版社，1995），第三編，第五章，頁 377-83。

是則諸子學要能爲那些賦家認識，勢須諸子學廣被當時中土爲前
提，否則從何聞其風而悅之？墨翟一生活動固不出魯、宋、楚、
越，但他後學已抵渭濱；⓭子思至終足跡殆止於鄒、魯，孟軻也不
過在齊、魯、薛、鄒、宋、梁間來往，但他們這派的著作近年竟赫
然見諸湖北省荊門市郭店楚墓中；⓭荀況則自北趙東游齊，自齊而
南入楚，間尚返趙、西入秦。⓭由此可知：「南楚窮巷」⓭之人確
實有可能接觸到萌興自它方的勝談玄論。宋玉在楚王面前申辯時，
說：「口多微辭，所學於師也」；⓭當襄王反詰：「今子獨以爲寡
人之風，豈有說乎」，宋玉表示以下回答乃「臣聞於師」；⓭枚乘
借吳客之口替楚太子解惑：「濤何氣哉」，明言：

　　　不記也，然聞於師曰：「似神而非者三：疾雷聞百里；江水

⓭　《呂氏春秋集釋》，卷一〈去私〉，頁 55：「墨者有鉅子腹䵍，居秦。
　　其子殺人，秦惠王曰……。」惠王即惠文王，孝公子，即位時上去墨翟卒年
　　約六、七十載。

⓭　《郭店楚墓竹簡》，頁 149-51，有〈五行〉，據《荀子》，卷三〈非十二
　　子〉，頁 59-60，知乃思、孟學派視爲孔門眞傳的重要記述；頁 129-31，
　　有〈緇衣〉，據魏徵，《隋書》（臺北：藝文印書館，1972），卷十三
　　〈音樂志上〉，頁 158，知南朝人相傳出自子思子；頁 141，有〈魯穆公
　　問子思〉章，當同屬孔伋後學筆錄。

⓭　《荀子》，卷四〈儒效〉，頁 75：「秦昭王問孫卿子曰」、卷十〈議
　　兵〉，頁 176：「臨武君與孫卿子議兵於趙孝成王前」、卷十一〈彊
　　國〉，頁 202：「應侯問孫卿子曰：『入秦何見？』」。

⓭　《文選》，卷十九〈賦癸·情〉所載〈登徒子好色賦〉，頁 274。

⓭　同上。

⓭　《文選》，卷十三〈賦庚·物色〉所載〈風賦〉，頁 195。

逆流，海水上潮；山出內雲，日夜不止。」⑭

難道那些「師」是教他們作辭賦的？⑭豈不都當是九流百家中人物？故這些早期賦作在內容思想上或與莊、老，或與五行學派，或與養生者流息息相關，甚至點竄成文入賦，司馬相如的〈大人〉之於〈遠遊〉即一著例。

但只要稍事剖析，即可發現：這些賦作在思想上與它們承襲並所欲表述的微眇之言有間，換言之，那些賦家未必忠實反應他們的師說。其中原委匪一：有的可能是本身不盡愜師說；有的可能因為別有授受，晚周「兼儒、墨，合名、法」⑭的整合風尚已起，後學未必樂從顓門之言；有的可能為了因時、地、人病痛所在下藥，故有其欹輕欹重，但更根本的原因在於：文學作品究竟不是哲學作品，儘管同欲表述一理念，採取的手法、語言絕難相同，否則那種

---

⑭　《文選》，卷三四〈七上〉所載〈七發〉，頁492。

⑭　《漢書》，卷五一〈枚乘傳附枚皋傳〉，頁 1117，特載「皋不通經術」，以至「為賦頌好嫚戲」，「不甚閑靡」，可知此非常態。陸賈能粗述古今政權存亡之微十二篇；司馬相如受七經於長安；嚴助為本郡舉賢良，對策天衢；朱買臣能說《春秋》；嚴安上書稱引鄒衍；東方朔「十六學《詩》、《書》，誦二十二萬言；十九學孫、吳兵法、戰陣之具、鉦鼓之教，亦誦二十二萬言」，這才是早期賦家學養的一般狀態。出處分見《史記》，卷九七〈陸賈傳〉，頁 1075—6；盧弼，《三國志集解》（臺北：藝文印書館，1972），卷三八〈秦宓傳〉，頁 831；《漢書》卷六四上〈嚴助傳〉，頁 1271、〈朱買臣傳〉，頁 1276、卷六四下〈嚴安傳〉，頁1283、卷六五〈東方朔傳〉，頁1294。

⑭　《漢書》，卷三十〈藝文志・諸子略・雜家敘論〉，頁897。

文學作品就成了「柱下之旨歸」、「漆園之義疏」，⑭乃就文學論文學甚拙劣的詞句組合，賈誼〈鵩鳥〉堪爲證。哲學論述式語言無從傳達的感染力、觸及的幽微處，唯文學能奏功，但同樣也有它的缺憾，難以將某觀念精準、複雜面保留，尤其當涉及的乃某學說的核心叢結。以〈對楚王問〉而言，體道者軼俗絕倫，「知我者希」⑭固是事實，「侔於天」者會「畸於人」⑭也是莊周明言，但《老子》同樣強調聖人應和光同塵、被褐懷玉，⑭莊周於至人冥跡也一再耳提，甚至以入鳥獸群而不驚的夸飾語爲喻，⑭〈對楚王問〉顯然失之偏。又好比文末二喻固祖〈逍遙遊〉而成，但鯤爲鯤、鳳（鵬）爲鳳（鵬），原文中的活眼：「化」則見刊，使得莊學萬物「以不同形相禪」，聖人逍遙在於遊心乎天地之一氣的精緻義涵都遺落了。而〈神女〉在描繪道體時，爲了俯就王侯荒淫好色的性向，強化誘因，竟將《老子》「道之出言淡乎其無味，視之不足見，聽之不足聞」、「信言不美，美言不信」，⑭以及莊學支離其

---

⑭　《文心雕龍注》，卷九〈時序〉，頁 24a。

⑭　《老子》，第七十章，頁 99。

⑭　《莊子》，卷三上〈大宗師〉，頁 273。

⑭　《老子》，第四章，頁 5、第七十章，頁 100。

⑭　《莊子》，卷七上〈山木〉，頁 683：「入獸不亂群；入鳥不亂行，鳥獸不惡，而況人乎」、卷四中〈馬蹄〉，頁 334：「至德之世……禽獸可係羈而遊；鳥鵲之巢可攀援而闚」。與此相反的描繪，如卷一下〈齊物論〉，頁 93：「毛嬙、麗姬，人之所美也，魚見之深入；鳥見之高飛；麋鹿見之決驟」、卷六下〈至樂〉，頁 621：「咸池、九韶之樂張之洞庭之野，鳥聞之而飛；獸聞之而走；魚聞之而下入」。

⑭　分見《老子》，第三五章，頁 48、第八一章，頁 108。

形卻德全的典範造型全盤弄丟，搞得兩千多年來讀者始終不出情色視野，眞所謂「繁華損枝，膏腴害骨」，⑭以至「道隱於小成」。⑮至於〈風〉，問題要複雜些，既有悖乎老、莊學說的危機，也有入室操戈的傾向。先說前者。用固然必承體而起，體必顯用，但《莊子》卷二中〈人間世〉指出：「唯道集虛」，要致虛，不但應「无聽之以耳」，而且「无聽之以心」；卷七上〈達生〉以梓慶成鐻先須心齋爲喻時，也說：「不敢懷慶賞爵祿」、「非譽巧拙」，還當「輒然忘吾有四枝形體」，意謂：集道見獨除了須要泯除感官經驗的內容，而且要泯除形成感官經驗內容的基礎——感覺與理智。今日無論是大王，還是小民，憑視、聽、嗅、觸體會道，斷非老、莊所能印可，而且他們曾警告：如此體會的道必然全盤扭曲，當事者卻執其一曲，可乎可，不可乎不可，果然，當時不就引發了共／不共的彼此是非嗎？接下來談入室操戈的部分。《老子》慣以當時社會的女性特質譬擬道，已詳上文，因此呼籲要「守其雌」，才能「常德不離」，「復歸於樸」。⑮湖南省長沙市馬王堆漢墓出土的乙本帛書《老子》卷前附有四篇佚書，〈十大經〉居其一，當中有〈雌雄節〉專篇申論。⑯上文已指出：雌、雄風實醫方者流所慣言虛、實風的別名。〈風〉的作者刻意用僻稱，豈僅是按當時文化一般印象或道家理論，雌、虛同一範疇，因而也以雄代實？殆另

---

⑭　《文心雕龍注》，卷二〈詮賦〉，頁 47b。

⑮　《莊子》，卷一下〈齊物論〉，頁 63。

⑮　《老子》，第二八章，頁 39。

⑯　《帛書老子》（臺北：河洛圖書出版社，1975），頁 218。

有深意在。雌既爲道屬性的譬擬之一，按詞例，雌可爲道的假名權稱。今本第三九章說：

> 天得一以清；地得一以寧……萬物得一以生；侯王得一以爲
> 天下貞。

身爲父天母地的楚襄王當雄，未得雌，可見是未得道者，何足爲天下貞？然而清寧在躬。倒過來說，楚民受雌風，是得道者，但那種處窮巷甕牖、腐餘湎濁的日子是何境界？要說道中至足幸福，你們老、莊自己去享受吧！或許未明言的諍言乃是：爲人師者當因材施教，上說下勸的同樣也該視人視事說法，否則難逃助虐之嫌。

以通俗文學形式推銷諸子學說，縱有如上所述的困境和缺失，那些賦家仍不另覓途徑，未必都種因於他們思辨反省力不足，覺察不到那些困境和缺失，恐怕也不僅爲了俯就推銷對象的學養和口味，賦家當時的本身狀況同樣當慮及。戰國時期，養士客舍分上、中、下三等，待遇不同，隨著日後表現而升降，❸均可見：當時士這流品中的成員極駁雜，有安家定國者，雞鳴狗盜之徒亦存焉。以儒門爲例，《史記》卷一二一〈儒林列傳·序〉載：

> 七十子之徒散游諸侯，大者爲師傅卿相；小者友教士大夫；
> 或隱而不見。

---

❸　詳參余英時，〈古代知識階層的興起與發展〉，《中國知識階層史論〈古
代篇〉》（臺北：聯經出版事業公司，1980），頁 76-86。

但從《荀子》可知：戰國末葉儒的名稱浮濫至極，以至荀況本乎義憤，起而清理門戶，指出當時許多人乃陋儒、散儒、腐儒、賤儒、俗儒。⑮應當也屬同期作品的〈儒行〉作者特別花工夫標列出儒者應有的素養、操守、風範，原因就出在「今眾人之命儒也妄，常以儒相詬病」，魯哀公就坦承以往「以儒為戲」。⑮儒門既有那麼多小人儒，包括儒在內的士階層就更是龍蛇猥集，有那麼點學術技能、公私抱負，缺乏有利資藉，在生存邊緣掙扎者居個中多數。偶然得到個機會，來到王公大人身邊。像商鞅透過秦孝公寵臣景監獲覲；藺相如是靠趙惠王的宦者繆賢舉薦；傳說中，宋玉即由友人紹介；司馬相如全仗同鄉、任漢武帝狗監的楊得意適時一番話，才入郎署。⑯即使是孔子，都傳言：「於衛主癰疽；於齊主侍人瘠環」，⑰孟軻雖斥為誣妄，但好事者所以會有此一說，豈不正是以小人之境度君子之進退使然？他們來到王公大人身邊，只有極少數的夤緣在國內或國際舞台一顯身手，平步青雲，絕大部分始終位沈下僚，甚至不復面君。若猶能常侍左右，也不過為主上「倡優畜之」。⑱或許是學術良心未盡泯，也或許是不甘心微賤，更可能是

---

⑮　分見《荀子》，卷一〈勸學〉，頁 9、10；卷三〈非相〉，頁 53；卷三〈非十二子〉，頁 66；卷四〈儒效〉，頁 88。

⑮　孫希旦，《禮記集解》（臺北：文史哲出版社，1982），頁 1287-8。

⑯　出處分見《史記》，卷六八〈商君傳〉，頁 868、卷八一〈藺相如傳〉，頁 965、卷一一七〈司馬相如傳〉，頁 1208；屈守元，《韓詩外傳箋疏》（成都：巴蜀書社，1996），卷七，頁 637。

⑰　焦循，《孟子正義》（臺北：世界書局，1956），卷九〈萬章章句上〉，頁 388。

⑱　《漢書》，卷六二〈司馬遷傳〉，頁 1256。

義利雙行，他們或多或少尙圖相機進言，導君以所業。然言行不得踰位僭職乃當時通則。《禮記》卷四〈檀弓下·知悼子卒章〉就記載：杜蕢諫晉平公不當於其時飲酒觀樂，所言固是，平公也承認有過，杜蕢仍然自己罰酒，所持理由就在於：

> 蕢也，宰夫也，非刀匕是共，又敢與知防。

《韓非子》卷二〈二柄〉有段更傳神的案例：

> 昔者韓昭侯醉而寢，典冠者見君之寒也，故加衣於君之上。覺寢而說，問左右曰：「誰加衣者？」左右答曰：「典冠。」君因兼罪典衣、殺典冠。其罪典衣，以爲失其事也；其罪典冠，以爲越其職也，非不惡寒也，以爲侵官之害甚於寒。故明主之畜臣，臣不得越官而有功；不得陳言而不當，越官則死；不當則罪。

據《史記》卷六〈秦始皇本紀〉，侯生等抱怨：秦法連方士「兼方」都嚴禁，「不驗輒死」。這就迫使上述那些「小臣」[⑬]不能如同處士放言、賓萌高論，而須改取與自己侍從、弄臣身份相配的模式。試看本文前揭諸作的背景，若非王公大人信口提到的日常溫

---

⑬ 虞世南，《北堂書鈔》（臺北：宏業書局，1974），卷三三〈政術部七·薦賢〉自注引《宋玉集·序》，頁 119。另參《史記》，卷九六〈張丞相傳〉，頁 1068，知小臣即隨侍君上左右的弄臣、佞幸臣。

涼：風啊、雲啊，就是君上窮極無聊，主動興起的賣弄嘴皮、筆桿
的嬉戲。吳客主動求見，開場白僅止於泛泛問安，即便如此，楚太
子還不耐，兩度「謝客」。吳客於醫術上造詣頗深，所以但奏「要
言妙道」，豈僅因對方疾深，已無它法？殆避忌侵攬官醫職份之詰
責，謹慎到連奏「要言妙道」都先試探對方口氣：「不欲聞之
乎」。⑯那些窮士逮到發揮機會，將所學一二改頭換面、粉黛妝點
番推出，即是見存某些早期的賦。《文選・序》認爲：諸子「以立
意爲宗，不以能文爲本」，異夫篇翰，斯言誠贗，然當子部衰而集
部興之交，也就是後世鋒起眾制元首：賦嶄露頭角際，荀、宋、
枚、馬等微官、小臣正是以能文來立意。舍能文，故無從立意；苟
非立意是務，根本無俟能文，立意與能文在當時乃有機地整合爲
一。

《漢書》卷五一〈鄒陽傳〉載其語：

> 鄒、魯守經學；齊、楚多辯知；韓、魏時有奇節。

這是自地方文化特徵著眼，並非同質比較，設使單就文學一項來
說，是否也各有風土色彩，格於見存史料過少，實不敢妄臆。然夷
考戰國季葉至漢武這時期賦家的隸籍，宋玉、唐勒、陸賈是楚人；
枚乘，淮陰人，淮陰自秦、楚之際暨漢初均屬楚地，故淮陰人韓信
早先即王楚，以便衣錦晝行；嚴忌、嚴忽奇、嚴助、朱買臣，吳
人，乃東楚故地；劉辟彊乃楚元王孫，淮南王安、廣川王越封地一

---

⑯　以上引文出處同注⑩。

楚一齊；荀況一生最主要的活動範圍在齊、楚，卒葬蘭陵；《西京
雜記》卷四嘗登載梁孝王門下遊士公孫詭、鄒陽、羊勝賦作，三子
率齊人；宋玉名下的〈唐革〉殘簡竟見諸齊地銀雀山墓葬中，⑩在
在顯示：齊、楚人於該階段的賦壇上執牛耳。另方面，根據上文疏
證見存早期賦作與戰國諸子學在思想上的承轉源流，可發現以老、
莊道家、養生方士者流和五行學派居大宗，而彼等恰是齊、楚兩地
產物。將兩下縐合相參，似乎不能不懷疑：這種採文學方式將諸子
學說通俗化乃齊、楚兩地下層士人的風尚，乃至賈誼寓居長沙，也
見衣被，用賦體寫了篇老、莊義疏以自廣。然則賦於厥初乃一頗具
地方色彩的文學新體式？《文心雕龍》卷九〈時序〉說：

> 春秋以後，角戰英雄，六經泥蟠，百家飄駭，方是時也……
> 唯齊、楚兩國頗有文學。齊開莊衢之第；楚廣蘭臺之宮……
> 鄒衍以談天飛譽；騶奭以雕龍馳響，屈平聯藻於日月；宋玉
> 交彩於風雲，觀其艷說，則籠罩〈雅〉、〈頌〉，故知煒燁
> 之奇意出乎縱橫之詭俗也。

將稷下論議與蘭臺遊觀相提並論，以楚辭與早期賦作齒列，視為俱
染縱橫詭俗，實多可商，但窮士小臣假辭章改述所習諸子緒業，確
確乎似嘗共通流行於齊、楚，成為兩漢文學大宗──賦的胎息地。

---

⑩　吳九龍，《銀雀山漢簡釋文》（北京：文物出版社，1985），第 184 簡，
　　頁 15；羅福頤，〈臨沂漢簡所見古籍概略〉，《古文字研究》第十一輯
　　（1985 年），頁 38。

而《文心雕龍》卷二〈詮賦〉平章賦源的那節名文，在目前看來，也應改寫如次：

> 然則賦也者，受命於詩人，拓宇於諸子也，於是荀況〈蠶〉、〈箴〉，宋玉〈風〉、雲，爰錫名號，與《詩》畫境，九流附庸，蔚成大國。

×　　　　×　　　　×

　　時下的某些文學研究常給人一印象：好似古代那些作家午憩醒來，精力飽滿，無所放洩，信步臨軒，望空隨性大放厥辭，辭畢，踱回內寢，若無事嘗發生。全然不顧及詮釋學退回歷史文化脈絡的要則：作者在針對甚麼切身痛癢、特定對象絞思揮翰，而第一代讀者聽眾又是如何理會那些作品的。當然，恪遵退回歷史文化脈絡及相關規定，未必保證即能出現詮釋佳作，毛《傳》鄭《箋》即著例。那是因為詮釋學就其規定嚴格、環環相扣、於相同情況者俱適用而言，可謂科技，但就那些規定能否適切運用，端視其人，又實為藝術。但那些規定則是不容置喙弄舌的。秉持那些規定而行，尚且經常能讀出羌無故實的隱趣，聽到九天外來的信息，況背道而行，又注射了一堆仿冒歐美品牌的亢奮劑者流？古代作品傳抄魚魯，復缺有間，千載之下解讀自難免臆度成分，並不時將自身未意識到的預設夾入，但這不能充作不力求逼真的藉口，否則，賣菜婦與柏拉圖對蘇格拉底的理解就不知該如何分其軒輊了。甲骨文研究

這領域早年有則笑話：一個 ![字] 字或釋春，或釋夏，或釋秋，⑯幾乎四季不辨，但若按諸時下流風，笑話乃佳話，因爲正契合「管它一篇作品原先想呈現甚麼，要緊的是我們怎麼讀，建構成甚麼」。我們知道：看到不存在的事物，稱幻象；聽到烏有的聲音，名幻聽，一個人如果有幻象幻聽，醫生會診斷爲精神病。則當文學研究分不清一段文本的意義和可引發的聯想，研究報告滿紙神遊蹤跡，也就可謂罹患了學術研究上的精神病，而各式各色寓意詮釋法最易蹈此。餖飣落伍，筆者素來甘受不辭，惟戰兢祈禱本文能倖免斯疾。

（先於 1998 年 10 月南京大學主辦之「第四屆國際辭賦學學術研討會」上宣讀，後發表於安徽大學《古籍研究》1 期，1999 年 3 月）

---

⑯　李孝定，《甲骨文字集釋》（南港：中央研究院歷史語言研究所，1970），第一卷，頁 229-31。

論〈神鳥傅〉及其相關問題

　　一九九三年二月至四月，江蘇省連雲港市東海縣溫泉鎮尹灣村西南發得六座西漢中、晚期至新莽時的墓葬。第六號，至早於西漢成帝元延三年（10 B.C.）下葬的墓出土竹簡一三三枚，長度基本一致，唯寬度有別：小簡寬 0.3～0.4；大簡寬 0.8～1 厘米，凡二十枚，上書〈神鳥傅〉乙篇❶。就研究早期賦作以至中古文學而言，此篇目前所能提供的解惑資源似尚有限，但賦作本身成就及其啓迪性已不容小覷。好比：自此賦釋文面世以來，學人每每持與敦煌講唱文學中的〈鷰子賦〉并論，認爲令俗賦史再開生面。個人於此顯門鴻業所識特之無耳，弗克昌言。今謹就粗閱所及，略作附驥之譚，用就正於方家。

---

❶　連雲港市博物館、東海縣博物館、中國社會科學院簡帛研究中心、中國文物研究所，《尹灣漢墓簡牘》（北京：中華書局，1997；以下簡稱《簡牘》），〈前言〉，頁 1、4；〈附錄、尹灣漢墓發掘報告〉，頁 166。以下所有出自此賦的引文及釋讀乃參酌《簡牘》，〈釋文〉，頁 148-50、裘錫圭，〈《神鳥賦》初探〉（以下簡稱〈初探〉），《文物》第 1 期（1997 年 1 月），頁 52-3、虞萬里，〈尹灣漢簡〈神鳥傅〉箋釋〉（以下簡稱〈箋釋〉），中山大學中國文學系、中國訓詁學會主編，《第一屆國際暨第三屆全國訓詁學學術研討會論文集》（臺北：文史哲出版社，1997 年），頁 833-50，而定，不復一一注明。

壹

賦文通篇充斥倫理說辭，好比：

一、孝養：作者推許「螟蜚之類，烏寡可貴，其姓好仁，反
哺於親」。

二、勤奮：亡鳥責備「吾自取材，於頗深萊，止行□腊，毛
羽隨落。子不作身，但行盜人，唯就宮持❷，豈
不怠哉」？

三、改過：亡鳥勸告盜鳥「今子自己，尚可爲士，夫惑知
反，失路不遠，悔過遷臧，至今不晚」。

四、堅貞：雄鳥對重創的雌鳥表示「吉凶浮洰❸，顧與女
俱」。

---

❷ 持，〈初探〉，注釋 12，頁 54，釋爲「樹」；〈箋釋〉，頁 837，釋爲
「寺」。按：〈箋釋〉是。王先謙，《漢書補注》（臺北：藝文印書館，
1972；以下簡稱《漢書》），卷九〈元帝紀〉，頁 123，初元二年（47
B.C.）詔「壞敗豲道縣城郭官寺及民室屋」顏注：「凡府廷所在皆謂之
寺」；王先謙，《後漢書集解》（臺北：藝文印書館，1972；以下簡稱
《後漢書》），卷二四〈馬援傳〉，頁 312：「晚狄道長歸守寺舍」章懷
注：「寺舍，官舍也」。官持（寺）乃同義複詞，猶言房舍。

❸ 〈初探〉，注釋 40，頁 55，釋「洰」爲「桴」，「浮洰」意謂「乘洰浮
海」；〈箋釋〉，頁 846，釋爲「漂泛之舟」，「浮沉無定，以況吉凶之
無常也」。按：「洰」恐乃「俯」的借字，詳高亨、董治安，《古字通假
會典》（山東：齊魯書社，1989），〈侯部第十·付字聲系〉，頁 365-
7。「浮洰（俯）」猶言浮沈、仰俯，與「吉凶」兩種互異狀況相應，意
謂無論何種情況，或生或死、或福或禍。

五、守禮：雌烏諫阻雄烏殉情，因「死生有期，各不同
　　　　時」、「以死傷生，聖人禁之」。

六、節烈：雌烏自道「見危授命，妾志所持」。

七、不妒：雌烏向雄烏表示「疾行去矣，更索賢婦」。

八、明察：雌烏交代雄烏「毋聽後母，愁苦孤子。《詩》
　　　　云：『云云青繩止于杆。』幾自君子，毋信儳
　　　　言」。

九、念舊：雌烏自盡後，「其鳩大哀，偢躅非回，尚羊其
　　　　旁」❹。

甚至盜烏在狡辯時，都一副名教口吻：

　　甚哉！子之不仁。吾聞君子，不意不□……。

但以上有關雌烏、雄烏倫理品格的描述都在逼顯「義人受苦」這主
旋律，用賦文情節來概述，就是：「盜反得免，亡烏被患」。作者
更引用《傳》曰：

---

❹　王先謙，《荀子集解》（臺北：世界書局，1981），卷十三〈禮論〉，頁
　　247：「凡生乎天地之閒者，有血氣之屬必有知，有知之屬莫不愛其類。
　　今夫大鳥獸則失亡其群匹，越月踰時，則必徘徊焉、鳴
　　號焉、躑躅焉、踟躕焉，然後能去之也。小者是燕爵，猶有啁噍之頃焉，
　　然後能去之。故有血氣之屬莫知於人，故人之於其親也，至死無窮。將由
　　夫愚陋淫邪之人與？則彼朝死而夕忘之，然而縱之，則是曾鳥獸之不若
　　也」，賦文正本諸此。沈約，《宋書》（臺北：藝文印文館，1972），卷
　　二一〈樂志三·大曲·白鵠〉，頁 309-10 亦然。蓋係一極古的文學母
　　題，或以論述，或假賦言，或用詩詠，而指適各有變化心裁。

　　　良馬仆於衡下，勒薪❺爲之余行。

來重繪《離騷》以降一再既憤且惑的景象——是非、福禍二者關係
倒錯。

　　全篇以當政者仁德招致瑞應爲始，所謂：

　　　府君之德，洋溢不測，仁恩孔隆，澤及昆虫，莫敢摳去，因
　　　巢而處。

這種觀念、說辭在當時屢見不鮮，故昭帝有元鳳年號，宣帝以神
爵、五鳳紀歲，認爲祥禽來儀是「庶尹允諧」❻的徵兆。《漢書》
卷八九〈循吏傳〉就說：

　　　前後八年，郡中愈治。是時鳳皇、神爵數集郡國，潁川尤
　　　多，天子以（黄）霸治行終長者，下詔稱揚曰：「……。」

---

❺　〈初探〉，注釋 56，頁 56，釋「勒薪」爲「騏驥」；〈箋釋〉，頁
　　849，如字讀訓，以爲「引申之指馬」。按：作者稱引的《傳》文以眾鳥
　　／鳳皇、魚鱉／交龍、良馬／勒薪三組禽、鱗、獸的處境說明人間險厄，
　　唯有混跡遁世方克保生。每一組中的對比兩極均有質性、數量的差異，騏
　　驥乃良馬之屬，焉能復與「良馬」形成鮮明對照？「勒薪」二字苟不訛，
　　竊疑當讀作「犖牱（犍）」；縱不然，也當自郵朴同塵的畜類這角度索
　　解。

❻　語出孔穎達，《尚書注疏》（臺北：臺灣中華書局，1968），卷五〈益
　　稷〉，頁 9a。《漢書》，卷八〈宣帝紀〉，頁 114，元康元年（65B.C.）
　　三月詔稱引。

晚至三國時，猶然。故吳主孫權、孫皓分別因赤烏、鳳皇來集，認
爲係天報善政以嘉祥而改元；魏明帝還用這類題材作歌自詡，見諸
《藝文類聚》卷九二〈鳥部下・鷰〉：

> 翩翩春鷰，端集余堂，陰匿陽顯，節運自常，厥貌淑美，玄
> 衣素裳，歸仁服德，雌雄頡頏，執志精專，絜行馴良，銜土
> 繕巢，有式宮房，不規自圓，無矩而方。

然而整件事竟以「窮通其菑」告終，「行義淑茂」的仁禽「高翔而
去」！是則前文的揄揚正所以反襯後文貶抑之深。換句話說，太守
仁德洋溢、澤被群生乃門面話，不辨曲直、未主持正義，令下民
「毋所告愬」才是骨子。

　　第六號墓墓主師饒除了可能因上計短期赴長安外❼，一生作息
範圍殆不出東海郡，墓中簡牘率與他的職務、活動、交往密切相關
❽，〈神烏傅〉且置於私人隨身物件中，與私誌（《元延二年日
記》）、舉止憑依（《六甲陰陽書》）等並列❾，則恐也不當例
外。其次，〈神烏傅〉乃以建材被盜、兩造爭鬥爲故事情節的主
幹。檢《元延二年日記》，七月己卯「從決掾，且發，宿蘭陵傳
舍」，決掾即決曹掾，主罪法事；同年九月甲申「且逐賊，宿襄賁

---

❼　滕昭宗，〈尹灣漢墓簡牘概述〉，《文物》第 8 期（1996 年 8 月），頁
　　34。

❽　前揭文，頁 32-6。

❾　《簡牘》，〈前言〉，頁 2-4、〈釋文〉，頁 131。

傳舍」❿，是墓主師饒嘗與捕盜獄訟。〈傳〉末一簡字跡漫漶，經紅外線照視，約略可辨簡中有如下雙行文字：

> 蘭陵游徼宏（？）貞（？）
> 故襄賁（？）□沂縣功曹□□

據見存漢碑末識人名例推之，此應係出資書賦者，甚或即撰賦人。《漢書》卷十九上〈百官公卿表〉說：

> 游徼徼循禁賊盜。

據《五行大義》卷五三〈第二十二論諸官〉所引翼奉語，知「游徼、亭長、外部吏皆屬功曹」。今〈傳〉以盜訟爲情節主幹；出資書賦或撰賦人職任循禁賊盜；以〈傳〉陪葬的墓主任郡中右職：功曹，復嘗與捕盜訟獄事，寓所先後與出資書賦或撰賦人履歷——蘭陵、襄賁印合，其間關係恐不宜假巧合帶過。三，後世著名雜劇〈竇娥冤〉本事出自《說苑》卷五〈貴德〉第二三條，《漢書》卷七一〈于定國傳〉、《搜神記》卷十一也述及，僅有細節出入。見枉的孝婦周青係東海人，時司決曹的于公也是東海人，雖力辯其屈，太守終不聽，竟論殺之。而在書列〈神烏傳〉、題爲〈君兄繒方緹中物疏〉的遺策上，赫然另有〈列女傳〉一卷❶！今雖無從證

---

❿　前揭書，〈釋文〉，頁 140。
❶　前揭書，〈釋文〉，頁 131。

實該賦內容即周青案件，然豈純屬巧合耶？以上諸跡象令人不禁懷疑：〈神烏〉之作容有當地事為背景，筆鋒實有所指。

即使將臆測成份偏高的這部分置而不論，賦文最後一句是：

曾子曰：「烏之將死其唯哀。」此之謂也。

學者以為「烏」是「鳥」的形訛，然恐係作者刻意改動。此為中外寓言解釋自然事物及現象，好比貓何以嗜捕鼠、子規何以二月啼，慣用的收尾。是則本篇意圖說明：烏死鳴哀這普世現象的由來。在「歷史」上的某一定點，地居東海，時當「三月，春氣始陽」，「頗得人道」者卻「狗麗此蹏」。這無從歸咎為運「命也夫」，因為天步推移「方生產之時」；也不能說是當事者不自善處，「立乎巖牆之下」，「行險以徼幸」⑫，因為它們明明是「去色〈危〉就安」，「自詫府官」⑬。困惑無法解釋，影響卻深遠，不僅是「今歲不翔」，天道、人事倒錯的狀況此後再沒有撥正過來，以至「長炊泰息」、比天哀鳴迄今猶聞於天地間。

這篇賦並非出自言語侍從之臣，根本毋庸因主上外好仁義，而緣飾以經術⑭。它也沒有曲終才奏雅，通篇在宣揚名教系統中的各

---

⑫ 分見朱熹，《四書集註》（臺北：世界書局，1985），《孟子集註》，卷七〈盡心上〉，頁 188、《中庸章句》第十四章，頁 10。

⑬ 「官」當讀為「館」，例詳《古字通假會典》，〈寒部第六（上）·官字聲系〉，頁 186。

⑭ 賦中雖假雌鳥之口，稱引《論語》、《孝經》、《詩經》，但此三者特當時士子的啓蒙教材耳，王國維，《漢魏博士考》（臺北：藝文印書館，

個價值，曲終反而在奏怨，而之所以怨正種因於本身對那名教系統
的篤信。是則顯示：刺世（諷）、勸世（諭）或許本是賦的屬性，
並非外襲取的。

貳

　　兩漢的詩、賦中，鳥是文士筆下常見驅遣的一項素材，除了作
爲營造氣氛、情緒的物色，充當表記或喻意承載體的使用方式大約
不外下列幾種——

　　一、另一時空中的符誌。所謂另一時空，包括（甲）仙境，如
　　　　〈相和歌辭・董桃行〉：「芝草葉落紛紛，百鳥集來如
　　　　煙」❺；（乙）帝王苑囿，因爲就奢華壯觀程度遠超過黎
　　　　庶經驗而言，帝王苑囿確係廣義的仙境，如枚乘〈梁王菟
　　　　園賦〉：「西望西山：山鵲野鳩，白鷺鴰桐，鸖鶚鶌鵰，
　　　　翡翠鴡鴿」❻。

　　二、溝通信息的中介。依傳遞信息者的身份差異，可分爲
　　　　（甲）天／人，如司馬相如〈大人賦〉：「吾乃今日覩西

1971），卷上，頁 4a-5a 已有説。是習至三國猶然，可徵諸盧弼，《三國
志集解》（臺北：藝文印書館，1972），卷二八〈鍾會傳〉裴注引會自敍
其母授讀歷程，頁 673：「年四歲授《孝經》，七歲誦《論語》，八歲誦
《詩》」。故本賦作者稱引彼等，既非在掉書袋，更非緣飾以經術。

❺　《宋書》，卷二一〈樂志三〉，頁 306。

❻　章樵注，《古文苑》（臺北：鼎文書局，1973），卷三〈漢臣賦十二
　　首〉，頁 65。

王母，暠然白首，戴勝而穴處兮，亦幸有三足烏爲之使」⑰；（乙）人／人，如所謂〈蘇李贈答詩〉：「有鳥西南飛，熠熠似蒼鷹……欲寄一言去，託之牋綵繒……鳥辭路悠長，羽翼不能勝」⑱。

三、瑞應之一。究極而論，瑞應宜視爲天對人間政權滿意的無言表示，可見包於上述的（甲）項。所以單獨列出，除了因文例眾多，具附庸蔚爲大國之勢，也是基於前類文例中的「天」多具位格，而此處居於感應地位的「天」可爲純氣化宇宙論式的「天」，對人世的回應可爲機械、物理性的。如班固〈兩都賦・白雉詩〉：「啓靈篇兮披瑞圖，獲白雉兮效素烏，嘉祥阜兮集皇都」⑲。

四、自由、一遂心願的投射對象。同樣可分爲：（甲）超度此世的化身或憑藉物，如桓譚〈仙賦〉：「王喬赤松……驂駕青龍，赤騰爲歷，躇玄厲之擢嶵，有似乎鸞鳳之翔飛，集于膠葛之宇、泰山之臺」⑳；（乙）雖擺脫或期望擺脫既有的束縛、阻隔，但仍處人間，所謂易地不易世，如公主細君〈歌〉：「願爲黃鵠兮歸故鄉」㉑。

---

⑰ 《漢書》，卷五七下〈司馬相如傳〉，頁 1208。

⑱ 《古文苑》，卷八〈詩・錄別詩〉，頁 203。

⑲ 李善注，《文選》（臺北：藝文印書館，1971），卷一〈賦甲・京都上〉，頁 36。

⑳ 虞世南，《藝文類聚》（臺北：文光出版社，1977；以下簡稱《類聚》），卷七八〈靈異部上・仙道〉，頁 1338。

㉑ 《漢書》，卷九六下〈西域傳・烏孫國〉，頁 1659。

五、被拘執的喻表。這是根據鳥這一物類常為被掠捕對象這通
性而產生的，如息夫躬〈絕命辭〉：「矰若浮猋動則機
兮，蔾棘撲撲曷可棲兮，發忠忘身自繞罔兮，冤頸折翼庸
得往兮」㉒。

六、匹偶的象徵。細別有三：（甲）夫妻，如〈古詩為焦仲卿
妻作〉：「中有雙飛鳥，自名為鴛鴦，仰頭相向鳴，夜夜
達五更」㉓；（乙）戀人，如張衡〈思玄賦〉：「鳴鶴交
頸，雎鳩相和，處子懷春，精魂回移」㉔；（丙）知交，
如所謂〈蘇李贈答詩〉：「雙鳧俱北飛，一鳧獨南翔」
㉕。

七、按照時人觀想各別科目的鳥的習性，賦予擬人屬性。如朱
穆〈與劉伯宗絕交詩〉以「饕餮貪汙，臭腐是食」㉖的鴟
喻小人；〈相和歌辭・艷歌行〉以「翩翩堂前燕，冬藏夏
來見」㉗表示規律安穩。

〈神烏傳〉的作者說「其姓好仁，反餔於親」，屬第七種筆法；雌
鳥自稱「妾」，勸雄鳥「更索賢婦，毋聽後母，愁苦孤子」，藉此

㉒　前揭書，卷四五〈息夫躬傳〉，頁 1051。
㉓　吳兆宜注，《玉臺新詠》（臺北：臺灣中華書局，1969），卷一，頁 25a-
　　b。
㉔　《後漢書》，卷五九〈張衡傳〉，頁 687。
㉕　《古文苑》，卷八〈詩・別李陵〉，頁 207。
㉖　《後漢書》，卷四三〈朱穆傳〉章懷注引穆《集》，頁 527。
㉗　《玉臺新詠》，卷一，頁 6b。

陳述人間夫妻應有倫常,係第六種筆法;賦文先說二烏「欲勤㉘南山,畏懼猴猨」,繼續與盜烏搏鬥時,被「繫之于柱,幸得免去」,末尾在雄烏「高翔而去」的情節後引《傅》曰:「眾鳥麗於羅罔,鳳皇孤而高羊」,顯然以前此活在被掠捕的陰影下,此後方脫離羈絆,乃第五、第四種筆法;二烏所以「自詫府官」,是因「府君之德,洋溢不測,仁恩孔隆,澤及禽獸」招致的瑞應,正屬第三種筆法佳例;作者將這則寓言要傳遞的教訓歸結爲:「鳥獸且相憂,何兄人乎」㉙,是第二種筆法;全篇雖乏明文述及二烏本爲仙禽,但既命篇曰「神烏」,顯持先秦以降關於烏的神話爲不待辭費的前提。由此可見:兩漢詩、賦中運用鳥雀這素材的方式可謂輻輳於斯,這雖未必是作者著意巧構的成果,但已足令吾人興觀止之歎㉚!

㉘ 〈初探〉,釋文,頁 52,〈箋釋〉,頁 836,均讀作「循」;揚之水,〈《神烏賦》譾論〉(以下簡稱〈譾論〉),《中國文化》第 14 期(1997 年 7 月),注釋 5,頁 87,疑當作「勤」。按:當讀作「運」,例證詳《古字通假會典》,〈文部第五・員字聲系〉,頁 109,意謂徙行。猶郭慶藩,《校正莊子集釋》(臺北:世界書局,1971),卷一上〈逍遙遊〉,頁 2:「是鳥也海運則將徙於南冥」。

㉙ 這兩句話的意思不是在藉著讚許雄烏「躊躇顧群侶」,反規人焉可不如烏,而刻薄寡恩,乃是説:如鳳皇、交龍等尚且高羊、深臧,羅罔、苊笱是懼,何況無翼無鱗的下民,其憂豈非更甚?

㉚ 事猶未止於此,因爲用鳥爲篇中部份喻象素材是一回事;通篇以鳥的體貌性行等爲詠物兼托意對象難度更高。就今日所見,通篇人、鳥雙寫的賦以〈神鳥〉爲首出,而且它具有反映某類士人風貌的典型地位。關於這部份,俟它日專文論述。

《漢書》卷三十〈藝文志‧詩賦略敘論〉稱引：

> 《傳》曰：「不歌而誦謂之賦」❸；「登高能賦可以爲大夫」。

解釋這段引文恐怕不當率爾牽合《周禮》卷二三〈春官‧大師〉職掌的那段話：

> 教六詩：曰風、曰賦、曰比、曰興、曰雅、曰頌。

---

❸ 據范文瀾，《文心雕龍注》（臺北：臺灣開明書局，1970），卷二〈詮賦〉，頁 46b，知此乃劉向語。又《文選》，卷四五〈序上〉，頁 652 所載皇甫謐，〈三都賦序〉作「頌」，善注、《景印宋本五臣注文選》（臺北：國立中央圖書館，1981），卷二三，頁 18a、林其錟、陳鳳金，《敦煌遺書文心雕龍殘卷集校》（上海：上海書局，1919），〈詮賦第八〉，頁 33 從同。這並非意謂晉、唐時期流傳的《漢書》抄本原作「頌」，因爲同爲唐人的歐陽詢、孔穎達所見本就依然作「誦」，見《類聚》，卷五六〈雜文部二‧賦〉，頁 1012、孔穎達，《春秋左傳注疏》（臺北：藝文印書館，1993；以下簡稱《左傳》），卷三〈隱公三年傳〉疏，頁 53。從〈序〉的下文可知：皇甫謐乃按自己對《傳》曰體會，改讀「誦」爲「頌」，取稱美之意，故曰「美麗之文，賦之作也」。這復可自《文選》，卷四〈賦乙‧京都中〉所載左思〈三都賦序〉，頁 76：「升高能賦，頌其所見也，美物者，貴依其本；讚事者，宜本其實」，取得堅強外證。劉勰接受皇甫謐等的詮釋，李善不過循其注例，將順正文。

因爲那裏的「賦」乃名詞，指某種詩歌體；《傳》中的「賦」則與
「歌」、「誦」一致，同屬動詞，指某種呈現的方式❸。這從下文
追述：

> 古者諸侯、卿、大夫交接鄰國，以微言相感，當揖讓之時，
> 必稱《詩》以諭其志，蓋以別賢不肖，而觀盛衰焉。故孔子
> 曰：「不學《詩》，無以言也。」春秋之後，周道寢壞，聘
> 問歌詠不行於列國……。

可以確知：〈藝文志〉撰者是以春秋時期饗、燕等場合中的賦
《詩》方式❸在理解那段《傳》文的。則就那段引文的脈絡而言，
對下一句「登高能賦」的解釋，孔穎達之說：

---

❸ 筆者絲毫無意否認：兩下有某種程度的關連。易言之，六詩的名目很可能
是《周禮》撰者依據他個人認定呈現詩的六種方式而命名的。所謂呈現方
式不僅涉及究竟是歌，還是賦、誦，恐也慮及歌時採取的樂器、樂調、演
唱場合、演唱方式（獨、間、合）、有無歌容相配等類別。如是分目固有
一定事實爲據，但也未必不受到《周禮》撰者恢張結構、整齊形式這癖好
的影響。因此，竊以爲當與《詩經》、《左傳》呈現的歷史面貌，以至
〈毛詩序〉六義之說等分別觀之。否則，不論如何出新解，既未必能探得
《周禮》撰者心中真恉，在取證、貫穿故籍相關材料時，也鮮有不流於取
合舍忤的毛病。

❸ 我們所以扣緊在饗、燕等場合，因爲有時賦、聞雙方未必處於禮儀背景
下，如《左傳》，卷十九上〈文公七年傳〉，頁 318、卷三二〈襄公十四
年傳〉，頁 559；所以強調賦《詩》，因爲有時所賦不在太師職掌、諸夏
通行的《詩》三百中，屬個人即興謳詠之作，如《左傳》，卷二〈隱公元
年傳〉，頁 37、卷十二〈僖公五年傳〉，頁 206。

謂升高有所見，能爲詩，賦其形狀，鋪陳其事勢也❸。

不切；章太炎以賓主升壇堂之上、假《詩》相感爲訓❸，較近。

自《左傳》卷三二〈襄公十四年〉：

> 公飲之酒，使大師歌〈巧言〉之卒章，大師辭，師曹請爲
> 之……公使歌之，遂誦之。

《墨子》卷十二〈公孟〉：

> 誦《詩》三百，弦《詩》三百，歌《詩》三百，舞《詩》三
> 百。

《毛詩》卷四之四〈國風・鄭・子衿〉傳：

> 古者教以詩樂，誦之、歌之、絃之、舞之。

可知：歌不同於誦毋庸辭費，然則界定「賦」這種呈現方式時，說

---

❸ 孔穎達，《毛詩正義》（臺北：臺灣中華書局，1968；以下簡稱《毛詩》），卷三之一〈國風・鄘・定之方中〉疏，頁 10b。

❸ 章太炎，《章氏叢書》（江蘇：廣陵古籍出版社，1995），《國故論衡・辨詩》，頁 97b。至於章說待補充、推論失當處以及孔說不切原由，請參周勛初，〈"登高能賦"説的演變和劉勰創作論的形成〉，《文心雕龍研究》（北京：北京大學出版社，1996），第二期，頁 164-71、173-4。

「不歌而誦」，豈非形同贅語？顯然這句話須退回歷史、文化的脈絡中方能得正詮。也就是說，「歌」、「誦」這兩個及物動詞的受詞既同指詩章，則說「不歌而誦」時，應當理解爲：詩章某一部分放棄原先「歌」的方式，改採「誦」來呈現，至於原先與「歌」相伴隨的部份，在「誦」詩時，依然保留。按照先秦故籍所顯示的，依然保留的那部分乃聲曲。對照〈藝文志・六藝略・詩敘論〉：

> 《書》曰：「詩言志，哥詠言。」……誦其言謂之詩；詠其聲謂之哥。

以及在〈詩賦略〉著錄時，「歌詩」與「歌詩聲曲折」分列，可證劉、班確是如此理解，《傳》文也當這般詮釋爲：原本呈現一篇詩章時，奏聲曲，歌詩辭，所謂弦歌；聲曲廢奏，詩辭改以誦出，這種方式曰賦㊱。

㊱ 賈公彥，《儀禮注疏》（臺北：臺灣中華書局，1968），卷十六〈大射〉，頁 4a、《周禮注疏》（臺北：臺灣中華書局，1968），卷二三〈春官大宗伯・眡瞭〉，頁 11a 有「頌磬」；《左傳》，卷二九〈襄公二年傳〉，頁 498 有「頌琴」，未悉這兩種樂器名中的「頌」字究竟應該如字讀，視同馬端臨，《文獻通考》（杭州：浙江古籍出版社，1988）卷一三五〈樂考八・土之屬〉，頁 1202 的「頌塤」、卷一三七〈樂考十・絲之屬〉，頁 1213 的「頌瑟」一般，乃相對於雅磬、雅琴，演奏不同曲制的標誌，如顧頡剛，《史跡俗辨》（上海：上海文藝出版社，1997），第 3 條〈風・雅・頌之別〉，頁 12-3，所言？還是應該改字讀，作「誦」？如屬後者，它們命名與誦述詩辭時的伴奏功能是否有關？率不敢妄言，謹俟高明。

上文已講過：劉、班說「不歌而誦謂之賦」時，乃以春秋時公卿大夫於饗、燕等場合中賦詩爲文義背景的。過去不少學者傾向：賦詩即歌詩[37]，今已知其不然。歌詩乃樂工之事，所謂「命工歌」，貴族本身僅以賦出之[38]。射、御、禮、樂固然都是貴族必備的素養，但音域寬窄、音色美惡等畢竟有賴天份者多，是故貴族學樂語、樂德，習六詩、衆舞，但逢到饗、燕等正式場合，不論是爲了娛興、通志或儀節，須要演唱時，仍得命司業官人將事，本身只要「能賦」、有「德音」[39]即可。歌也罷，賦也罷，凡禮必樂，則易歌爲賦時，聲曲並未息。

唯其如此，才能解答《傳》者何以不直接說：「賦者，誦也」或「誦《詩》謂之賦」。因爲不僅按照春秋時賦《詩》儀節，甲對乙賦，乙須要答賦[40]；誦則可純爲個人背述舊文，聽者無須回響，

---

[37] 何定生，《詩經今編》（臺北：臺灣商務印書館，1968），卷一〈從樂章到諫書看詩經〉，頁 22-5、張素卿，《左傳稱詩研究》（臺北：國立臺灣大學中文研究所碩士論文，1990），第三章，第一節（1），頁 46-50 都認爲：賦《詩》即歌《詩》。

[38] 劉文強，〈訓詁與經學——以〈伯夷列傳〉爲例〉，中山大學中國文學系、中國訓詁學會主編，《第一屆國際暨第三屆全國訓詁學學術研討會論文集》，頁 474、476。

[39] 《毛詩》，卷三之一〈國風·鄘·定之方中〉毛《傳》，頁 10a。毛《傳》將「能賦」與「命龜」、「施命」、「造命」、「能誓」、「能説」、「能語」等並列，爲「德音」之一，足見「賦」這種呈現方式原先著重的是聲腔耳聞，而非文藝目視。

[40] 《左傳》，卷十八〈文公四年傳〉，頁 306、卷四五〈昭公十二年傳〉，頁 789。

而且《傳》文所說的誦不同於一般的徒誦，乃特殊的縣誦。尤其按照今人對「誦」的揣想，那不是一種直聲倍文，而屬某種或固定，或因人、時、地而異，但確有抑揚聲腔的韻誦，字詞的疾徐都有相當的自由度，然而依縣而誦原先與聲曲相合的詩辭，字詞的快慢就須受旋律節拍限制，原先佔四拍子的某歌辭現在也要永言至相當時間；和三連音相配的字詞則須促語。歌雖易為誦，節奏則相去不大。或許這就是何以《周禮》卷二二〈春官・司樂〉章將「誦」歸諸「樂語」，而鄭玄下注時，要說「以聲節之」❹。

《國語》卷一〈周語上〉記邵康公的評議：

> 天子聽政，使公卿至於列士獻詩、瞽獻曲、史獻書、師箴、瞍賦、矇誦、百工諫、庶人傳語、近臣盡規、親戚補察、瞽史教誨、耆艾修之，而後王斟酌焉。

卷十七〈楚語上〉記左史倚相稱述衛武公生前：

> ……臨事有瞽史之導，宴居有師工之誦，史不失書，矇不失

❹　《漢書》，卷三十〈藝文志・詩賦略〉，頁 901，分賦為四系，末為雜賦之屬，〈成相雜辭〉著錄於其間。相即拊，以章盛糠，所以節樂，也是瞽矇諷誦時打拍子的工具。詳見《荀子集解》，卷十八〈成相〉篇題疏引盧文弨說，頁 304、杜國庠，《杜國庠文集》（北京：人民出版社，1977），第一部分《論荀子的〈成相篇〉》附朱師轍答書，頁 175-7。〈成相〉辭演出時有旋律、擊節伴奏，而〈成相〉辭見歸諸賦，則推論一般賦作誦讀時亦然，或非妄誕之言。

誦，以訓御之。

《左傳》卷三二〈襄公十四年傳〉載師曠的奏對：

> 自王以下，各有父兄子弟以補察其政。史爲書，瞽爲詩，工
> 誦箴諫，大夫規誨，士傳言，庶人謗，商旅于市，百工獻
> 藝。

《新書》卷五〈保傅〉說：

> 於是有進善之旌，有誹謗之木，有敢諫之鼓；瞽史誦詩，工
> 誦箴諫，大夫進謀，士傳民語。

《淮南子》卷九〈主術〉則認爲：

> 古者天子聽朝，公卿正諫，博士誦詩，瞽箴，師誦，庶人傳
> 語，史書其過，宰徹其膳，猶以爲未足也。

我們雖無法董理出個究竟：在諫諍這總任務內，誰司掌那個環節，
何段記載較正確，但清楚可見：誦者總不外乎矇、工、師這班諳樂
之人，而且誦與賦或誦詩似乎還有某種差異，則本文指稱：那種
「不歌而誦」的誦與聲曲有關，或非嚮壁虛構。

　　〈神烏傳〉末有句怪話：

誠寫懸以意傳之。

第三個字，〈箋釋〉楷定爲「愚」，則「寫」只能讀同「輸寫其心」❷的「寫」，訓攄（抒）泄、宣散。然而我們可說寫憂、寫腹心、寫懷、寫誠❸，寫愚似不詞。設使〈簡牘〉楷定不誤，則在上述觀點下，非但可獲解，且能爲上述觀點添一佐證。竊臆：「誠」當讀爲「請」；「寫」訓「效」，但那不是意謂呈獻、致力，如效愚、效忠、效命、效節、效死之效，而是仿效之效。《周語》卷二一〈越語下〉：

　　王命金工以良金寫范蠡之狀。

《淮南子》卷八〈本經〉：

　　霜震之聲可以鼓鐘寫也。

《史記》卷六〈秦始皇本紀〉二十六年：

---

❷　《毛詩》，卷十之一〈小雅·南有嘉魚之什·蓼蕭〉毛《傳》，頁 4b。

❸　《毛詩》，卷二之三〈國風·邶·泉水〉，頁 5b：「駕言出遊，以寫我憂」、《文選》，卷四八〈符命·劇秦美新〉，頁 692：「敢竭肝膽，寫腹心」、《宋書》，卷二一〈樂志三〉，魏明帝〈苦寒行〉，頁 307：「賦詩以寫懷」；《文選》，卷十九〈詩甲·補亡〉，頁 279：「賓寫爾誠，主竭其心」。

秦每破諸侯，寫放其宮室，作之咸陽北阪上。

《新序》卷五〈雜事五〉第二七章：

> 葉公子高好龍，鉤以寫龍，鑿以寫龍，屋室雕文以寫龍……
> 好夫似龍而非龍者也。

至於「懸」字，殆即三《禮》中慣言宮縣、軒縣等樂制的「縣」，甚或應迻讀作「絃」❹。則這句話是在說：以那對鳥鳥故事創作的樂曲在先，知音識情者本乎曲旨，依循樂聲節奏，以文字道破在後。惟述旨者謙稱係「以意」度，猶同鵬鳥「對以意」❺。

肆

〈神鳥傳〉係以第三人稱本位，採全照觀點敘事。故事中有雄鳥、雌鳥、盜鳥三個人物，而且均有直接進場發言的記敘，約佔全賦一半篇幅，也就是說，敘事者在那些地方都轉為代言人了。我們不禁好奇：當敘事者縣誦到那些對話時，誦說聲口是否會隨著三個不同的故事人物而起變化，形成多聲帶的表演現象？

另外，賦文在上述三個故事人物發言前後，除了進行情緒、表

---

❹ 所以如此說，是因顧慮到〈神鳥〉曲、辭的作者，無論就經濟或身份儀制而言，都未必能備特縣鐘、磬。

❺ 《漢書》，卷四八〈賈誼傳〉載〈鵬鳥賦〉，頁 1066。

情的說明，還會加上肢體語言的描述，如：

> （雌鳥）發忿，追而呼之：「呬！……。」
> 盜鳥不服，反怒作色：「……。」
> 盜鳥□嘖然怒曰：「甚哉！……。」
> 亡鳥沸然而大怒，張目陽麇，憤翼申頸，裏而大……。
> 「……女不亟走，尚敢鼓口？」遂相拂傷……。
> 其鴶惕而驚，扶翼申頸，比天而鳴：「倉=天=……。」
> 顧謂其鴶曰：「命也夫……。」
> 曰：「佐=子=！」涕泣侯下：「……。」

至於純然動作情節的旁敘，更是細膩，如：

> 隨起擊耳，聞不能起……繫之于柱……絕繫有餘……自解不
> 能，卒上傅之，不□他措，縛之愈固。
> 遂縛兩翼，投于汙則，支躬折傷，卒以死亡。
> 其鴶大哀，儃蹰非回，尚羊其旁，涕泣從橫，長炊泰息，憂
> 急嗼呼。

那麼，敘事者在隨縣聲誦述之時，是否還有面部、手勢以及一定程
度的其它肢體動作配合，以加強賦這種演出的感染力呢？

　　諷諫家者流本為賦的一大重要淵源❹，諧、隱、優都是常被採

---

❹　請參拙作，〈賦源平章雙隅〉，本書，頁 20-5。

用的手法，既可收聞之者足戒的效應，又能令言之者假譎辭戲弄，易於免罪咎。設若取徑俳優，自須仿效聲口。《史記》卷一二六〈滑稽列傳〉載優孟為孫叔敖之子諫楚王，就不止「為孫叔敖衣冠」，尚在「抵掌談語」上花模仿工夫，所謂「像孫叔敖」。此風直到西漢中葉猶未泯，否則《漢書》卷五一〈枚皋傳〉不會說：

> 皋賦辭中……又言：「為賦迺俳，見視如倡。」自悔類倡也。

卷六五〈東方朔傳·贊曰〉也不會引劉向轉述故老的話：

> 朔口諧倡辯，不能持論，喜為庸人誦說。

尤堪玩味的是，〈滑稽列傳〉褚少孫補文記載：

> 朔且死時，諫曰：「《詩》云：『營營青蠅止于蕃，愷悌君子，無信讒言，讒言罔極，交亂四國。』願陛下遠巧佞，退讒言。」帝曰：「今顧東方朔多善言。」怪之。居無幾何，朔果病死。《傳》曰：「鳥之將死，其鳴也哀；人之將死，其言也善。」此之謂也。

正是〈神鳥傳〉中雌鳥臨終前，及敘事者收尾時引用的故訓，豈純屬巧合乎？還是恰恰坐實了「令後世多傳聞者」一語，並間接佐證

了本文的假設？西漢宣帝爲辭賦辯護時，說「賢於倡優」❹；卒於新莽年間的揚雄品評作賦者時，說他們「頗似俳優淳于髡、優孟之徒」❹；東漢蔡邕在指斥鴻都門諸生以辭賦競利時，說「下則連偶俗語，有類俳優」❹，無論或揚或抑，比較兩極總要具有某種程度的重合或近似處，才不會招致引喻失類之譏，然則我們的假設不盡沒有理據。

因此，我們也就可循這一角度檢視〈登徒子好色〉、〈神女〉、〈美人〉❺三賦的高下。首先，〈神女〉中的對話只限於楚王、宋玉二者；〈登徒子好色〉則多達四人：登徒子大夫、楚王、宋玉、章華大夫；〈美人〉因將原先分屬於宋玉、章華大夫的發言內容歸併爲一，置於司馬相如這人物下，加上與登徒子大夫相應的鄒陽、與楚王相應的梁王，較〈登徒子好色〉少一人。從伴隨故事中人物改變誦述聲口所須技巧這方面來說，〈登徒子好色〉難度最高，然後是〈美人〉，〈神女〉殿末。其次，這三賦在誦述過程中敘事者雖都會轉爲代言者，但〈美女〉情節發展至「竊慕大王之高義」以下，〈登徒子好色〉則自「臣少曾遠遊」起，由於賦文替「司馬相如」、「章華大夫」安排的辯說方式——援引故事爲證，原先被代言者竟爲敘事者；更由於敘事時上宮之女、溱洧之姝被引

---

❹　《漢書》，卷六四下〈王襃傳〉，頁 1289。

❹　前揭書，卷八七下〈揚雄傳〉，頁 1538。

❹　《後漢書》，卷六十下〈蔡邕傳〉，頁 708。

❺　分見《文選》，卷十九〈賦癸·情〉，頁 274-5、《古文苑》，卷三〈漢臣賦十二首〉，頁 74-8。

介入，不像〈神女〉中的巫山瑤姬❺僅是默片美人，還開了口，導致「司馬相如」、「章華大夫」在敘事過程中還須擔任代言人，也就是說，原敘事人得透過他代言的「司馬相如」、「章華大夫」這兩個人物之口，再代上宮之女、溱洧之姝說話，形成類似戲中套戲的情境，以結構手法的複雜度而言，二賦實遠勝〈神女〉多籌。第三，不論〈美人〉或〈登徒子好色〉，都分別因爲引介入上宮之女、溱洧之姝，且說了話，使得誦述者不僅須在一般敘事賦中人物多屬男性的情形下，於男聲領域內調整聲口，恐怕還得爲了標誌人物性別轉變，改成女腔，誠如是，則近乎戲劇中腳色行當了。〈神烏傳〉中正有雌、雄之辨。

伍

　　由戰國下暨魏、晉，學界一大風氣乃重義不重事。即使就事而論，當時歷史與小說的分野猶未明朗，故士人每每以部份史實爲背景，加上作者傳聞所得及虛構，採「行事」以安頓「空言」❺的方式，表達一己在道德、政治等方面的意見，或勸或諷。假設容許我們用現代的語彙，粗疏類比的話，可說當時文、史、哲不分科。賦就是在這種撰著風尚下，匯合其它源流，由支子爲宗、漸獨立成一

---

❺　《文選》，卷十九〈賦癸・情〉所載〈高唐賦〉善注引《襄陽耆舊傳》，頁 270、卷三一〈詩庚・雜擬下〉所載江淹〈雜體詩・潘黃門〉善注《宋玉集》，頁 456。

❺　《史記》，卷百三十〈太史公自序〉，頁 1337。

特殊文類的(53)。

受當時那種風尚影響下的撰述明顯有兩系：一爲《晏子春秋》、《韓詩外傳》、《說苑》這類事語(54)，文中或文末不時引用《詩》句作爲論據；另一爲《穆天子傳》、《周書》中某些篇章、《吳越春秋》這類雜史(55)，作者接聞或自造的謠諺詩吟常構成情節內涵不容輕割的素質。二系雖有別，但都是所謂的「春秋雜說」(56)，爲後世小說的濫觴(57)。

與上述散敘中夾帶詩辭那種結構特色足資映照的，殆屬某種韻

---

(53) 同注(46)。

(54) 請參張政烺，〈《春秋事語》解題〉，《文物》第 1 期（1997 年 1 月），頁 36-7；何直剛，〈《儒家者言》略說〉，《文物》第 8 期（1981 年 8 月），頁 20-2。

(55) 魏徵等，《隋書》（臺北：藝文印書館，1972），卷三三〈經籍志二·史·雜史類敘論〉，頁 490：「其屬辭比事皆不與《春秋》、《史記》、《漢書》相似，蓋率爾而作，非史策之正……有委巷之說，迂怪妄誕，眞虛莫測，然其大抵皆帝王之事」。

(56) 《史記》，卷一一二〈平津侯傳〉，頁 1183：「年四十餘乃學春秋雜說」；《漢書》，卷三十〈藝文志·六藝略·詩類敘論〉，頁 878：「魯申公爲《詩》訓故，而齊轅固、燕韓生皆爲之傳，或取春秋，采雜說，咸非其本義」。

(57) 胡念貽，〈《逸周書》中的三篇小說〉，《文學遺產》第 2 期（1981 年 2 月），頁 19-29。有關唐代小說中夾帶詩辭這種特色的淵源可上溯至《穆天子傳》這系，王運熙、楊明，〈唐代詩歌與小說的關係〉，《文學遺產》第 1 期（1983 年 1 月），頁 32 已道及。張鴻勛，〈敦煌講唱文學的體制及其類型初探——兼論幾種《中國文學史》有關提法的問題〉，《敦煌學輯刊》第二輯（1981 年），頁 82 擴及變文，認爲其體制特色亦以此爲祖源之一，則可商。

文（賦）與另類韻文（詩）相糅雜❸。這又可分爲兩種狀況：一爲詩置於賦中，如〈登徒子好色〉、〈美人〉等；一爲詩置於賦末，常以近乎《楚辭》中〈亂曰〉那種收束全篇的地位出現，著例莫過於班固〈兩都〉❺、趙壹〈刺世疾邪〉❻。張衡的〈思玄〉則二者兼具❻。

這就引發一個極有趣且重要的問題，就是：照上文所述，某些早期賦作很可能是在縣樂伴奏下，大致按曲辭所佔節拍長短誦述，所謂「不歌而誦」。如果這種呈現方式延續下去，那麼當碰到前揭該類賦中夾糅的詩以「歌曰」這種形式出現時，好比傅毅〈七激〉：

> 大師奏操，榮期清歌。歌曰：「陟景山兮採芳苓，……❻。」哀不慘傷；樂不流聲，彈羽躍水，叩角奮榮，沈微玄

---

❸ 程章燦，《魏晉南北朝賦史》（江蘇：江蘇古籍出版社，1992），第六章，第三節，頁 233-40。

❺ 《文選》，卷一〈賦甲・京都上〉，頁 35-6。

❻ 《後漢書》，卷八十下〈文苑列傳・趙壹傳〉，頁 939。

❻ 前揭書，卷五九〈張衡傳〉，頁 687、688。

❻ 余冠英，〈七言詩起源新論〉，《漢魏六朝詩叢》（臺北：坊間翻印本），頁 131-2、148-51 指出：七言謠諺或詩歌雖有以一句成章的，但自項羽〈垓下歌〉以降、上三下三中間以「兮」的騷體七字句式者卻不得爲比，否則第四字當與第七字押韻。另一方面，「苓」雖與「聲」、「榮」、「靈」俱屬兩漢耕部字，但參照下文各激問，可知「哀不慘傷」云云乃對歌的評讚，非歌辭本身。逯欽立，《先秦漢魏晉南北朝詩》（臺北：木鐸出版社，1982），上冊〈漢詩〉卷五，頁 173 誤屬入。類書編者

穆，感物寤靈，此亦天下之妙音也，子能強起而聽之乎❻❸？

張衡〈南都〉：

> 於是乎鮐齒眉壽鮐背之叟、皤皤然被黃髮者喟然相與歌曰：
> 「望翠華兮葳蕤，建太常兮裶裶，駟飛龍兮驂驂，振和鸞兮
> 京師，摠萬乘兮徘徊，按平路兮來歸。」豈不思天子南巡之
> 辭者哉❻❹？

誦述者是否依舊不歌，還是棄誦返唱呢？尤有進者，前文曾懷疑：
誦述者在誦述有情節內容的作品時，很可能會隨故事人物而調整聲
腔，甚至或許還要顯示性別差異，那麼碰到像傅毅〈舞〉：

> （鄭女）動朱唇，紆清陽，亢音高歌為樂方，歌曰：「攄予意
> 以弘觀兮，繹精靈之所束，弛緊急之絃張兮，慢末事之骩
> 曲，舒恢炎之廣度兮，闊細體之苛縟，嘉〈關雎〉之不淫
> 兮，哀〈蟋蟀〉之局促，啟泰貞之否隔兮，超遺物而度俗
> ❻❺。」

慣行刪節，毫不足異。是「陟景山兮採芳苓」下必至少還有一句。

❻❸ 《類聚》，卷五七〈雜文部三·七〉，頁1023。

❻❹ 《文選》，卷四〈賦乙·京都中〉，頁75。

❻❺ 前揭書，卷十七〈賦壬·音樂上〉，頁253。

張衡〈舞〉：

> （美人）展清聲而長歌，歌曰：「驚雄逝兮孤雌翔，臨歸風兮
> 思故鄉。❻」

誦述者若適爲男性，是否尙須使用假聲來唱詩？然則若夫〈諷〉：

> （主人之女）爲臣歌曰：「歲將暮兮日已寒，中心亂兮勿多
> 言。」臣復援琴而鼓之……主人之女又爲臣歌曰：「內怵惕
> 兮徂玉床，橫自陳兮君之傍，君不御兮妾誰怨，日將至兮下
> 黃泉。」玉曰：「吾寧殺人之父……❼。」

唱後復誦，誦後復唱，唱、誦交互，聲腔迭易，將須何等大功力？
〈鷰子賦〉乙篇乃幾乎通篇五言的歌行❽，因爲賦的正文前明

---

❻　《類聚》，卷四三〈樂部三・舞〉，頁 770。

❼　《古文苑》卷二〈宋玉賦六首〉，頁 47。

❽　王重民等編，《敦煌變文集》（北京：人民文學出版社，1984；以下簡稱
　　《變文集》），卷三，頁 262-5。所以說「幾乎」，因爲頁 262，行 13
　　「養蝦蟇得瘀病」、頁 263，行 2「不由君事齰頭」、行 4「不由君事落
　　荒」、行 7「因何得永年福」、頁 264，行 11「崔兒向前啓鳳凰」（《變
　　文集》將「鳳凰」屬下文讀）五句非五言。然張錫厚，《敦煌賦彙》（江
　　蘇：江蘇古籍出版社，1996），〈燕子賦之二〉校記 6、7、8，頁 446 指
　　出：二「事」字及「因」字皆衍文。從下文「燕子啓大王」、「崔兒啓鳳
　　凰」，可知：「向前」二字亦然。則此賦通篇僅一處非五言句。黃征、張
　　涌泉，《敦煌變文校注》（北京：中華書局，1997），頁 413-4，則認爲

言：

此歌身自合，天下更無過，雀兒和鷃子，合作開元歌。

〈神烏傳〉不歌，只懸誦，所以非彼之比。〈鷃子〉甲篇乃四、六言句式的賦體[69]，不論此篇當如何見誦——懸誦抑徒誦，末尾因「一多事鴻鸛」[70]介入，責備兩造，應鷃、雀之請，「乃興一詩」，係七言絕句；「鷃、雀同詞而對曰」，也是一首詩，乃五言絕句。而〈神烏〉篇末先引《傳》曰：

眾鳥麗於羅罔，鳳皇孤而高羊；魚鱉得於芘筍，交龍執而深藏[71]；良馬仆於衡下，勒靳爲之余行。

再引曾子曰云云，已詳上文。曾子所曰自非詩，係口語轉錄；

上四處皆非衍。

[69]　《變文集》，卷三，頁 249-54。

[70]　江藍生，〈敦煌寫本《燕子賦》二種校注（之一）〉，《關隴文學論叢·敦煌文學專集》（蘭州：甘肅人民出版社，1983），注釋 241，頁 19 指出：「爲『鶴』之俗寫，但此處當爲『鴰』之音借」。參照注釋 256，頁 120，知其説甚疐。

[71]　《宋書》，卷二一〈樂志三·烏生〉，頁 304：「白鹿乃在上林西苑中，射工尚復得白鹿脯哺（嗟我）；黃鵠摩天極高飛，後宮尚復得烹煮之；鯉魚乃在洛水深淵中，釣鉤尚復得鯉魚口（嗟我）」，連高翔深藏都無從倖免，意境比此處猶絕望悲涼。〈講論〉，注釋 5，頁 68 曾注意到這首樂府詩，但認爲彼此意象相類，則非是。

《傳》曰部份雖屬韻句，但散文中夾大量韻句於先秦、前漢文章中經見不鮮。就見存資料來看，《傳》曰、《詩》曰絕不相混。如《荀子》卷九〈臣道〉：

> 《傳》曰：「斬而齊，枉而順，不同而壹」；《詩》曰：「受小球大球，爲下國綴旒」，此之謂也。

《列女傳》卷四〈貞順傳・召南申女〉：

> 既許嫁于鄷，夫家禮不備而欲迎之，女與其人言，以爲……《傳》曰：「正其本，則萬物理，失之毫釐，差之千里。」……遂不肯往。夫家訟之于理，致之于獄……必死不往，而作《詩》曰：「雖速我獄，室家不足。」

尤資爲證的殆屬《漢書》卷六五〈東方朔傳〉所載〈答客難〉：

> 《詩》云：「鼓鐘于宮，聲聞于外」、「鶴鳴于九皋，聲聞于天」，苟能修身，何患不榮……《傳》曰：「天不爲人之惡寒而輟其冬；地不爲人之惡險而輟其廣；君子不爲小人之匈匈而易其行。天有常度，地有常形，君子有常行。君子道其常；小人計其功。《詩》云：『禮義之不愆，何恤人之言？』」

「天不爲人」以下乃引《荀子》卷十一〈天論〉文，略事改易後，

全成韻句，竟特標《傳》曰。這當然與三百篇早已匯集成帙，以《詩》爲專名有關。是〈神烏〉非以詩收尾。則就本節所談賦、詩糅雜這結構而言，〈鷰子〉甲篇反較〈神烏〉合乎〈登徒子好色〉以來，尤其是〈兩都〉這系的習氣⓻。換句話說，〈神烏〉去〈鷰子〉甲篇也頗有間。

　　以上是就賦這種文體本身某派系的特色下判語。若從賦與小說均孕育自那股著述風尚，俱喜於主導文體———一韻一散中夾糅詩辭，小說實爲賦的旁系親屬文類⓽這點來看，〈鷰子〉甲篇作者自撰詩，去雜史那房爲近；〈神烏〉稱引三百篇中的成辭，則與事語

⓻　高國藩，〈敦煌民間故事賦初探〉，《南京大學學報（哲學社會科學）》第四期（1984 年 11 月），頁 56、簡濤，〈敦煌本《燕子賦》體制考辨〉，《敦煌學輯刊》第 2 期（1986 年），頁 107 均嘗指出：在賦末附詩這點上，〈鷰子〉甲篇與〈刺世疾邪〉一脈相承。

⓽　《三國志集解》，卷二一〈王粲傳〉，頁 538，裴注引《魏略》：「植初得淳，甚喜，延入坐，不先與談。時天暑熱，植因呼常從取水，自澡訖，傅粉，遂科頭、拍袒，胡舞、五椎鍛、跳丸、擊劍、誦俳優小說數千言」。王瑤，《中古文學史論》（臺北：長安出版社，1975），第二部分〈中古文人生活·擬古與作僞〉，頁 123 引浦江清的說法，認爲：所謂「俳優小說」即〈洛神〉、〈七啓〉一類文字。今人多盲從雷同。按：對照下文接著說：「與淳評說……，然後論……，次頌古今文章賦誄及……，又論……」，遍及子、史、兵、集，可知「小說」絕非賦。賦繫於莊論目下，乃「妙思六經，逍遙百氏」之屬；誦俳優小說置於動態伎藝之列，猶「彈碁閒設」、「馳騁北場」之疇，故前者須「更著衣幘，整儀容」，與「科頭拍袒」等正相對。俳優小說指涉的伎藝因所須道具、音樂未及備，方但展示相關的身手（如胡舞）及有待默記（數千言）部分。筆者於此節將另文發覆。

一支毗鄰。

陸

上一節指出：中古時期某些賦會於篇中或篇末夾糅詩，且不時將詩置於「歌曰」的地位，那麼當時是否存在同一主題內容既以賦、又用詩來表述，而各自獨立成篇的文學現象呢？的確存在，好比：西晉的張華既撰〈感婚賦〉[74]，又撰〈感婚詩〉[75]；三國的曹丕一邊寫〈寡婦賦〉[76]，一邊寫〈寡婦詩〉[77]。尤其值得注意的是《漢書》卷六四下〈王褒傳〉中那段記載：

> 神爵、五鳳之間，天下殷富，數有嘉應，上頗作歌詩，欲興協律之事。丞相魏相奏言知音善鼓琴者：渤海趙定、梁國龔德，皆召見待詔。於是益州刺史王襄欲宣風化於眾庶，聞王褒有俊材，請與相見，使褒作〈中和樂職宣布詩〉，選好事者，令依〈鹿鳴〉之聲，習而歌之……褒既爲刺史作頌，又作其傳，益州刺史因奏褒有軼材，上迺徵褒。

王念孫《讀書雜志》四之〈漢書第九〉指出：《漢書》卷四四〈淮

---

[74] 《類聚》，卷四十〈禮部下•婚〉，頁724。

[75] 徐堅，《初學記》（臺北：鼎文書局，1976），卷十四〈禮部下•婚姻第七〉，頁356。

[76] 《類聚》，卷三四〈人部十八•哀傷〉，頁600。

[77] 前揭書，頁595-6。至於南朝詩、賦同題的例子，詳注[58]，頁241。

南王安傳〉中「使爲〈離騷傳〉」的「傳」係「傅」的形訛，而「傅」即「賦」(78)。此處「作頌」後「又作傳」的「傳」當亦然。是則該頌——〈中和樂職宣布〉與續作的傅——〈四子講德〉乃一事詩、賦雙寫。就這一點而言，引發幾許重大推論。

首先，如前文所述，敦煌所出〈鷰子賦〉有兩個體製：甲篇係採四、六言句式敘寫、道地的賦；乙篇則爲幾乎通篇五言的歌行，正是同一主題內容詩（且是能歌的詩）、賦雙寫的遺存。

其次，〈鷰子〉乙篇以詩表述內容而題作賦，固可視爲梁、陳以來某些賦文詩化、詩賦難分的結果，但我們不應忽視：那些賦的句式多屬五、七雜言(79)，與〈鷰子〉乙篇齊言有別。另外，就講唱伎藝門類來看，〈鷰子〉乙篇系屬論議(80)，彼明屬論議，卻署名作賦；〈四子講道〉乃道地漢賦，蕭統及其文學掾屬於《文選》中竟將它納入「論」類(81)，是則固顯示論議、賦誦關係誠密，嘗交互影響(82)，更再度對平章文體、題署篇章者發出警訊。近年敦煌文學研究者都認爲以往篇章定名、歸類欠妥(83)，但對於何以某些作品有兩

(78) 對王氏說法的反響與補充，請參〈初探〉，頁58、〈譾論〉，頁85。

(79) 同注(58)，頁244-6。

(80) 王小盾，〈敦煌文學與唐代講唱藝術〉，《中國社會科學》第3期（1994年），頁119、王小盾、潘建國，〈敦煌論議考〉，《中國古籍研究》第1期（1995年），頁192-3。

(81) 《文選》，卷五一〈論一〉，頁725。

(82) 〈敦煌文學與唐代講唱藝術〉，頁119、〈敦煌論議考〉，頁223-4提出精闢見解：不僅賦誦與論議可相互轉換，所有敦煌講唱作品伎藝性都非恆定的。

(83) 如〈敦煌講唱文學的體制及其類型初探〉，頁73-8、程毅中，〈敦煌俗賦

個文類名稱，而某些唯有一篇題的作品又與所繫類屬似不相應，尙未提出恰當解釋。竊以爲：自表演性質而言，〈前漢劉家太子〉原始底本確爲〈變〉，但以內容性質來說，則係野史軼聞，故可稱〈傳〉(84)。同理，自表演類別著眼，〈季布罵陣〉是〈詞文〉，但內容性質與〈前漢劉家太子〉一致，故又可題作〈傳文〉(85)。當時講唱藝人或自錄成目習底本角度署篇，故雖屬論議的〈孔子項託相問〉(86)，卻顏曰〈書〉；或自底本文字寄託的文體某項特色著眼，致同屬論議、也是雙方攻守嘲駁的〈晏子〉(87)，則名〈賦〉。誠能不泥於一隅隻尺，或可得敦煌講唱文學命篇之情實。

按目前資料明文所示，北朝末期論議這類講唱伎藝業已面世(88)。今自蕭氏等以「論」類收載明明是「賦」的〈四子講德〉，則推想同期的南朝也有論議一伎，當非瞽說，尤其考慮到彼時南北互使、文化交流這實況，更不至目爲河漢空言。唐初李善作注時，於〈四子講德〉類屬因循不發難，未必純屬沿襲《漢書》俗抄而不辨誤，恐亦非注文不破本文的舊貫作祟，乃是處於當時論議伎藝風行、與賦誦相通這氛圍影響下的反映。

的淵源及其與變文的關係〉，《文學遺產》第 1 期（1989 年 1 月），頁 32-3。

(84) 《變文集》，卷二，頁 160、163。

(85) 前揭書，卷一，頁 51、71。

(86) 前揭書，卷三，頁 231-5。

(87) 前揭書，頁 244-5。

(88) 〈敦煌論議考〉，頁 171-2。

最後，省視目前劃歸爲論議一類的敦煌文學，明顯有兩系(89)：一爲針對同一主題，甲、乙雙方各抒辯才理據，由丙方出面仲裁，〈茶酒論〉(90)、〈鷰子賦〉俱屬之。〈鷰子〉甲篇雖因故事情節繁複、人物眾多，以至論議色彩模糊，但其基本型態仍不容掩。另一系往往由位高名重的甲方羞辱刁難乙方，乙方挾其巧思博學，毫不容情地反擊，〈晏子賦〉、〈孔子項託相問書〉即其例。前一系誠如學者考證，乃自兩漢經義問難、六朝以降二教、三教論衡演變而來(91)；後一系則似乎另有淵源，乃周太子晉對師曠問(92)、鄒忌對淳于髡問(93)、宋玉對楚襄王問(94)、陳平對漢王問(95)等的雲仍。其實，〈登徒子好色〉、〈美人〉、〈諷〉共隸此一格局，自貌美、巧言、好色三途攻詰，特筆墨集中於最後一項；又各添加登徒子大夫、鄒陽、唐勒這號挑唆人物，非由楚王、梁王直接發難，情節較爲曲折有趣。〈四子講德〉亦然。全篇實不過微斯文學、浮遊先生問答，微斯文學這廂的虛儀夫子僅處媒介地位；對方的陳丘子是衝

(89) 〈敦煌本《燕子賦》體制考辨〉，頁 111 則稱爲一問一答的答辯式及互相詰難的論辯式。

(90) 《變文集》，卷三，頁 267-9。

(91) 〈敦煌講唱文學的體制及其類型初探〉，頁 78、〈敦煌文學與唐代講唱藝術〉，頁 126、〈敦煌論議考〉，頁 195-204。

(92) 朱右曾，《逸周書集訓校釋》（臺北：世界書局，1975），卷九〈太子晉〉，頁 224-8。〈《逸周書》中的三篇小說〉，頁 22-4 已注意及此。

(93) 《史記》，卷四六〈田敬仲完世家〉，頁 718。

(94) 《文選》，卷四五〈對問〉，頁 639。〈敦煌俗賦的淵源及其與變文的關係〉，頁 29 已引到此先例。

(95) 《史記》，卷五六〈陳丞相世家〉，頁 793-4。

突的緩頰者，只緣浮遊「先生言切，恐二客慚」，爲使「文繹復集」(96)，這才出場發言。

〈神烏傅〉固非第二系論議之比，也與第一系論議的〈鷰子賦〉涇渭異派。〈神烏傅〉主體部分雖然是由亡鳥／盜鳥、雌烏／雄烏之間兩大段倫理性對話構成，但該系最要緊的一項特質——仲裁者不見。不論〈鷰子賦〉甲篇或乙篇，均以受欺侮的原告勝訴收場，因有那仁德禽王：鳳凰仲裁，〈神烏傅〉剛好相反，沒有那個維繫正義的在上者，可以爲下民伸冤，導致「盜反得免，亡鳥被患」，委曲的一方「毋所告愬」，「遂棄故處，高翔而去」。這一喜劇（燕子和雀兒還和解了）、一悲劇的基調使得將〈神烏〉、〈鷰子〉相提並論，不免惑於部分貌似而遺其神乖(97)。

柒

中國中古文學內存在同一主題內容以詩、賦兩種韻文體製表述的現象，已如上述。然而敦煌講唱文學中最突出的一項特色乃同一主題內容既假某種韻文體製出之，復以它種非韻文體製呈現，這一特色不待隋、唐，前已有之，可分爲兩類。

一爲同一主題內容韻述和非韻述的結晶各自獨立成篇。其間又可細分爲二目：一是兩篇出自同一作者，好比晉、宋時期的陶淵明

---

(96) 同注(81)，頁 727。

(97) 〈譾論〉，頁 84 看出二賦悲、喜結局的差異，並舉例陳明：不少早期故事的悲愴結局到後世被改編爲喜劇收場。

既有〈桃花源記〉，復有〈桃花源詩〉(98)；一生主要活動約值東晉中葉的曹毗撰〈神女杜蘭香傳〉，又作〈杜蘭香歌詩〉多篇(99)；西晉中期的張敏以〈神女傳〉敘弦超與成公智瓊的仙凡戀愛故事，並有〈神女賦〉的復述(100)。另一則是兩篇非出自同一作者，成篇時代彼此相去頗有間，如東晉干寶《搜神記》卷十一〈韓憑妻〉、卷十九〈李寄〉均屬非韻文的志怪小品，但兩篇末俱注明「其歌謠至今猶存」或「存焉」(101)；《藝文類聚》卷三二〈人部十六・閨情〉轉載東漢秦嘉與妻徐淑書二首，《玉臺新詠》卷一收錄秦嘉〈贈婦詩〉三首，內容與信息多複沓；西漢劉向《列女傳》卷五〈節義傳〉有〈魯秋潔婦〉的軼聞，而至晚於東漢末已有〈秋胡行〉樂府辭行世(102)。

---

(98) 逯欽立校注，《陶淵明集》（北京：中華書局，1995），卷六，頁 165-8。〈唐代詩歌與小說的關係〉，頁 30 已道及此例。

(99) 吳士鑑．劉承幹，《晉書斠注》（臺北：藝文印書館，1972），卷九二〈文苑傳・曹毗傳〉，頁 1560。

(100) 分見虞世南，《北堂書鈔》（臺北：宏業書局，1974），卷一二九〈衣冠部下・裳二十一〉自注引，頁 577、《類聚》，卷七九〈靈異部下・神〉，頁 1352-3。〈敦煌俗賦的淵源及其與變文的關係〉，頁 31-2 已道及此例。

(101) 容肇祖，〈敦煌本《韓朋賦》考〉，周紹良、白化文，《敦煌變文論文錄》（臺北：明文書局，1985），頁 668-9、張鴻勛，〈簡論敦煌民間詞文和故事賦——唐代講唱文學論叢之一〉，《社會科學》第 1 期（1980 年 1 月），頁 76 均嘗道及。

(102) 《宋書》，卷二一〈樂志三〉，頁 305-6、《類聚》，卷四一〈樂部一・論樂〉，頁 741-2 收載曹操、曹丕父子沿舊題寫新詞的〈秋胡行〉，則歌詠秋胡故事的原辭行世必在此之前。

　　但如果自追索敦煌講唱文學韻述復非韻述該特性的中土淵源而言，前揭諸例未盡肯綮。因爲在變文、講經文這類作品中，韻述和非韻述這兩部乃整合爲一體，固然不時也可如後世折子戲般，某一部分（如押座文）單獨演出，但原初結構乃不分割的。其實這種特殊的作品結構於華夏古亦已有之，例證莫佳於蔡邕所撰諸碑。《文心雕龍》卷三〈誄碑〉說得很清楚：

　　　　碑實銘器，銘實碑文。

有韻的銘辭方是眞正主體，銘辭前的無韻文特序引耳，自宜簡略。按諸《隸釋》卷三〈張公神碑〉、卷九〈費鳳別碑〉、卷十二〈李翊夫人碑〉等，尚可窺其初制髣髴。惟東漢以降的趨勢則是無韻文的序引由附庸蔚爲大國，內容且侵入銘辭領域，造成複沓。姑以世所習諳、收諸《文選》卷五八〈碑上·郭有道碑文〉爲例：

（序引）	（銘辭）
先生誕應天衷，聰睿明哲，孝友溫恭，仁篤慈惠。	於休先生，明德通玄，純懿淑靈，受之自天。
夫其器量弘深，姿度廣大，浩浩焉，汪汪焉，奧乎不可測已。	……幽浚……如淵。
考覽六經，探綜圖緯……收文武之將墜，拯微言之未絕。	禮、樂是悅，《詩》、《書》是敦，匪惟摭華，乃尋厥根，宮牆重仞，

允得其門。

于時纓綏之徒，紳佩之士望形表而影附……猶……鱗介之宗龜龍也。	洋洋搢紳，言觀其高。
爾乃潛隱衡門，收朋勤誨。群公休之，遂辟司徒掾，又舉有道，	棲遲泌丘，善誘能教。赫赫三事，幾行其招。
皆以疾辭，將蹈鴻涯之遐跡。	委辭召貢，保此清妙。
稟命不融……凡我四方同好之人永懷哀悼。	降年不永，民斯悲悼。
於是樹碑表墓，昭銘景行，俾芳烈奮于百世，令問顯於無窮。	爰勒茲銘，搞其光耀。嗟爾來世，是則是效。

這種在一篇內先以無韻文、復以韻文表述同一主題內容的風尚並不限於碑、誄這些誅靈悼亡的文類，賦亦染及，陸機的〈豪士賦〉即個中著例。賦序載於《文選》卷四六〈序下〉，真正有韻的賦文本身反見棄，《藝文類聚》卷二四〈人部八・諷〉尚收錄。固然類書收錄群言時每有刪節，但縱使將該賦見存字數加三倍，賦文的規模也不及賦序，恐怕徒令文義愈加複沓。

雖說就韻述、非韻述兩部分整合為一體這結構上著眼，蔡碑、陸賦較貼近轉變、講經用的底本，我們卻不宜忽略個中一項重要差異，即：蔡碑、陸賦均缺乏故事情節。蔡碑固略涉及死者生平，且

不說那僅形同履歷，華詞盛藻那些虛文、非「實」事才屬碑文的主
體。然則《文選》卷五七〈誄下〉的潘岳〈馬汧督誄〉堪稱較佳之
例。惟即使如〈馬汧督誄〉，仍不宜率爾比附，因爲轉變、講經的
韻述部分多是唱的，與銘曰、誄曰以下的文辭僅供吟誦，有本質分
野。

　　變文、講經文自見世以來，一直被視爲敦煌俗文學的表徵。早
期由於對敦煌俗文學的研究、認識尚未深入，一度甚至將敦煌出土
各式講唱伎藝底本俱冠在變文名下。如今已自中分辨出好些門類，
其間有所謂俗賦者。〈神烏傅〉出土後，學界很快將它與敦煌俗賦
繫聯起來，視爲〈鷰子〉之前俗賦史中的一員。然而我們想追問：
如是看法的理據究竟何在——

　　一、對象。演出講經文所以稱爲俗講，一項重要因素是對象不
同，相對於僧講而言的[103]。〈神烏〉曲、辭作者設想以至實際的聽
眾究竟孰何，雖不得而詳，但在市里演出與在上林平樂、豪邸巨宅
內奏技兩下毫無互斥關係。

　　二、內容。〈神烏〉內容既脫胎自禽鳥奪巢此一文學母題[104]，
也就不能再以雅、俗畫限。至於動物說話這點更不足持。《莊子》
卷一上〈逍遙遊〉中的斥鴳、《戰國策》卷三十〈燕策二〉中的
鷸、《楚辭》卷一〈離騷〉中的鴆都開了口，未見人因而視這些篇

---

[103]　湯用彤，〈何謂"俗講"〉，《湯用彤集》（北京：中國社會科學出版
社，1995），頁152-3。

[104]　劉樂賢、王志平，〈尹灣漢簡《神烏賦》與禽鳥奪巢故事〉，《文物》第
1 期（1997 年 1 月），頁 59-61。

章爲俚俗。

三、體制。〈神烏傅〉開篇不久即出現楔子式的內容攝述：

> 行義淑茂，頗得人道，今歲不翔，一烏被央，何命不壽，狗
> 麗此蓉。

但接續縷述的部分依然是韻文。全篇既非散敘，也非韻唱，更非散
敘韻唱兼行，而是一種時人認爲沿襲春秋貴族君子的特殊韻述——
縣誦。

四、音樂。按照漢儒心目中雅樂的標準——春秋以前、聖賢制
作、非圖耳目之娛，漢世只有新聲今樂⑩。《漢書》卷二二〈禮樂
志〉昭然供承：除了少數可置疑的「雅樂」「歲時以備數，然不常
御；常御及郊廟皆非雅聲」，「內有掖庭材人，外有上林樂府，皆
以鄭聲施於朝廷」。〈神烏〉旋律雖無從得聞，縱獲悉，在舉世盡
鄭的情況下，雅、俗之辨是沒有意義的。

五、句式。無論章詔伶人或篇謝絲管，四言早已是「正體」
⑩，所謂「雅音之韻，四言爲正，其餘雖備曲折之體，而非音之正
也」⑩。〈神烏〉除了交代發言來源處以及賦末評論，絕大多數是

---

⑩ 郭永吉，《西漢儒家的政治地位及其對國家政策的影響力》（臺北：國立
清華大學中文研究所碩士論文，1997），第四章，第四節（4），頁 221-
9。

⑩ 《文心雕龍注》，卷二〈明詩〉，頁 2b。

⑩ 《類聚》，卷五六〈雜文部二·賦〉引贄虞，《文章流別論》，頁 1018-
9。

四言。

六、構詞。除了「亙家」略有可能**⑩**，此外不見任何俚語或方言色彩的詞彙。誠然，全篇僅僅「傲躆」一個雙聲詞；「坊皇」、「緄棍」、「非回」、「尚羊」四個疊韻詞，而且它們早已溶為日常語，枚、馬等言語侍從賦作中習見的瑋詞率付杳然，構詞相當淺白。但所以大量使用那些貌似艱澀、實近口語的瑋詞，主要也是為了加強誦述時的聽覺效果**⑩**，而這又與那些賦作中主客對問或已消失、或有卻僅具形式意義有關。也就是說，達到賦誦聽覺效果的手法匪一，或對話頻仍，以聲腔變化取勝；或改從審音選詞方面下工夫，使賦文本身音律悅耳，焉可執一為衡？

七、用韻。〈鷫子〉等作品所以不妨曰俗，至少從它們用韻上說得通：率依口吻作準，全不符《切韻》、《唐韻》等官韻要求**⑩**。〈神烏〉與目前所知西漢文人學士的雅馴翰墨用韻無間，唯獨一點大堪注意：漫漶處不計，〈神烏〉約一百五十多句，如此長的篇幅約盡四言，又幾乎句句入韻**⑩**，確屬奇觀！只勞持與荀況諸賦

---

⑩ 〈讀論〉，所附釋文注釋 22，頁 88。

⑩ 簡宗梧，〈漢賦瑋字源流考〉，《國立政治大學學報》第 36 期（1977 年 12 月），頁 202-6、229-30、〈從專業賦家的興衰看漢賦特性與演化〉，《漢賦史論》（臺北：東大圖書公司，1993），頁 217-8。於漢賦研究上，簡氏此創闢性的睿見厥功甚偉！

⑩ 〈敦煌本《燕子賦》體制考辨〉，頁 102-3。

⑩ 單句不入韻者凡五：
A.惟此三月，春氣始陽，眾鳥皆昌，執虫坊皇。
B.未得遠去，道與相遇，見我不利，忽然如故。
C.□□發忿，追而呼之：「咄！盜還來，吾自取材，於顏深菜……。」

⑫、曹植〈鷦雀〉⑬一相比較，即可見。今存兩漢七言者無不句句韻，若係單句成章，也會折腰韻。摯虞說：「於俳諧倡樂世用之」⑭，實則字書、謠諺、讖緯、鏡銘、品題、道士經訣這類通俗語文

D.夫惑知反，失路不遠，悔過遷臧，至今不晚。

E.長炊泰息，憂怨嘑呼，毋所告愬。

其中 D 的「臧」字還可能是因聯想致誤，若本作「善」，則相叶。隔句用韻者有二：

F.今雖隨我，將何益哉？見危授命，妾志所持；以死傷生，聖人禁之。

G.幾自君子，毋信偃言，懼惶向論，不得極言。

至於前引《傳》曰後四句，恐係笱／臧、下／行交錯韻。

⑫ 茲將《荀子集解》，卷十八〈賦篇〉，頁 313-20，諸作統計表列如下：

篇　名	總句數	四言句總數	四言句句韻總數
〈禮〉	25	14	0
〈知〉	32	17	2
〈雲〉	38	18	4
〈蠶〉	34	17	4
〈箴〉	34	26	4
〈佹詩〉	36	30	0
〈小歌〉	20	20	0

⑬ 《類聚》，卷九一〈鳥部中‧鷦〉，頁 1589-90。今存五十七句，除第二句外，盡四言，通篇隔句韻。

⑭ 李昉等，《太平御覽》（臺北：臺灣商務印書館，1992），卷五八六〈文部二‧詩〉引摯虞，《文章流別論》，頁 2769。又云：「五言……樂府亦用之」，張溥，《漢魏六朝百三名家集》（臺北：文津出版社，1979），《摯太常集》，頁 1684 則改作「于俳諧倡樂多用之」，未詳何據。

中，七言韻式——句句韻咸居大宗⓯。那麼，〈神烏〉氣俗，豈在斯乎？個中深意殆不止於是耶？姑俟來日再探。

　　總之，就以上論列，〈神烏〉系歸俗賦或尚待斟酌。

× 　　　　　 × 　　　　　 ×

　　今將上述〈神烏〉與〈鷿子〉離合部分整理如次：（一）就稱引韻語類別——姑舍稱引位置不論——這細部來看——

稱引韻語	詩句	出自《詩》	見諸韻文中		如〈神烏〉
			見諸散文中		如《韓詩外傳》
		非出自《詩》	見諸韻文中	「歌曰」形式	如〈諷〉
				非「歌曰」形式	如〈兩都〉、〈鷿子〉（甲）
			見諸散文中	「歌曰」形式	如《穆天子傳》
				非「歌曰」形式	如《左傳》
	非詩句				〈神烏〉

至於〈鷿子〉（乙）全首是歌行，根本無從類比。（二）就同一主題採取兩種文類表述這體制大節來看——

⓯　〈七言詩起源新論〉，頁 146-56、王運熙，〈七言詩形式的發展和完成〉，《樂府詩論叢》（上海：中華書局，1962），頁 158-62。

			一散一韻：如杜蘭香、桃花源故事
同一 主題	分篇	出自同一作者	二者皆韻：如〈寡婦〉、〈感婚〉
		出自不同作者	一散一韻：如韓憑、秋胡、鸞子故事
			二者皆韻：（例夥不贅）
	合篇卻實可各自獨立		一散一韻：如〈郭有道碑〉、〈豪士賦〉
			二者皆韻：（無）

若夫〈神烏〉，全非其疇。（三）前面俱是從目閱書面形式著眼，但早期賦作以至所謂的敦煌俗賦實屬講唱藝術，且置演出角色多寡、有無音樂伴奏不計，就表演門類而言——

表演 門類	論議	雙方互詰，第三方仲裁：如〈茶酒論〉、〈鸞子賦〉（甲）（乙）
		一方刁難，一方反駁：如〈晏子賦〉、〈孔子項託相問書〉
	誦述	以語詞音韻本身取勝：如〈子虛〉、〈洞簫〉
		以聲腔表情變化取勝：如〈美人〉、〈神烏〉

設使再自演出情節意圖引發的情緒效應來看，〈神烏〉、〈鸞子〉一悲一喜，更不相侔。是則可見個中涉及問題相當複雜，殆非俗賦或某受某影響等浮泛陳言所能解決，何況俗賦特質究竟為何，迄今未見辨明，動物擬人、對話形式、文字平淺等殆盡屬皮相之見。

嘗聞：認知學習的要領之一乃在辨同異，其間分寸殊不易掌握。只將觀察點落在表象出入上，則弗克通統類，但無視彼此差

距，所謂的通直混而已矣。依循這種矇矓視野，研究所得，於他人眼中，鮮能不流於黃蘆白葦、一般面貌。學林強調：研究時要具體對待，但信條與實際之間似尚未大同，豈緣忽略小異所致？筆者明不足識皂白，惟心切嚮往之，故敢貢瞽說，幸值發蒙之惠。

（先於 1997 年 12 月香港大學主辦之「香港大學中文系七十周年紀念國際學術研討會」上宣讀，後發表於新竹清華大學《清華學報》28 卷 2 期，1998 年 6 月）

〈兩都〉、〈二京〉義疏補

　　義疏之名，肇自晉、宋。或先講後撰；或預付之簡素，再謄諸口舌❶。析難解疑，匯穿眾品，雖九變曼衍，率以旨歸闡發、大義復貫為要。持此以觀民初高步瀛刊布、止於卷八〈羽獵〉之《文選李注義疏》，踵有清選學緒業，致力異文比堪、字辭訓釋、故實徵考、資料輯補，以證成善注，復其原貌，似即不免流連枝葉矣。筆者末學膚受，烏睹大體？特勉就〈兩都〉、〈二京〉撰著隱衷、涉及之漢賦流變、反映於文學并文化史上之意義、蕭《選》弁首之用心等，粗鉤寫一二髣髴，姑妄曰補。本前脩以作系，莫我敢膺；呈今賢而晤賞，寔所竊幸。

壹·賦兼名頌

　　名篇之際，一篇賦作每亦曰頌，唐人業道及，後來學者亦嘗繼述❷，惜論證瘠薄草率，遑言發其微蘊？故不揣鄙陋，重理之。

---

❶　參牟潤孫，〈論儒釋兩家之講經與義疏〉，《注史齋叢稿》（臺北：臺灣商務印書館，1990），頁 245-7、251-5。

❷　《景印宋本五臣集注文選》（臺北：國立中央圖書館，1981），卷九〈笛賦·序〉李周翰注，頁 12b：「賦之言頌者，頌亦賦之通稱」；何焯，《義門讀書記》（北京：中華書局，1991），卷四五〈文選·賦·潘安仁

《論衡》卷二十〈佚文〉：

> 永平中，神雀群集，孝明詔上〈神爵頌〉，百官頌上，文皆
> 比瓦石，唯班固、賈逵、傅毅、楊終、侯諷五頌金玉。

《隋書》卷三五〈經籍志・總集〉登錄傅毅之作時，曰〈神雀
賦〉。《初學記》卷五〈地部上・終南山第八〉收載班固〈終南山
賦〉，《文選》卷四〈賦乙・京都中・蜀都賦〉「密房郁毓被其
皐」善注引作〈終南頌〉。《漢書》卷三十〈藝文志・六藝略・樂
類〉自注：

> 出淮南、劉向等琴頌七篇。

上述〈蜀都賦〉「觀聽之所踴躍也」善注稱劉向之作爲〈雅琴
賦〉。或可假辭：斯乃唐人稱引篇目不嚴謹所致。

然《漢書》卷六四下〈王褒傳〉曰：

> 太子喜褒所爲〈甘泉〉及〈洞簫〉頌，令後宮貴人左右皆誦
> 讀之。

《文選》卷六〈賦丙・京都下・魏都賦〉「雷雨窈冥而未半……萬

藉田賦〉，頁 867-8；鈴木虎雄，《賦史大要》（臺北：正中書局，
1966），第三篇〈辭賦時代〉，第四章，頁 42-3。

物可齊於一朝」張載注引作〈甘泉賦〉；卷十七〈賦壬・音樂上〉收載時作〈洞簫賦〉。同卷收載馬融〈長笛賦〉，而序文曰：

> 追慕王子淵、枚乘、劉伯康、傅武仲等〈簫〉、〈琴〉、〈笙〉頌，唯笛獨無，故聊復備數，作〈長笛頌〉。

《後漢書》卷六十上〈馬融傳〉載融上〈廣成頌〉，然《文選》卷四五〈序上〉之皇甫謐〈三都賦序〉納該篇於「近代辭賦之偉」者林中。《文選》卷七〈賦丁・耕藉〉收載潘岳〈藉田賦〉，善注引臧榮緒《晉書》，臧文作〈藉田頌〉。皇甫謐、張載、臧榮緒、蕭統咸六朝人，是則猶可辯稱：六朝人混用賦、頌名篇，未必係兩京舊貫。

惟《文選》卷十一〈賦己・宮殿〉所錄王延壽〈魯靈光殿賦〉自序稱：

> 奚斯頌僖，歌其路寢……物以賦顯，事以頌宣，匪賦匪頌，將何述焉？遂作賦曰：……。

《漢書》卷二二〈禮樂志〉記述：

> 以李延年爲協律都尉，多舉司馬相如等數十人造爲詩、賦，略論律呂，以合八音之調，作十九章之歌。

而卷九三〈佞倖傳・李延年傳〉則言：

> 是時上方興天地諸祠，欲造樂，令司馬相如等作詩、頌，延年輒丞意弦歌所造詩。

是賦、頌指涉往往重合，容相代易，東京已然。

復考《漢書》卷三十〈藝文志·詩賦略〉於孫卿賦系著錄李思〈孝景皇帝頌〉十五篇、於雜賦系著錄〈雜行出及頌德賦〉二十四篇；卷八七上〈揚雄傳〉曰：

> 聊因校獵，賦以風……遂作頌曰……。

〈藝文志〉係因劉向、歆父子《七略》之舊；〈揚雄傳〉則本諸雄之〈自敍傳〉❸，則名篇之際賦、頌混用，西漢已見，並非後人脫略使然。

推究個中原委，帝王欲臣下頌，以饜足虛榮心理；臣下欲諷諫帝王，期盡士人職責，龍鱗固難逆批，匹夫之志亦不容輕奪。苟言語侍從者果伸眉危言，一見之後罷歸或終身待詔，尚屬薄懲，設按以小臣越位行大臣事之罪❹，可當場戮於殿下，致是類有心者唯克

---

❸ 王先謙，《漢書補注》（臺北：藝文印書館，1972。以下簡稱《漢書》），卷八七下〈揚雄傳〉「雄之自序云爾」顏注，頁 1541；魏徵等，《隋書》（臺北：藝文印書館，1972），卷七五〈文苑列傳·劉炫傳·自贊〉，頁 858；浦起龍，《史通通釋》（臺北：世界書局，1970），卷九〈內篇·序傳第三十二〉，頁 122-3。

❹ 李善注，《文選》（臺北：藝文印書館，1971），卷一〈賦甲·京都上〉，班固〈兩都賦·序〉，頁 21 以「言語侍從之臣」稱司馬相如等，

取譎諫、順諫之途❺，假頌為諷，頌其表，諷其裡，所謂反諷。世俗習聞《漢書》卷五七下〈司馬相如傳贊〉末語：

> 揚雄以為靡麗之賦勸百而諷一，猶騁鄭、衛之聲，曲終而奏雅。

似賦之諷唯綴於文末，實則通篇「勸」處即其「諷」處，或通過夸飾以見個中荒唐；或揭示應然狀況反鏡其不及❻，故班固當年即不韙揚說，評為「不已戲乎」。誠然，如是手法有待高度之撰辭技巧，技巧一劣，綿裡所藏針砭之效盡失。加以聽者可自取所需，慾令智昏，唯金是睹，不見滿市之人，以至處處針砭，猶誤若折枝。然前者乃技術高下問題，非賦作原初取向；後者則係莫可奈何之命運，尤非稍具良知之賦家本衷。原始以章義，賦之本質既碻在諷諫，不在助虐，唯格於形勢，不得不枉尺直尋，則奏上時，題曰頌，豈非當然之舉？由此可知《太平御覽》卷五八八〈文部四•

與倪寬等「公卿大臣」相對，是言語侍從之臣乃小臣。虞世南，《北堂書鈔》（臺北：宏業書局，1974。以下簡稱《書鈔》），卷三三〈政術部七•薦賢十八〉，頁 119，自注引《宋玉集•序》，即言玉因友人事楚王，王以為小臣。另請參瀧川龜太郎，《史記會注考證》（臺北：藝文印書館，1972。以下簡稱《史記》），卷九六〈張丞相列傳〉，頁 1068。詳拙作，〈某些早期賦作與先秦諸子學關係證釋〉，本書，頁 79-82。
此後引文凡出自〈兩都賦〉者，不復揭書名，逕標〈西都〉或〈東都〉，〈序〉則置於〈兩都賦〉名下。

❺ 詳拙作，〈賦源平章雙隅〉，本書，頁 7-21。
❻ 同注❺。

頌〉所引《文章流別論》之指責：

> 若馬融〈廣成〉、〈上林〉之屬，純爲今賦之體，而謂之
> 頌，失之遠矣。

以及《文心雕龍》卷二〈頌讚〉之貶辭：

> 馬融之〈廣成〉、〈上林〉，雅而似賦，何弄文而失質乎？

皆未洞悉根柢，徒就皮相計較。

× × ×

《後漢書》卷四十上〈班固傳〉云：

> 自爲郎後，遂見親近。時京師修起宮室，濬繕城隍，而關中
> 耆老猶望朝廷西顧，固感前世相如、壽王、東方之徒，造構
> 文詞，終以諷勸，乃上〈兩都賦〉，盛稱洛邑制度之美，以
> 折西賓淫侈之論。

范氏殆本諸其於〈兩都賦・序〉之理會而來：

> 至於武、宣之世……言語侍從之臣，若司馬相如、虞丘壽
> 王、東方朔、枚皋、王襃、劉向之屬，朝夕論思，日月獻
> 納……或以抒下情而通諷諭；或以宣上德而盡忠孝……斯事
> 雖細，然先臣之舊式、國家之遺美，不可闕也。臣竊見海內

清平，朝廷無事，京師脩宮室、浚城隍、起苑囿，以備制
度，西土耆老咸懷怨思，冀上之睠顧，而盛稱長安舊制，有
陋雒邑之議，故臣作〈兩都賦〉，以極眾人之所眩曜，折以
今之法度。❼

由《後漢書》卷四七〈班超傳〉得悉：班固於明帝永平五年（62）
始被召詣校書郎；所謂「京師脩宮室……以備制度」，蓋指始於永
平三年（60），七年（64）告成「起北宮及諸官府」❽之舉；復從
賦中頌聖諸節目之一乃：

自孝武之所不征、孝宣之所未目，莫不陸讋水慄，奔走而來
賓，遂綏哀牢，開永昌❾。

李賢注已指出：置永昌郡乃永平十二年（69）正月事❿，則〈兩
都〉撰畢至早不過於斯⓫。惟賦末〈白雉詩〉論及祥禽來集皇都之

---

❼ 〈兩都賦‧序〉，頁 21-2。

❽ 王先謙，《後漢書集解》（臺北：藝文印書館，1972，以下簡稱《後漢
書》），卷二〈明帝紀‧永平三年〉，頁 68；卷四一〈鍾離意傳〉，頁
504-5。

❾ 〈東都〉，頁 33。

❿ 《後漢書》，卷二〈明帝紀‧永平十二年〉，頁 70；卷四十下〈班固
傳〉，頁 490。

⓫ 鄭鶴聲，《漢班孟堅先生固年譜》（臺灣：臺灣商務印書館，1980），頁
42-3，繫於永年七年；陸侃如，《中古文學繫年》（北京：人民文學出版
社，1985），頁 89，繫於永平九年（66）；龔克昌，《漢賦研究》（濟

瑞應，所謂「獲白雉兮效素烏」，李善注兩引史實：

> 范曄《後漢書》曰：「永平十年，白雉所在出焉。」《東觀
> 漢紀》：「章帝詔曰：『乃者白烏神雀屢臻，降自京師
> 也。』」⓬

設若「效素烏」誠以章帝年間事爲本，將下逮元和二年（85）五月
矣，〈兩都〉之撰歷時近一紀，然世間好事者向未夸談及此，殊不
可思議。《後漢書》卷三〈章帝紀·論〉曰：

> 在位十三年，郡所上符瑞合於圖書者數百千所，嗚呼！懋
> 哉！

而紀文登錄者不及十，是不宜因〈明帝紀〉中無素烏來效明文，轉
以後瑞牽合。〈東都賦〉於「至乎永平之際」後，稱「於是聖上」
云云，苟賦畢功於章帝年間，將致指謂不清之譏，惟值明帝猶在位
時，無此嫌，此或所以但書年號，不似〈東京賦〉以廟號顯宗爲

南：山東文藝出版社，1984），頁 135-6，以爲完篇殆章、和之後，率非
是。朱冠華，〈《兩都賦》李善注正補〉，《中華國學》2 期（1989
年），頁 36，首先指出：〈兩都〉之作上不過永平十二年，晚不踰永平
十八年（75）。

⓬ 〈東都〉，頁 36。高步瀛《文選李注義疏》（臺北：廣文書局，1977），
頁 209，已據《後漢書》，卷二〈明帝紀·永平十一年〉，頁 70，指出：
今本善注「十」下脫「一」字。

稱⓭。

《後漢書》卷八十上〈文苑列傳·杜篤傳〉：

> 會大司馬吳漢薨……篤以關中表裏河山，先帝舊京，不宜改營洛邑，迺上〈論都賦〉，曰：……皇帝以建武十八年（49）二月甲辰升輿洛邑，巡于西嶽……明年，有詔復函谷關，作大駕宮、六王邸，高車廄於長安，修理東都城門，橋涇渭，往往繕離觀……是時山東翕然狐疑，意聖朝之西都，懼關門之反拒也。客有爲篤言：……洛邑之渟瀯，曷足以居乎萬乘哉？咸陽，守國利器，不可久虛，以示姦萌……。

卷七六〈循吏列傳·王景傳〉：

> （章帝）建初七年（82），遷徐州刺史。先是杜陵杜篤奏上論遷都，欲令車駕遷還長安，耆老聞者皆動懷土之心，莫不眷然佇立西望。景以宮廟已立，恐人情疑惑。會時有神雀諸瑞，乃作〈金人論〉，頌洛邑之美、天人之符。

《藝文類聚》卷六一〈居處部一·總載居處〉節引崔駰〈反都賦〉：

⓭ 〈東都〉頁 31、34；《文選》，卷二〈賦乙·京都中〉，張衡〈東京賦〉，頁 56。此後引文凡出自〈二京賦〉者，不復揭書名，逕標〈東京〉或〈西京〉。

漢曆中絕，京師爲墟，光武受命，始遷洛都，客有陳西土之
富，云洛邑褊小，故略陳禍敗之機不在險也。

據《後漢書》卷四〈和帝紀〉、卷五二〈崔駰傳〉，知：章帝章和
二年（88）十月竇憲任車騎將軍，駰爲掾，次年和帝永元元年
（89）六月憲北伐匈奴，道路多不法，駰指切長短，不見容，出爲
長岑長，不之官而歸，永元四年（92）卒於家，則〈反都〉之作當
不晚於章帝末葉。若夫傅毅撰〈洛都〉、〈反都〉❶，恐亦出諸同
一背景。東漢奉春之爭歷三朝未息，繆鉞五十多年前業指出癥結所
在❶：劉秀既以光復舊物爲號召，則當漢室政權再興後，自應以長
安爲中樞所在。然不徒光武係南陽人，定居當地已三世，從龍功臣
率隸籍河南❶，不樂西遷，惟苦於法、於理俱弗克倡言。雖起高廟
於洛陽❶，示人根本有托，然明、章以降諸帝猶不能不於在位期間
一赴長安謁陵❶，實因自政權統緒象徵所繫碻在西，不在東。況晚

---

❶ 分見歐陽詢，《藝文類聚》（臺北：文光出版社，1977。以下簡稱《類
聚》），卷六一〈居處部一・總載居處〉，頁 1103；王先謙校，《水經
注》（成都：巴蜀書社，1985），卷十五〈伊水注〉，頁 289。

❶ 繆鉞，〈《文選》賦箋——班固《兩都賦》、王粲《登樓賦》〉，《冰繭
盦叢稿》（上海：上海古籍出版社，1985），頁 127-9。

❶ 詳余英時，〈東漢政權之建立與士族大姓之關係〉，《中國知識階層史論
（古代篇）》（臺北：聯經出版事業公司，1980），頁 154-69。

❶ 《後漢書》，卷一上〈光武紀・建武二年〉，頁 45。

❶ 終光武一生，幸長安，謁高廟，遂有事十一陵之記載凡四，分見《後漢
書》，卷一下〈光武紀〉，建武六年（30）四月，頁 51、十年（34）八
月，頁 53、十八年（42）三月，頁 57、二二年（46）閏正月，頁 58。此

方歸付之馬、竇、梁、宋等豪族於東漢政壇勢力甚大，帝室尙須不時自中采擇后妃，以示籠絡，而彼等皆關隴一系，豈不冀帝乃眷西顧，此維與宅？是則班氏〈兩都〉用意之一乃爲現政權中既得利益黨徒效力，代於法、於理俱有欠者辯護、粉飾。

　　西漢武帝好大喜功，頗堪疵議之作匪尟，此治史者共識。據《漢書》卷五七下〈司馬相如傳〉：

> 相如爲郎數歲，會唐蒙使略通夜郎、僰中，發巴蜀吏卒千人，郡又多爲發轉漕萬餘人，用軍興法，誅其渠率，巴蜀民大驚恐。上聞之，迺遣相如……諭告巴蜀民……夫邊郡之士聞烽舉燧燔，皆攝弓而馳，荷兵而走，流汗相屬，惟恐居後……如報私讎，彼豈樂死惡生，非編列之民而與巴蜀異主哉？計深慮遠，急國家之難，而樂盡人臣之道也……今奉幣使至南夷，即自賊殺，或亡逃抵誅……寡廉鮮恥，而俗不長厚也，其被刑戮，不亦宜乎？

卷六四上〈嚴助傳〉：

後嗣君，殤夭者自無從爲之，明、章、和、順、安、桓諸帝皆止一赴，至靈帝乃闕。分見卷二〈明帝紀・永平二年〉，頁 67、卷三〈章帝紀・建初七年〉，頁 80、卷四〈和帝紀・永元三年〉，頁 88-9、卷五〈安帝紀・延光三年〉，頁 108、卷六〈順帝紀・永和二年〉，頁 116、卷七〈桓帝紀・延熹二年〉，頁 128，且均係該年十月，當與高祖十月至灞上、正式紀元有關，可參《史記》，卷九六〈張丞相傳〉，頁 1067。

武帝善助對，繇是獨擢助爲中大夫。後得朱買臣、吾丘壽
王、司馬相如、主父偃、徐樂、嚴安、東方朔、枚皋、膠
倉、終軍、嚴蔥奇等，並在左右。是時征伐四夷，開置邊
郡，軍旅數發，內改制度，朝廷多事……上令助等與大臣辨
論，中外相應以義理之文，大臣數詘。

〈朱買臣傳〉：

是時方築朔方，公孫弘諫，以爲罷敝中國，上使買臣難詘
弘。

〈吾丘壽王傳〉：

丞相公孫弘奏言：民不得挾弓弩……上下其議，壽王對
曰：……書奏，上以難丞相弘，弘詘服焉。

卷六四下〈終軍傳〉：

元鼎中，博士徐偃使行風俗，偃矯制；使膠東、魯國鼓鑄鹽
鐵。還奏事……御史大夫張湯劾偃矯制大害，法至死。偃以
爲：《春秋》之義，大夫出疆，有可以安社稷、存萬民，顓
之可也。湯以致其法，不能詘其義，有詔下軍問狀，軍詰偃
曰：……奏可。上善其詰，有詔示御史大夫。

可知范曄解讀班固撰〈兩都〉之舉爲有「感前世相如、壽王、東方之徒」，大意誠韙，至云旨在「終以諷諫」，則非。《文選》卷四八〈符命〉收錄班固〈典引〉，序文中記載：

> （明帝）詔因曰：「司馬遷著書，成一家之言，揚名後世，至以身陷刑之故，反微文刺譏，貶損當世，非誼士也。司馬相如涉行無節，但有浮華之辭，不周於用。至於疾病而遺忠，主上求取其書，竟得頌述功德，言封禪事，忠臣效也，至是賢遷遠矣！」

帝意如此昭明：臣僚忠、賢之判無它，端視言論或刺或頌，立言內容浮實、立身操行涉潔俱非所計，則「常伏刻誦聖論」，每「思畢力竭情，昊天罔極」[19]之班固於撰《漢書》際，焉容蒙昧不通曲學阿君，以至「論國體，則飾主闕而折臣忠；敘世教，則貴取容而賤直節」[20]？而寫賦時，復何敢闕「先臣之舊式」[21]，不力「宣上德而盡忠孝」耶？

---

[19] 《文選》，卷四八〈符命〉，班固〈典引・序〉，頁 695。

[20] 《史通通釋》，卷八〈內篇・書事第二十九〉引傅玄語，頁 110。此非一家褊見，《後漢書》，卷四十下〈班固傳・論曰〉，頁 495：「彪、固譏遷，以爲是非頗謬於聖人，然其論議常排死節，否正直，而不敘殺身成仁之爲美，則輕仁義、賤守節愈矣！」

[21] 先臣自指司馬相如等而言，然而適巧，其父已是大漢之純臣，觀《漢書》，卷一百上〈敘傳・王命論〉，頁 1763-5，可知：以文字盡忠孝乃家庭遺傳。

　　推原失志賢人之賦，筆鋒指向原乃非昏即暴之世主，期使政者正也，實踐個人學術傳承中之理想，略濟黎民。今則甘為君上之鷹犬打手，以翰墨供其驅使，則賦之原始精神盡見宮割，淪為和柔媚上之器用矣。東漢一朝，士人以言語侍從身份從事專業賦作之記載固不經見㉒，惟早先該墮落習性則後繼未已，資巨麗賦體呈現者，首推〈兩都〉。

×　　　　　×　　　　　×

〈西都賦〉假西都賓所言：

　　蓋聞皇漢之初經營也，嘗有意乎都河、洛矣，輟而弗康，定用西邊，作我上都㉓。

乃屬實之辭。考《史記》卷五五〈留侯世家〉：

㉒　簡宗梧，〈從專業賦家的興衰看漢賦特性與演化〉，《漢賦史論》（臺北：東大圖書股份有限公司，1993），頁 208-16。然吾人亦當注意：當時班、傅、崔、馬等一流文士依附外戚權貴之事實，以至出現〈大將軍臨洛觀賦〉、〈竇將軍北征頌〉、〈大將軍西征賦〉、〈車騎將軍竇北征頌〉、〈梁將軍西第賦〉之作。分見《類聚》，卷六三〈居處部三・觀〉，頁 1134；卷五九〈武部・戰伐〉，頁 1073、1068-9；章樵注，《古文苑》（臺北：鼎文書局，1973），卷十二〈頌〉，頁 320-6；蕭子顯，《南齊書》（臺北：藝文印書館，1972），卷九〈樂志上・史臣曰〉，頁 80、《文選》，卷四〈賦乙・京都中〉，左思〈蜀都賦〉善注，頁 79，卷十一〈賦己・宮殿〉，何晏〈景福殿賦〉善注，頁 178。

㉓　〈西都〉，頁 22。

劉敬說高帝曰都關中，上疑之，左右大臣皆山東人，多勸上
都雒陽。

及卷九九〈劉敬傳〉：

高帝問群臣，群臣皆山東人，爭言：周王數百年；秦二世即
亡，不如都周。

得悉：衡諸定都爭執背後之原委，西漢初年與東漢極近似。而劉邦
於洞明利害後，所以毅然命駕關中，時人並後人均嘗指出：因西漢
之興大異往古，既不似商、周脩仁行義十餘世，又不類嬴秦蠶食用
力百餘載，而後方併冠帶之倫，劉邦以布衣提三尺劍，數年而王，
實一破天荒案例❷❹。誠如〈東都賦〉所陳：

奮布衣以登皇位，由數菁而創萬世，蓋六籍所不能談，前聖
靡得言焉。❷❺

既不宜「比隆於成、康之時」❷❻，即不容不將政權安固訴諸「險阻
四塞」❷❼。《史記》卷八〈高祖本紀〉亦記載劉邦嘗明布其衷：

---

❷❹　《史記》，卷十六〈秦楚之際月表·敍論〉，頁 298、卷九九〈劉敬
　　　傳〉，頁 1083-4。
❷❺　〈東都〉，頁 30。
❷❻　《史記》，卷九九〈劉敬傳〉，頁 1084。
❷❼　〈東都〉，頁 34。

游子悲故鄉。吾雖都關中，萬歲後，吾魂魄猶樂思沛。

是以班固指陳：昔年建都長安係「度勢」之舉，「時豈泰而安之哉？計不得以已也」❷，並非誣蔑。劉秀及其子孫誠或可辯稱：彼等已有西漢二百年之世業可資，不類高祖時，須恃地利形勢，然此詭辯係一兩刃之利劍，既承福祖蔭，本諸崇功報始之彝則，豈不更當旋斾舊京？且既強調王者無外，定都洛陽或長安復有何擇？何以非前者是尚，方足以顯示據德不據力？

緣此，班固全力營造光武聖像：

> 建武之元，天地革命，四海之內，更造夫婦，肇有父子，君臣初建，人倫寔始，斯乃伏羲氏之基皇德也；
>
> 分州土，立市朝，作舟輿，造器械，斯乃軒轅氏之所以開帝功也；
>
> 龔行天罰，應天順人，斯乃湯、武之所以昭王業者也；
>
> 遷都改邑，有殷宗中興之則焉；
>
> 即土之中，有周成隆平之制焉；
>
> 不階尺土一人之柄，同符乎高祖；
>
> 克己復禮，以奉終始，允恭乎孝文；
>
> 憲章稽古，封岱勒成，儀炳乎世宗。

似光武「勳兼乎在昔，事勤乎三五」，置諸歷史洪流中，「豈特方

---

❷　以上引文出處並同注❷。

軌並跡，紛綸后辟……蹈一聖之險易云爾哉」？是則斯人已不克自
其於一家一姓中地位功績品第，光武乃重開一生人世界。而置諸班
固於舊紀元末日景像之刻畫下：

> 于時之亂，生人幾亡，鬼神泯絕，墼無完柩，郭罔遺室。原
> 野厭人之肉，川谷流人之血。秦、項之災猶不克半，書契以
> 來未之或紀。

「建武之元，天地革命」之意義即愈發鮮明矣。即或廁諸劉漢政權
統緒中觀之，光武非特無前世之末造，反能集美善且逾越之，所謂
「允恭乎孝文」，「儀炳乎世宗」，尤要者，光武龍興事同高祖，
「不階尺土一人」，則自無崇功報始之義務。「系唐統，接漢緒」
❷既徒具形式意義，由劉秀建立之政權即非中興，乃更始、再受命
也，焉容責求守祖宗之成規、襲西京之故事？定都洛陽法、理上之
窒礙於焉盡去。

不少漢賦依循樂曲結構，於篇末設「亂曰」一類節目收束或強
化全篇命意。〈兩都〉即以〈明堂〉等五詩當之。該五詩令〈東都
賦〉形同司馬相如〈封禪文〉、揚雄〈劇秦美新〉❸等肯定現政權
合法性及功德之符命之作，此即充份顯示：班氏此作旨在頌聖，非
刺君；潤色，非補過。

儒門最爲人習諳之政論模式乃三代上下史觀：三代以上實施王

---

❷　以上引文並見〈東都〉，頁 30-1。

❸　《文選》，卷四八〈符命〉，頁 689-95。

道；三代以下行霸政，甚者目「今之諸侯，五霸之罪人」❸。前者
大道流行，比屋可封；後者人欲當令，風俗日薄。前者固見目爲歷
史事實，然主要係以典範視之；後者則屬待撥返之對象。三代上下
之異不在作得盡、作得不盡，乃本質相間。而今此區隔見泯，不僅
當前存在即合理，致現實及理想之對較杳然，所謂「案六經而校
德，眇古昔而論功，仁聖之事既該，而帝王之道備矣」❸，且超越
過去典範，成爲至上之新儀表，則賦作安所逃棄諷趣頌之歷史使
命？其實，〈兩都賦•序〉開章即明示：

　　　　成、康沒而頌聲寢，王澤竭而《詩》不作。

是則迨王澤再現，頌詩相應而生乃其宜也。賦既屬古《詩》之流
裔，則賦之功能亦在頌。大漢之德及感致之福應如是隆盛，賦生爲
大漢之文章自當發揮「潤色鴻業」、「宣上德」❸之職任。
　　盡人皆知；劉漢一朝《詩經》學之主流不外乎「諫書」觀❸，
以至義解之際，此一句詩爲刺某君，彼一句詩爲諷某公。今將賦與
《詩》相提並論，然新詩教之鵠的則爲「變民之惑志」❸，非「格

---

❸　焦循，《孟子正義》（臺北：世界書局，1956），卷十二〈告子章句
　　下〉，頁 495。

❸　〈東都〉，頁 31。

❸　〈兩都賦•序〉，頁 21。

❸　參何定生，〈從樂章到諫書看詩經〉，《詩經今論》（臺北：臺灣商務印
　　書館，1968），頁 59-72。

❸　〈東都〉，頁 30：「今將語子以建武之治、永平之事，監于太清，以變

君心之非」㊱，是以若曰諷刺依舊，見諷見刺者則翻然倒錯矣。猶同天人感應災異論本所以箝制帝王也，孰料未幾太阿倒持，淪為歸咎大臣之利器。詩教如是興亡，誠令人歎為觀止！

貳·厚今薄古

《孟子》卷八〈離婁下〉曰：

> 王者之迹熄而《詩》亡。

是後繼起之文學大宗——賦素見目為墮落之象徵，所謂「淫文放發」㊲。《文心雕龍》卷一〈辨騷〉總評楚辭時曰：

> 固知楚辭者，體憲於三代，而風雜於戰國，乃〈雅〉、〈頌〉之博徒，而詞賦之英傑也。

假後世之辭喻之：〈雅〉、〈頌〉代表之《詩》乃醇乎醇者也，楚辭已大醇小疵，賦則根本屬待擯斥之異端。然於三代上下政論模式見罷後，周／詩、漢／賦乃居平行對應之地位，賦自可見許為

子之惑志」。「太清」謂道，參饒宗頤，《選堂賦話》，何沛雄編著，《賦話六種》（香港：三聯書店，1982），頁 103。是君有道，臣民失道。

㊱　《孟子正義》，卷七〈離婁章句上〉，頁 309。

㊲　《文選》，卷四五〈序上〉，皇甫謐〈三都賦序〉，頁 653。

「〈雅〉、〈頌〉之亞也」，「炳焉與三代同風」。〈兩都賦·序〉認為：

> 皋陶歌虞，奚斯頌魯，同見采於孔氏，列于《詩》、《書》，其義一也。㊳

不因遠近而高下取舍。依此紬繹，後之視漢，猶漢之視昔，今賦不如古詩之品評自失立足點，由前述三代上下政論於文學領域衍生出之崇古賤今說必遭棄守。

世俗習聞崇古賤今說，實則於漢代今未必不如古之觀念斷乎不容小覷。匪特如上述，文學領域中乃以漢賦與周詩齊肩，音樂領域中亦同趨。《文選》卷十七〈賦壬·音樂上〉收錄傅毅〈舞賦〉，假借楚襄王與宋玉相問對：

> （楚襄王）謂宋玉曰：「寡人欲觴群臣，何以娛之？」玉曰：「……〈激楚〉、〈結風〉、〈陽阿〉之舞，材人之窮觀，天下之至妙，噫，可以進乎？」王曰：「如其鄭何？」玉曰：「小大殊用，鄭雅異宜，弛張之度，聖哲所施，是以〈樂〉記干戚之容；〈雅〉美蹲蹲之舞，〈禮〉設三爵之制；〈頌〉有醉歸之歌。夫〈咸池〉、〈六英〉，所以陳清廟，協神人也；鄭、衛之樂，所以娛密坐，接歡欣也，餘日怡蕩，非以風民也，其何害哉？」

㊳ 〈兩都賦·序〉，頁22。

儒生素以樂舞乃王朝政治品質之外現，所謂聞樂知德，觀舞校功，
用是認爲：暨聖王不作，世間或存者惟滿足感官刺激之新聲變曲
也，鄭、衛即個中之尤，樂舞雅、俗之辨每與古、今之判重合❸。
今將雅、鄭分判之準據——時間——取消，易以使用場合——空間
——安頓二者，本質良竊爰轉成「異宜」問題。其次，運用《禮
記》卷四二〈雜記下第二十一之二〉所載孔聖之言：「一張一弛，
文、武之道也」，致使鄭、衛樂舞固猶鄭、衛樂舞，卻非淫心亂德
之作，實爲道之另一相面。個中未明言者：於燕中奏用〈雅〉、
〈頌〉乃非道之舉。尤有進者，經典記載顯示：三代自有三代之
鄭、衛式樂舞，聖王不特未嘗非斥，反推許之，所謂「〈雅〉美蹲
蹲之舞」、「〈頌〉有醉歸之歌」，然則一味鄙薄戰國以降之新聲
變曲，乃知二五不知有十。

　　《文選》卷十八〈賦壬·音樂下〉收錄之馬融〈長笛賦〉於賦
末明白供承：「近世雙笛從羌起」，由於「易京君明識音律，故本
四孔加以一」，五音乃畢。「舜生於諸馮……東夷之人也；文王生
於歧周……西夷之人也」❹，聖庶不能以出身地域夷、夏爲辨，又
何得據創制早、晚定樂器、樂聲高下？況乎，近世羌笛「上擬法於
〈韶〉、〈箾〉、〈南籥〉；中取度於〈白雪〉、〈淥水〉；下采
制於〈延露〉、〈巴人〉」，涵蓋度殊勝，如乾坤易簡之道然，

❸　郭永吉，《西漢儒家的政治地位及其對國家政策的影響力》（臺北：國立
　　清華大學中文研究所碩士論文，1997），第四章，第四節（4），頁 221-
　　229。
❹　《孟子正義》，卷八〈離婁章句下〉，頁 317。

「是以尊卑都鄙、賢愚勇懼、魚鼈禽獸聞之者，莫不⋯⋯各得其齊，人盈所欲，皆反中和」。然則何啻「先聖後聖其揆一也」❹？笛此樂器中之聖實係集前聖之大成，豈餘子所克擬？馬融感慨：

> 昔庖羲作琴，神農造瑟，女媧制簧，暴辛爲塤，倕之和鐘，叔之離磬⋯⋯六器者猶以二皇聖哲難益，況笛生乎大漢，而學者不識其可以裨助盛美，忽而不讚，悲夫！

今未必不如古，非東漢明、章以來之異軍突起，亦不徒見諸文學、藝術領域。試觀前此陸賈《新語》、賈誼《新書》、劉向《新序》、桓譚《新論》，俱以「新」名，固然藉此標誌與過往同類作品有別，及針對當代撰著之意，然無慊於不古，自立門戶，豈好名一端即克釋之？不適示：在昔聖經賢傳並未籠罩萬有，猶有義蘊待發？司馬遷固最推尊孔子，法《春秋》，撰《太史公書》，然自遷視之：

> 自周公卒，五百歲而有孔子；孔子卒後，至於今五百歲，有能紹明世，正《易傳》，繼《春秋》，本《詩》、《書》、《禮》、《樂》之際，意在斯乎？意在斯乎？小子何敢讓焉？

昭然以第二周、孔自居，視「厥協六經異傳，整齊百家雜語」之己

---

❹　前揭書，頁318-9。

作乃另一度集大成——集周作孔述之王官學以及孔子後百家言之大成。因之史遷亦襲取傳聞中孔子口吻，曰：「俟後世聖人君子」❷，「傳之其人」❸。揚雄撰《太玄》，桓譚即贊爲：玄與伏羲之易、老子之道、孔子之元同一層級。❹揚雄亦自許如是，故名《太玄》曰經，而唯聖作堪曰經❺，是則揚雄豈止「西道孔子」，「亦東道孔子也」❻。先聖已往，後起者猶容優入聖域，「前聖、後聖未必相襲」❼，故縱令先聖復起，亦未必作《春秋》，自有新文應世。

君不見：乘此觀念風尙至終興起之王朝即以「新」室爲名乎？

　　　　　×　　　　　×　　　　　×

《漢書》卷九〈元帝紀〉載：

> 壯大，柔仁好儒，見宣帝所用多文法吏，以刑名繩下……嘗侍燕，從容言：「陛下持刑太深，宜用儒生。」宣帝作色曰：「漢家自有制度，本以霸、王道雜理之，奈何純任德教，用周政乎？且俗儒不達時宜，好是古非今，使人眩於名實，不知所守，何足委任？」

---

❷　以上引文並見《史記》，卷百三十〈太史公自序〉，頁1347-8。

❸　《漢書》，卷六二〈司馬遷傳〉，頁1257。

❹　《後漢書》，卷五九〈張衡傳〉李賢注引桓譚，《新論》，頁677。

❺　《漢書》，卷七八下〈揚雄傳〉，頁1542。

❻　馬總，《意林》，《四庫叢刊初編》（臺北：臺灣商務印書館，1979），第二三冊，卷三〈新論〉，頁47。

❼　《書鈔》，卷九五〈藝文部一·春秋五〉自注引《桓子新論》，頁425。

實則非止於治術，漢家諸多方面俱屬霸、王道兼采。既雜有霸道，法家一貫持論：古今本身無所謂高下，端視當時者能否善於因時適事，因此「不期脩古，不法常可」，先王雖沒，大可指盼「新聖」❹命世。縱守王道者，亦非盡屬「不達時宜，好是古非今」之俗儒，蓋王官文學本非一化合體，乃混合體，守業者亦非盡出一師門。戰國之際，儒已分爲八❹，彼此觀念將無異乎？

與西漢傳經關係匪淺之戰國末葉儒門大師荀子即主「法後王」。荀子承認有「百王之無變」之「道貫」❺存焉，「雖久同理」❺，《荀子》卷二〈不苟〉即云：

> 千人萬人之情，一人之情是也；天地始者，今日是也；百王
> 之道，後王是也。

於此，無所謂歷史累積。然自歷代「表道」❺之實際成果言，後起者確乎較優，蓋可因革精益之先行者衆，新禮系統於焉克臻相對意義上之「文理隆盛」❺。因之，「舍後王而道上古，譬之是猶舍己

---

❹ 以上引文並見王先愼，《韓非子集解》（臺北：世界書局，1983），卷十九〈五蠹〉，頁 339。按：「脩」乃「循」之訛；「常」當讀爲「嘗」。

❹ 《韓非子集解》，卷十九〈顯學〉，頁 351。

❺ 王先謙，《荀子集解》（臺北：世界書局，1981。以下簡稱《荀子》），卷十一〈天論〉，頁 212。

❺ 《荀子》，卷三〈非相〉，頁 52。

❺ 同注❺。

❺ 《荀子》，卷十三〈禮論〉，頁 243。關乎荀學於周道、後王之複雜看法，請參拙作，《荀子的心性論》（香港：香港大學，1993），第六章，

之君而事人之君」❺，舍粲然而希不察。《荀子》卷四〈儒效〉即非斥：

> 略法先王而足亂世，術繆學雜，不知法後王而一制度，不知隆禮義而殺《詩》、《書》……是俗儒者也；法後王，一制度，隆禮義而殺《詩》、《書》……是雅儒者也。

《荀子》鮮及《易》❺，漢人則尊視「《易》爲（五經五常之道）之原」❺。至少依〈繫辭〉之說，大道並非剝極而復、貞下起元之單純週期運行，乃於生生不已中日新又新，因此無盡富有❺。易言之，自先、後週期中相應兩階段觀之，後元涵蓋前元，且優於前元。

以經論經，《易》固高踞首席，惟自史論經，《春秋》方屬昭代憲章，因漢人率以《春秋》乃孔子爲漢所制之法。而彼時《春秋》之謂，公羊《春秋》是也，公羊家有明文：《春秋》之作所以「撥亂世，反諸正」❺也。此六字不僅強烈暗示：世界原初狀態爲

第三節，頁168-70。

❺ 　《荀子》，卷三〈非相〉，頁51。

❺ 　《荀子》，卷三〈非相〉，頁53、卷十九〈大略〉，頁326-7、328、333，凡四處。

❺ 　《漢書》，卷三十〈藝文志·六藝略·敘論〉，頁886。

❺ 　孔穎達，《周易注疏》（臺北：臺灣學生書局，1967），卷七〈繫辭上〉，頁600-609。

❺ 　何休，《春秋公羊傳何氏解詁》（臺北：臺灣中華書局，1970），卷二八〈哀公十四年·西狩獲麟〉傳，頁6a。

正，亂非常態，尤要者在其宣告：正可復得，太平得重開，並不齟
世運迭降之說。事實上，於通三統之科旨中，既因孔子明言，確定
周文較諸所因監之殷、夏猶郁郁❺，繼周新王勝於周即爲隱涵之當
然推論。

綜上可知，無論西漢學者稟承之王官學統緒部份，或百家言方
面之淵源，今不遑多讓、甚且優於古之觀點早已萌生。則但就論式
衣被而言，於文學、藝術領域，以賦爲〈雅〉、〈頌〉之亞，視鄭
舞、羌笛與先王樂齊足，信屬當然推衍，非或人故意標新之舉。

×　　　　　×　　　　　×

今未必不如古，甚且優於古，並非東漢時方異軍突起之見，前
此已具，略如上述。匪特如此，建安以降文林中是種流風仍熾。以
下即羅列世習舊文，用覘一斑。

《文選》卷四十〈牋〉楊修〈答臨淄侯牋〉：

> 今之賦、頌，古《詩》之流，不更孔公，〈風〉、〈雅〉無
> 別耳。

卷五二〈論二〉曹丕《典論・論文》：

> 王粲長於辭賦，徐幹時有齊氣，然粲之匹也。如粲之〈初
> 征〉、〈登樓〉、〈槐賦〉、〈征思〉，幹之〈玄猨〉、

---

❺ 劉寶楠，《論語正義》（臺北：世界書局，1956），卷三〈八佾〉，頁
56。

〈漏卮〉、〈圓扇〉、〈橘賦〉，雖張、蔡不過也。

《三國志》卷二一〈王粲傳〉裴注引魚豢《魏略》：

> 尋省往者魯連、鄒陽之徒，援譬引類，以解締結，誠彼時文辯之雋也。今覽王、繁、阮、陳、路諸人前後文旨，亦何昔不若哉？

《晉書》卷九二〈文苑傳・左思傳〉：

> 劉逵注〈吳〉、〈蜀〉，而序之曰：「觀中古以來爲賦者多矣。相如〈子虛〉擅名於前；班固〈兩都〉理勝其辭；張衡〈二京〉文過其意。至若此賦，擬議數家，傅辭會義，抑多精致，非夫研覈者不能練其旨；非夫博物者不能統其異。世咸貴遠而賤近，莫肯用心於明物斯文，吾有異焉……。」

《抱朴子・外篇》卷三十〈鈞世〉：

> 《尚書》者，政事之集也，然未若近代之優文詔策、軍書、奏議之清富贍麗也；《毛詩》者，華彩之辭也，然不及〈上林〉、〈羽獵〉、〈二京〉、〈三都〉之汪濊博富也……然守株之徒嘍嘍所翫，有耳無目，何肎謂爾……近者夏侯湛、潘安仁並作〈補亡詩〉：〈白華〉、〈由庚〉、〈南陔〉、〈華黍〉之屬，諸碩儒高才之賞文者咸以古《詩》三百未有

足以偶二賢之所作也……諸後作而善於前事，其功業相次千萬者，不可復縷舉也，世人皆知之快於曩矣，何以獨文章不及古邪？

《宋書》卷六九〈范曄傳·獄中與諸甥姪書〉：

吾雜傳論皆有精意深旨，既有裁味，故約其詞句。至於〈循吏〉以下及六夷諸序論，筆勢縱放，實天下之奇作，其中合者往往不減〈過秦篇〉。嘗共比方班氏所作，非但不愧之而已……贊自是吾文之傑思，殆無一字空設，奇變不窮，同含異體，乃自不知所以稱之……自古體大而思精，未有此也，恐世人不能盡之，多貴古賤今，所以稱情狂言耳。

卷六七〈謝靈運傳·史臣曰〉：

自騷人以來，此秘未覩，至於高言妙句，音韻天成，皆闇與理合，匪由思至，張、蔡、曹、王曾無先覺；潘、陸、謝、顏去之彌遠，世之知音者有以得之，知此言之非謬，如曰不然，請待來哲。

《詩品·序》：

次有輕薄之徒笑曹、劉爲古拙，謂鮑照義皇上人、謝朓今古獨步。

《文選‧序》：

> 若夫椎輪爲大輅之始，大輅寧有椎輪之質；增冰爲積水所
> 成，積水曾微增冰之凜，何哉？蓋踵其事而增華，變其本而
> 加厲。物既有之，文亦宜然。

楊、曹、劉商略文目係賦，賞文碩儒、輕薄之徒、沈約校議畛域在
詩，魚豢評比者爲書、辭，范曄品第者爲論、贊，葛、蕭則泛論各
式文類。設自社會階層言，楊、沈乃當時豪右；曹、魚則係小族出
身。以宗教信仰論，葛、范崇道；沈、蕭佞佛。地兼南北，時閱數
代，均不持貴遠賤近、向聲背實之見，反之，視近、當代之作足以
方軌往烈，甚且度邁先賢。據見存資料，於文學領域中首唱此調者
不容不推班固〈兩都賦‧序〉。

參‧〈二京〉卓然

《後漢書》卷五九〈張衡傳〉曰：

> 衡乃擬班固〈兩都〉，作〈二京賦〉。

〈兩都〉詞句見點竄奪胎者，固不勝縷舉，可置之弗論。班固以皇
家宮室制度宜符合「奢不可踰，儉不能侈」❻⓪之總原則；張衡亦首

---

❻⓪　〈東都〉，頁 32。

肯東漢禁中館殿樓觀「奢未及侈，儉而不陋」**❻1**之規模堪準。班固推崇東漢得爲政之大節：

> 懼其侈心之將萌，而怠於東作也，乃……抑工商之淫業，興農桑之盛務，遂令海內棄末而反本，背僞而歸眞，女修織紝，男務耕耘。器用陶匏，服尚素玄……捐金於山，沈珠於淵，於是百姓……形神寂漠，耳目弗營，嗜欲之源滅，廉恥之心生**❻2**。

張衡亦盛讚光武等：

> 將使心不亂其所在，目不見其可欲，賤犀象，簡珠玉，藏金

---

❻1 〈東京〉，頁 57。《後漢書》，卷五九〈張衡傳〉，頁 677，認爲：衡作〈二京〉，乃因「時天下承平日久，自王侯以下莫不踰侈」，「因以諷諫」，此說當否俟考。至於〈二京〉著成時代，孫文青，〈張衡年譜〉，《金陵學報》三卷二期（1933），頁 31、楊清龍，〈張衡著作繫年考〉，《書目季刊》九卷三期（1976），頁 76，廖國棟，《張衡生平及其賦之研究》（臺北：國立政治大學中國文學研究所碩士論文，1979），第二章，第二節〈年譜〉，頁 32，俱繫於安帝永初元年（107）；《中古文學繫年》，頁 133，則繫於和帝元興元年（105）。考傳文，於「精思傅會，十年乃成」後，繼言「大將軍鄧騭奇其才」。據《後漢書》，卷五〈安帝紀〉，頁 101，知鄧騭由車騎將軍轉任大將軍乃永初二年（108）十一月事。按傳統史文敘述慣例，〈二京〉撰畢當前於此，是二說俱可能。唯年號延平（106）、在位不滿一年之殤帝諱隆，而〈東京〉，頁 38：「隆崛崔崪」、頁 40：「乃隆崇而弘敷」，不避，後說似尤宜。

❻2 〈東都〉，頁 34。

於山，抵壁於谷……所貴惟賢，所寶惟穀，民去末而反本，
咸懷忠而抱愨❻。

班固不蟬崇古賤今之論，以東漢超百王之上；張衡亦假借安處先生
譏笑：「客所謂末學膚受、貴耳而賤目者也」，「宜其陋今而榮古
矣」，以至「常恨《三墳》、《五典》既泯，仰不睹炎帝、帝魁之
美」，竟不識光武：

遷邑易京，則同規乎殷盤；
改奢即儉，則合美乎〈斯干〉；
登封降禪，則齊德乎黃軒。

誠明乎「漢帝之德侯其褘而」，境界早已「狹三王之趑趄，軼五帝
之長驅，踵二皇之邅武」，雖「大庭氏何以尚茲」❻？故過往之政
治素質雖循皇、帝、王而遞降，然膺當下 紀元肇始之東漢則較諸
前一「至德之世」❻猶勝，與道同體矣。設曰班固曲文護短，張衡

---

❻　〈東京〉，頁 66。

❻　以上引文分見〈東京〉，頁 52、66、68、69。

❻　郭慶藩，《校正莊子集釋》（臺北：世界書局，1971），卷四中〈胠
箧〉，頁 357，所舉上古神君始於容成氏、大庭氏，終乎世典所説之二
皇：伏義氏、神農氏。《帛書老子》（臺北：河洛圖書出版社，1975），
所附隸書本《老子》卷前佚書〈十大經・順道〉，頁 223：「大茝（庭）
氏之有天下也，不辨陰陽，不數日月，不志四時，而天開以時，地成以
財」，「安徐正靜，柔節先定，口濕共僉，卑約主柔，常後而不先」，可
知：道家礭以大庭氏爲道之具體化身。直迄洛下、江左猶然，故戴明揚，

尤烈。前文嘗指出：於定都問題上，導致光武集團進退狼狽癥結係
長安乃祖宗寢廟所在。張衡為期拔本塞源，不惜別撰〈南都賦〉，
竟曰：

> 夫南陽者，眞所謂漢之舊都者也。遠世則劉后甘厥龍醢，視
> 魯縣而來遷，奉先帝而追孝，立唐祀乎堯山，固靈根於夏
> 葉，終三代而始蕃，非純德之宏圖，孰能揆而處斿？⑥⑥

力主還都長安者訴諸歷史，張衡即將歷史追溯尤遠，至劉氏源頭。
按諸古代君國一體之觀，將王朝歷史納諸氏族源流，未必不合理，
然巧辯曲說之實豈得掩乎？相傳張衡睹班固〈兩都〉之作，「薄而
陋之」⑥⑦，理由究竟難詳，然足堪確鑿者：斷非有慊班賦曲文護短

　　《嵇康集校注》（臺北：河洛圖書出版社，1978），卷一〈述志詩〉，頁
　　35：「延頸慕大庭，寢足俟皇羲」；吳士鑑、劉承幹，《晉書斠注》（臺
　　北：藝文印書館，1972），卷九二〈文苑列傳・庾闡傳〉所錄〈弔賈生
　　文〉，頁 1559：「嗚呼！大庭既邈，玄風悠緬，皇道不以智隆；上德不
　　以仁顯」。大庭氏已爲道之化身，今較大庭氏猶尚，則漢帝實道自身矣！
⑥⑥　《文選》，卷四〈賦乙・京都中〉，張衡〈南都賦〉，頁 74。
⑥⑦　《類聚》，卷六一〈居處部一・總載居處〉，頁 1098，於所節錄之〈西
　　京賦〉前有云：「昔班固觀世祖遷都于洛邑，懼將必踰溢制度，不能遵先
　　聖之正法也，故假西都賓盛稱長安舊制，有陋洛邑之議，而爲東都主人折
　　禮衷以答之。張平子薄而陋之，故更造焉。」曹道衡，〈略論《兩都賦》
　　和《二京賦》〉，《中古文學史論文集續編》（臺北：文津出版社，
　　1994），頁 20-7，認爲：張衡薄陋〈兩都〉，一重大原因乃雙方學術主張
　　差異——班固主今文學派，張衡主古文學派。按：錢穆，〈兩漢博士家法
　　考〉，《兩漢經學今古文評議》（臺北：三民書局，1971），頁 207-21，

此點。是則就大體而言，范氏解讀無謬。惟論學品文不應但見同，不察異，否則殆無從說明：如是亦步亦趨之作何竟爲後世文人賦予「卓然」❻❽之評價。

《義門讀書記》卷四五〈文選・賦・兩都賦條〉下曰：

> 前篇極其眩曜，主於諷刺，所謂抒下情而通諷諭也；後篇折以法度，主於揄揚，所謂宣上德而盡忠孝也。二賦猶〈雅〉之正、變。

以「窮泰而極侈」乃一篇眼目，「諷刺即在鋪揚之內」❻❾，此自是善會文義。然試持〈西都〉與〈西京〉相較，前者並無多少彰明較著之貶意，後者則時見露骨非薄之辭。細予歸納，不外乎下列三方面——

(一)〈西都〉於前朝任何稍具正面意義之描述，〈西京〉一律淡化或削除。

　　例甲：〈西都〉辯稱定鼎關中乃稽古作爲：

已指出：兩漢學風分野在今學抑古學——尚章句家法否，不在今文或古文。《後漢書》，卷四十〈班固傳〉，頁 479，既云：「所學無常師，不爲章句，舉大義而已」，即與卷二八上〈桓譚傳〉，頁 351：「徧習五經，皆詁訓大義，不爲章句」、《漢書》，卷八七上〈揚雄傳〉，頁 1514：「不爲章句，訓詁通而已，博覽無所不見」，係同一古學路數。反圖讖否非重點，接受《左傳》、《周禮》否亦非判準，時儒於彼等采擷程度多寡但視本身所須。

❻❽　〈西京〉作者名下善注引楊泉，《物理論》，頁 29。

❻❾　分見《義門讀書記》，卷四五〈文選・賦〉，頁 858、862。

三成帝畿，周以龍興，秦以虎視，及至大漢受命而都之❼。

〈西京〉則略去西周文、武建都豐、鎬之事，逕由秦敍起❼，且刻意於營建城郭一段插入「乃覽秦制，跨周法」❼二句，庶幾表明漢制非周制。

> 例乙：期顯示關中乃「九州之上腴」，〈西都〉於渠利田宜等有長節鋪述：

> 源泉灌注，陂池交屬，竹林果園，芳草甘木，郊野之富，號為近蜀……下有鄭、白之沃，衣食之源，提封萬里，疆場綺分，溝塍刻鏤，原隰龍鱗，決渠降雨，荷插成雲，五穀垂穎，桑麻鋪棻。東郊則有通溝大漕，潰渭洞河，汎舟山東，控引淮湖，與海通波❼。

〈西京〉盡數刊落，直以「廣衍沃野，厥田上上」❼八字帶過。

> 例丙：〈西都〉假途官寺設施夾陳學術、文化上之成就：

---

❼　同注㉓。

❼　張衡既圖竭力貶抑關中興王之勢，不惜自我作古，至少亦係訴諸極冷僻之傳聞，以秦霸於西乃昊天夢夢之舉。〈西京〉，頁38：「帝有醉焉，乃為金策，錫用此土而翦諸鶉首」。

❼　〈西京〉，頁39。

❼　〈西都〉，頁24。

❼　〈西京〉，頁38。

又有天祿、石渠典籍之府,命夫惇誨故老、名儒師傅,講論乎六藝,稽合乎同異。又有承明、金馬著作之庭,大雅宏達於茲爲群,元元本本,殫見洽聞,啓發篇章,校理祕文。周以鈎陳之位,衛以嚴更之署,總禮官之甲科,群百郡之廉孝。❼❺

〈西京〉則但自值班戒備角度附及:

> 內有常侍謁者,奉命當御,蘭臺、金馬,遞宿迭居;次有天祿、石渠校文之處,重以虎威章溝、嚴更之署。徼道外周,千廬內附,衛尉八屯,警夜巡晝❼❻。

(二)〈西都〉藉西都賓自我誇伐、略含譏刺者,〈西京〉則著意加貶辭:

例甲:〈西都〉描述市井商賈之富庶:

> 九市開場,貨別隧分,人不得顧,車不得旋,闐城溢郭,旁流百廛,紅塵四合,煙雲相連,於是既富且庶,娛樂無疆,都人士女,殊異乎五方,遊士擬於公侯,列肆侈於姬、姜❼❼。

僅末二句狀其奢僭;〈西京〉則以

---

❼❺ 〈西都〉,頁26。
❼❻ 〈西京〉,頁40。
❼❼ 〈西都〉,頁23。

　　　爾乃商賈百族，裨販夫婦，鬻良雜苦，蚩眩邊鄙，何必昬於
　　　作勞，邪贏優而足恃，彼肆人之男女，麗美奢乎許、史，若
　　　夫翁伯、濁、質、張里之家，擊鍾鼎食，連騎相過，東京公
　　　侯，壯何能加❼❽？

近八十字鋪敘，兼陳商賈猾詐。
　　例乙：〈東都〉賦末固嘗有云：「游俠踰侈，犯義侵禮」❼❾，
　　　　　然〈西都〉正文但言：

　　　鄉曲豪舉，遊俠之雄，節慕原、嘗，名亞春、陵，連交合
　　　眾，馳騖乎其中❽⓿。

〈西京〉則露骨刻畫：

　　　都邑游俠：張、趙之倫，齊志無忌，擬跡田文，輕死重氣，
　　　結黨連群，寔蕃有徒，其從如雲。茂陵之原、陽陵之朱，趫
　　　悍虓豁，如虎如貙，睚眥蠆芥，屍僵路隅，丞相欲以贖子
　　　罪，陽石汙而公孫誅。❽❶

---

❼❽　〈西京〉，頁 43。
❼❾　〈東都〉，頁 35。
❽⓿　同注❼❼。
❽❶　同注❼❽。

例丙：〈西都〉勾勒後宮駭人耳目之侈麗：

> 屋不呈材，牆不露形，裛以藻繡，絡以綸連，隨侯明月，錯
> 落其間，金釭銜璧，是爲列錢，翡翠火齊，流耀含英，懸黎
> 垂棘，夜光在焉。於是玄墀釦砌，玉階彤庭，硨磲綵緻，琳
> 珉青熒，珊瑚碧樹，周阿而生。

格外指明乃就「昭陽特盛」而言，且係「隆乎孝成」⑧，〈西京〉
則一網打盡，以「飛翔、增成、合驩、蘭林、披香、鳳皇、鴛鸞」
與昭陽並列，意猶未慊，特別挖苦：

> 雖厥裁之不廣，侈靡踰乎至尊⑧。

例丁：〈西都〉論及太液池等作意時，曰：

> 騁文成之丕誕，馳五利之所刑，庶松、喬之群類，時遊從乎
> 斯庭，實列仙之攸館，非吾人之所寧⑧。

規正意濃，諷刺亦僅點到即止；〈西京〉則背面敷粉，故採反語：

---

⑧　〈西都〉，頁 25-6。
⑧　同注⑯。
⑧　〈西都〉，頁 28。

於是采少君之端信，庶樂大之貞固。

暴露漢武愚昧，於節末則公然冷嘲：

若歷世而長存，何遽營乎陵墓㊄？

(三)〈西都〉全未道及處，〈西京〉乃不惜筆墨，揭舉前朝非匿。

例甲：〈西都〉隻字未涉名士唇吻峭險；〈西京〉則不容寬貸：

若其五縣遊麗，辯論之士，街談巷議，彈射臧否，剖析毫釐，擘肌分理，所好生毛羽；所惡成創痏㊅。

例乙：〈西都〉嘗敘述前漢名臣政績：

蕭、曹、魏、邴謀謨乎其上，佐命則垂統，輔翼則成化，流大漢之愷悌，盪亡秦之毒螫，故令斯人揚樂和之聲，作畫一之歌，功德著乎祖宗，膏澤洽乎黎庶㊆。

〈西京〉非但隻字不取，反於描述都邑規劃之際瓜蔓抄：

㊄　以上引文並見〈西京〉，頁42。

㊅　同註㊆。

㊆　同註㊄。

北闕甲第，當道直啓，程巧致功，期不陁陊，木衣綈錦，土
被朱紫，武庫禁兵，設在蘭錡，匪石匪董，疇能宅此？⑱

捕抓奸佞近臣僭越弄權之身影，反襯君上昏蔽縱任。

　　例丙：〈西京〉固不吝帛素詳敘平樂觀角觝百戲，且以洋洋篇
　　　　幅，先採尖酸反諷筆調刻薄武、成微行冶遊，繼則直指
　　　　成、哀荒淫無度：

　　於是眾變盡，心醒醉，盤樂極，悵懷萃，陰戒期門，微行要
　　屈，降尊就卑，懷璽藏紱，便旋閭閻，周觀郊遂，若神龍之
　　變化，章后皇之為貴。然後歷披庭，適驪館，捐衰色，從嬿
　　婉，促中堂之陜坐，羽觴行而無筭。秘舞更奏，妙材騁伎，
　　妖蠱豔夫夏姬，美聲暢於虞氏……眇藐流眄，一顧傾城，展
　　季桑門，誰能不營……衛后興於鬒髮，飛燕寵於體輕。爾乃
　　逞志究欲，窮身極娛，鑒戒唐詩：「他人是媮」，自君作
　　故，何禮之拘，增昭儀於婕妤；賢既公而又侯，許趙氏以無
　　上；思致董於有虞⑲。

是等內容於〈西都〉率付闕如。

　　　　　　×　　　　　×　　　　　×

至於敷陳東漢道德富貴、仁義紛華方面，班、張二賦亦畸輕畸

---

⑱　〈西京〉，頁 42-3。
⑲　〈西京〉，頁 49-50。

重，或有或無。今依〈東都〉敘寫漢帝躬行經傳諸禮目之序❾，臚列比照兩下相應文字如次——

	〈東　都〉	〈東　京〉
巡狩	乃動大輅，遵皇衢，省方巡狩，躬覽萬國之有無，考聲教之所被，散皇明以燭幽。	於是陰陽交和，庶物時育，乘輿巡乎岱嶽，勤稼穡於原陸，同衡律而壹軌量，齊急舒於寒燠，省幽明以黜陟，乃反斾而迴復。
大蒐	（詳後文）	（詳後文）
郊祀	於是薦三犧，效五牲，禮神祇，懷百靈。	及將祀天郊，報地功，祈福乎上玄，思所以為虔，肅肅之儀盡，穆穆之禮殫，然後以獻精

❾ 〈東京〉之序則為：朝覲、大饗、郊祀、明堂、藉田、大射、辟雍、大蒐、大儺、巡狩。清楚可見雙方異同——〈東都〉始自巡狩，終於萬方來同：朝覲（覲禮後接饗禮、燕禮乃固定儀節）；〈東京〉則反之，先朝覲，而以乘輿巡行天下畢，然均為一開一闔，特開先抑翕先。至於個中諸目安排，亦非任意。〈東都〉循古代慣例；巡狩時即校獵講武，故次以大蒐；持大蒐所獲享天帝，故次以郊祀；祀帝於郊、配祖於堂，同為古禮定制，故次以明堂；明堂、辟雍、靈臺乃三毗鄰建築，故魚貫相繼；望氣制律曆，頒行四海，用示一統，因而以萬方來庭告終。〈東京〉則采外、內交錯式：郊祀／明堂、藉田／大射，辟雍、大蒐／大儺。若夫大饗後方郊祀、明堂，乃先人後神、先生後死之義；明堂後所以續藉田，乃本諸祭祖宜以子孫親獲、示盡心篤孝之義；辟雍為教育場所，大射為教育要目，連類而及，乃必然之舉；習射於宮，驗效於野，故繼以畋獵；大蒐除禽獸之背向者，大儺逐宮內之妖魅，內外異類並去，宇內清寧，鑾駕乃周行四方。

		誠，奉禋祀……整法服，正冕帶，珩紞紘綖，玉笄綦會，火龍黼黻，藻絆鞶厲……孤竹之管，雲和之瑟，雷鼓鼝鼝，六變既畢，冠華秉翟，列舞八佾，元祀惟稱，群望咸秩，颺楯燎之炎煬，致高煙乎太一，神歆馨而顧德，祚靈主以元吉。
明堂	覲明堂（〈明堂詩〉：「於昭明堂，明堂孔陽，聖皇宗祀，穆穆煌煌。上帝宴饗，五位時序，誰其配之？世祖光武。普天率土，各以其職，猗歟緝熙，允懷多福。」）	然後宗上帝於明堂，推光武以作配，辯方位而正則，五精帥而來攅，尊赤氏之朱光，四靈懋而允懷。於是春秋改節，四時迭代，蒸蒸之心，感物曾思，躬追養於廟祧，奉蒸嘗與禘祠。物牲辯省，設其楅衡，毛炰豚胉，亦有和羹。滌濯靜嘉，禮儀孔明，萬舞奕奕，鐘鼓喤喤，靈祖皇考，來顧來饗，神具醉止，降福穰穰。
辟雍	臨辟雍（〈辟雍詩〉：「乃流辟雍，辟雍湯湯，聖皇蒞止，造舟爲梁，皤皤國老，乃父乃兄，抑抑威儀，孝友光明，於赫太上，示我漢行，洪化惟	日月會於龍狵，恤民事之勞疚，因休力以息勤，致歡忻於春酒，執鑾刀以袒割，奉觴豆於國叟，降至尊以訓恭，送迎拜乎三壽，敬慎威儀，示民不

	神，永觀厥成。」）	偷，我有嘉賓，其樂愉愉，聲教布濩，盈溢天區。
靈臺	登靈臺，考休徵，俯仰乎乾坤，參象乎聖躬（〈靈臺詩〉：「乃經靈臺，靈臺既崇，帝勤時登，爰考休徵，三光宣精，五行布序，習習祥風，祁祁甘雨，百穀蓁蓁，庶草蕃廡，屢惟豐年，於皇樂胥。」）。	
朝覲	殊方別區，界絕而不鄰……莫不陸讋水慄，奔走而來賓……春王三朝，會同漢京。是日也，天子受四海之圖籍，膺萬國之貢珍，內撫諸夏，外綏百蠻，爾乃盛禮興樂，供帳置乎雲龍之庭，陳百寮而贊群后，究皇儀而展帝容。	於是孟春元日，群后旁庭，百僚師師，于斯胥洎，藩國奉聘，要荒來質，具惟帝臣，獻琛執贄，當覲乎殿下者，蓋數萬以二。爾乃九賓重，臚人列，崇牙張，鏞鼓設，郎將司階，虎戟交鍛，龍輅充庭，雲旗拂霓，夏正三朝，庭燎晰晰……是時稱警蹕已下雕輦於東廂……負斧扆，次序紛純，左右玉几而南面以聽矣……尊卑以班，璧羔皮帛之贄既奠，天子乃以三揖之禮禮之，穆穆焉，皇皇焉，濟濟焉，將將焉，信天下之壯觀

		也。
大饗	於是庭實千品,旨酒萬鍾,列金罍,班玉觴,嘉珍御,太牢饗。爾乃食舉〈雍〉徹,大師奏樂……抗五聲,極六律,歌九功,舞八佾,〈韶〉、〈武〉備……四夷間奏……萬樂備,百禮暨,皇歡浹,群臣醉,降煙熅,調元氣,然後撞鐘告罷,百寮遂退❾❶。	命膳夫以大饗,饗醴浹乎家陪。春醴惟醇,燔炙芬芬,君臣歡康,具醉熏熏,千品萬官,已事而踆❾❷。

立可清楚辨識彼此出入:郊天、明堂宗祀、辟雍養老、靈臺觀氣四禮,〈東都〉於正文中直以四十來字泛泛帶過,篇末詩中反於後三者分別略事贊述;〈東京〉則置靈臺觀氣不言,費偌大筆墨於前二者。即令雙方俱有者,如朝覲,〈東京〉歎美其壯觀後,格外渲染:

> 乃羨公侯卿士,登自東除,訪萬機,詢朝政,勤恤民隱,而除其眚,人或不得其所,若己納之於隍,荷天下之重任,匪怠皇以寧靜❾❸。

---

❾❶ 以上引文並見〈東都〉,頁32-5。

❾❷ 以上引文分見〈西京〉,頁64-5、59-61、61、62-3、57-8、58-9。

❾❸ 〈西京〉,頁58。

庶幾禮儀始末不僅門面光彩，且具實質功能。又如大饗，〈東京〉
明顯刻意壓縮或招致讀者嫌疑舖張印象之敘寫，此外，一則於行禮
前道及：

> 發京倉，散禁財，賚皇察，逮輿臺。

營造官家惠澤被及萬民之圖景；再則於饗燕甫畢，百官告退後，迅
即綴上一節自量而言喧賓奪主之文字：

> 勤屢省，懋乾乾，清風協於玄德，淳化通於自然，憲先靈而
> 齊軌，必三思以顧愆，招有道於側陋，開敢諫之直言，聘丘
> 園之耿絜，旅束帛之戔戔，上下通情，式宴且盤。❹

以示聖朝勤政不勤宴，耽賢不耽酒，正坐此，東漢大饗爰具眞正之
盤樂果效。若夫〈東京〉分別以五十九、一百七十八、一百四十三
字描述之藉田、大射、大儺三禮❺，〈東都〉則無隻字片語。

〈兩都〉、〈二京〉之差異自不止於前揭兩大端，唯此已足察
識：〈二京〉確有其特殊處。二賦內容既無從相互涵攝，則《文
選》業收〈兩都〉，復取〈二京〉，並非買菜求益。誠然，設使張
衡度以通篇所涉各單元之敘寫量，班固勢同田舍兒強學人作富貴
語，「薄而陋之」，亦其宜也。然以明暢行文表彰道德富貴之實質

---

❹　以上引文分見〈西京〉，頁 58、59。
❺　分見〈西京〉，頁 61、62、64。

效應而言，班固絕不多讓。無怪乎東晉孫綽曰：

> 〈三都〉、〈二京〉，五經鼓吹。

肆・五經鼓吹

《世說新語》卷上〈文學第四〉條八十一登載之該句品藻，唐修《晉書》卷五六〈孫綽傳〉釋讀作：「絕重張衡、左思之賦」，恐未得其情實。

六朝人行文既慣以駢句出之，又因攻治形式錯綜美，必抽黃而儷白，發宮以妃商，一聯之中犯重爰成大忌。《文心雕龍》卷八〈練字〉即云：

> 重出者，同字相犯者也。《詩》、《騷》適會，而近世忌同……故善爲文者富於萬篇，貧於一字，一字非少，相避爲難也。

故值字面複沓之際，時或不惜妄改趨避，《日知錄》卷二二〈詩人改古事〉條嘗粗揭數例，筆者於茲但就顧氏未及、關乎數字者舉證如下。

《文選》卷十一〈賦己・宮殿〉所收王延壽〈魯靈光殿賦〉有云：

於是詳察其棟宇，觀其結構……三間四表，四維九隅。

善注：

四角四方爲八維，并中爲九。

天有八柱，又名八紘、八維，乃中國古神話中習見者❻，借以附會「神靈扶其棟宇，歷千載而彌堅」之「秘殿」❼結構，堪稱貼切。李善以四方當八維之半，已可謂忘典；以「并中爲九」解九隅，尤屬荒唐，「隅」字斷乎無從訓「維」。而無論採廣義用法——廉隅通稱❽，或取狹義解釋——專指陬角，「隅」俱止於八，中央何來廉陬？實因上已言「八維」，下若復言「八隅」，犯重忒甚，乃強行曲改作「九隅」。且八、九相次，與上句三、四毗鄰，對仗甚允。

《文選》卷五十四〈論四〉載陸機〈五等論〉，嘗言：

---

❻ 洪興祖，《楚辭補注》（臺北：臺灣中華書局，1966），卷三〈天問〉，頁 2b-3a；劉文典，《淮南鴻烈集解》（臺北：臺灣商務印書館，1969），卷四〈墜形〉，頁 1a、5b。

❼ 以上引文分見《文選》，卷十一〈賦己・宮殿〉，王延壽〈魯靈光殿賦〉，頁 176、173。

❽ 《毛詩鄭箋》（臺北：臺灣中華書局，1967），卷十八〈大雅・蕩之什・抑〉，頁 3a：「抑抑威儀，維德之隅」，毛《傳》：「隅，廉也」。《漢書》，卷七九〈馮奉世傳・贊曰〉，頁 1447、《後漢書》，卷四二〈東平憲王蒼傳〉，頁 514，俱引此二句，顏、李並從毛《傳》，繼而訓讀爲廉隅。

漢矯秦枉，大啓侯王，境土踰溢，不遵舊典……勢足者反
疾；土狹者逆遲，六臣犯其弱綱，七子銜（衝）其漏網。

李善本諸《漢書》卷四八〈賈誼傳‧治安策〉注「六臣」，繼而妄
釋：

然誼言八，而機言六者，貫高非五等，盧綰亡入匈奴，故不
數之。

賈〈策〉確實言八，第八人乃吳芮，「功少而最完，埶疏而最
忠」，故建議「欲諸王之皆忠附，則莫若令如長沙王」❾，焉能將
始終忠順之吳芮及其子孫羅織入犯其弱綱之流，而故出實反者貫
高、盧綰不計❿？乃坐下文舉同宗子孫吳、楚之亂爲證，所謂「七
子」，不得不易上文異姓反臣之數，爲六。

實則令人困惑之最者無乃；以崇賢學養之博湛，烏識不及此雕

❾ 《漢書》，卷四八〈賈誼傳〉，頁 1070。
❿ 朱珔，《文選集釋》（臺北：廣文書局，1977），卷二四，頁 6a、梁章
鉅，《文選旁證》（臺北：廣文書局，1977），卷四三，頁 16a，引姜皋
說，已知善注入吳芮叛臣之列非是，然猶以貫高，以彌縫「六」數，實非
眞諳選學之見。《景印宋本五臣集注文選》，卷二七〈五等諸侯論〉呂向
注，頁 18a，貫高、陳豨並出，入臧荼，貌似明快，且六臣俱諸侯王，身
份相當，殊不知適自暴齟齬萊裂。姑不論是段文字乃鎔鑄賈〈疏〉而成，
陸〈論〉六臣係托庇賈〈疏〉上文「令此六七公者皆亡恙」者；臧荼土
狹，而最先反，設曰亦與六臣之列，豈非與所欲證者：「勢足者反疾，土
狹者逆遲」，自相背反？故知向注未得陸〈論〉之恉。

蟲？況《文選》卷三五〈七下〉所收張協〈七命〉盛誇楚劍時曰：

> 價兼三鄉，聲貴二都。

善注即指陳：

> 《越絕書》：「勾踐示薛燭純鈞曰：『客有買之者，有市之鄉二、駿馬千匹、千户之都二，可乎？』薛燭曰：『雖傾城量金，珠玉滿河，猶不得此一物，況有市之鄉二、駿馬千匹、千户之都二，何足言哉？』」然實二鄉，而云三者，避下文也。

洞悉於是，乃失照於彼，殊非末學如我能解。無論如何，此風不盡於江右，南北朝時依然。

《類聚》卷一〈天部上，星〉節錄邢卲〈賀老人星表〉：

> 三星共色，五老同遊，擬之於此，故無與匹。

五老同遊乃取《論語讖》中神話，《太平御覽》卷五〈天部五·星上〉轉載：

> 仲尼曰：「吾聞堯率舜等遊首山，觀河渚，有五老遊河渚。一老曰：『《河圖》將來告帝期』；二老曰：『《河圖》將來告帝謀』……五老飛爲流星，上入昴。」

自《史記》卷二七〈天官書〉知：金、木、土、水、火「五星同色，天下偃兵，百姓寧昌，春風秋雨，冬寒夏暑」；南極老人星見，亦天下治安之兆，故足相援擬。然下文既已用「五」，設上文復見，有傷於美，而三、五對仗乃舊貫，因此逕改「五星」為「三星」。

《徐孝穆集箋》卷三〈報尹義尚書〉推譽對方出身：

> 弟三秦世冑，六輔良家。

考《漢書》卷五八〈兒寬傳〉：

> 寬表奏開六輔渠，定水令，以廣溉田。

韋昭注以「京兆、馮翊、扶風、河東、河南、河內」當之，顏師古已駁正其非：

> 更開六道小渠，以輔助灌溉耳。今……此渠尚存，鄉人名曰六渠，亦號輔渠……焉說三河之地哉？

可知「六輔」全然不詞，既非地理名稱，亦非行政單位，無從與「三秦」相提並論。誠使僅欲泛言尹氏門第華胄，四姓、五陵、六郡、七遷俱足矣，然作者偏意圖兼及其籍里，形成合掌對，復期忌避重同，至終乃舍前就後，以「六輔」代「三輔」，巧而不密。「貧於一字」洵非虛語。

明乎六朝人是類以訛爲巧之語文癖尙，即可折回檢視上述孫綽文評之眞悄。左思〈三都〉唯〈魏都〉一篇仿班、張筆法，頌述道德富貴，縱於〈魏都〉中，其份量亦頗有限，若夫〈三都〉整體格局，尤去儒門大一統意識有間，實弗堪當「經典之羽翼」❿，焉得反序於時代在先之〈二京〉前？徒因側重藝術形式之錯綜美，從嚴責求，〈兩都〉、〈二京〉并列，兩、二實同，故易兩爲三。復以字面上，主語部份三、二之和係五，與述語部份「五經」之「五」正相印。巧構如是，此所以是句貌似尋常之文評見列《世說》雋語林間。

其次，據《北堂書鈔》卷百三十〈儀飾部上·鼓吹六〉所引孫毓〈東宮鼓吹議〉、《晉書》卷二五〈輿服志·中朝大駕鹵簿〉、《樂府詩集》卷十六〈鼓吹曲辭一·敘論〉及卷二一〈橫吹曲辭一·敘論〉等史料，可知：鼓吹乃帝王、三公、將領出行之前導、期會時之儀仗，所以示威榮、顯功德而動民耳目也❶。今持以擬喻〈兩都〉、〈二京〉與五經間之關係，則迻譯「五經鼓吹」爲今語，猶言替五經宣傳、吹法螺或作門面，個中詞氣褒貶，可不勞思復。《世說新語》卷上〈言語第二〉條六四載：

　　劉尹與桓宣武共聽講《禮記》。桓云：「時有入心處，便覺

---

❿　楊勇，《世說新語校箋》（臺北：明倫出版社，1971），上卷〈文學第四〉，第 81 條劉注，頁 203。

❶　有關鼓吹曲，詳王運熙，〈漢代鼓吹曲考〉，《樂府詩論叢》（上海：中華書局，1962），頁 47-55。

咫尺玄門。」劉曰:「此未關至極,自是金華殿之語。」

〈文學第四〉條五八載:

> 司馬太傅問謝車騎:「惠子其書五車,何以無一言入玄?」
> 謝曰:「故當是其妙處不傳。」

五經乃聖人糟粕,職司五經前導簫鼓之〈兩都〉、〈二京〉自愈屬道之華也,五經妙處尚已隨微言絕而不傳,況彼等擿匯金華殿中語以成篇之作,豈非更係無一字入玄?值玄風披靡之東晉,焉容見目為佳構?自孫綽個人思想、宗教言,乃釋、老信徒;自其政治主張論,當穆、哀之際,桓溫數奏請班駕舊京:洛陽,《晉書》卷五六〈孫綽傳〉即載綽公然上疏反對:

> 中宗龍飛,非惟信順·協于天人而已,實賴萬里長江,畫而守之耳。(不然,胡馬久已踐建康之地,江東為豺狼之場矣。)《易》稱:「王公設險以守其國,險之時義大矣哉」,斯已然之明效也。今作勝談,自當任道而遺險;校實量分,不得不保小以固存……自古今帝王之都豈有常所?時隆則宅中而圖大;勢屈則遵養以待會,使德不可勝,家有三年之積,然後始可謀太平之事耳。

則安得印可班、張仗德不恃險、必都土中之「勝談」邪?今將孫綽譏薄之詞反視為推重語,解人難求,自古已然。

× × ×

〈兩都〉、〈二京〉係五經鼓吹，固屬的評，然適如前文所示，班、張係假塗鋪陳「建武之治、永平之事」鼓吹之。易言之，班、張認爲：東漢政權乃克體現令客方心醉之「大道」❿。於西、東漢對較之論式下，所謂「折以今之法度」，西漢盡成「暗」❿、「非」、「迷」。標舉西漢盛況至見擬爲「鮑肆不知其臭，翫其所以先入」，唯「覽東京之事以自寤」，方不至「以《春秋》所諱而爲美談」，於焉「揚惡」、「論爽德」❿。彼時以道寓於經，斥西漢政權非道或無道，形同以西漢文化爲非五經系統。而向以漢武表彰六藝爲五經躋身此後華夏學思正統之關鍵，漢學浸浸乎爲經學之代稱，則班、張之評西漢豈非反常異義可怪之論？

尤有進者，班固假借東都主人之口，駁斥西都賓時，感慨：

痛乎風俗之移人也！子實秦人，矜夸館室，保界河山，信識昭襄而知始皇矣，烏睹大漢之云爲乎？❿

愈令人震驚矣。夫〈西都〉矜夸者乃西漢王業，今乃比該朝尊祖加宗之先帝爲昭襄、始皇，則引文中之「秦」固就地理環境言，指關中，但顯然亦爲一雙關語，影射歷史上以嬴姓王朝爲典型代表之政

---

❿ 〈東京〉，頁 68。

❿ 〈東都〉，頁 30：「吾子曾不是睹，顧瞷後嗣之末造，不亦暗乎？」

❿ 以上引文分見〈東京〉，頁 68、54。

❿ 同注㉕。

治文化特質。由是鏡之，漢之所以爲漢，唯光武革命後之新政權，「大漢」，克膺。東漢方屬眞漢，前此西漢與秦之間惟統治者姓氏更易，文化率無質異。襲用《荀子》卷七〈王霸〉、卷十二〈正論〉故辭，特改玉改行，以秦繼秦耳。

　　張衡則取徑長安帝宮建築延革揭喻西漢政權之性質。〈東京〉道破：建築師乃「西匠」，薛綜注：「謂秦之舊匠也」，既「目翫阿房」，故「規摹踰溢，不度不臧」，遠「過於周堂」。此即〈西京〉所謂：「覽秦制，跨周法」，「豈啓度於往舊」憲章？西漢皇帝深以「阿房之不可廬」爲憾，「覘往昔之遺館，獲林光於秦餘」，興奮莫名，「乃隆崇而弘敷」，是爲漢甘泉。若夫與未央、長樂齊名，而「營宇之制事兼未央」之建章宮，係「越巫陳方」，「用厭火祥」❿者，殊非以先王經營爲藍圖。是則西漢政權者，奠基秦餘之上、復興且拓展之建構也。

　　檢視《漢書》卷十九上〈百官公卿表〉：

　　（秦）立百官之職，漢因循而不革。

卷二一上〈律歷志〉：

　　漢興，方綱紀大基，庶事草創，襲秦正朔，以北平侯張蒼言，用顓頊曆。

---

❿　以上引文分見〈東京〉，頁53、〈西京〉，頁39、40、41。

卷二二〈禮樂志〉：

> 高祖時，叔孫通因秦樂人制宗廟樂……（上食廟寢樂舞）大氐
> 皆因秦舊事焉。

卷二三〈刑法志〉：

> 相國蕭何攈摭秦法，取其宜於時者，作律九章。

卷二五上〈郊祀志〉：

> 悉召故秦祀官，復置太祝、太宰，如其故儀禮。

卷二八上一〈地理志〉：

> （秦）分天下爲郡縣，盪滅前聖之苗裔，靡有孑遺者矣。漢
> 興，因秦制度……以撫海內。

無怪乎以往學人嘗謔稱漢武以前爲後秦[108]。漢武雖獨尊六藝，進行
諸般改制，然率止於浮華節目。漢家制度固曰霸王道雜任之，崇尙
王道之五經唯居緣飾地位耳，故元帝以降之政壇儒生貌似顯赫，實

---

[108] 傅樂成，〈西漢的幾個政治集團〉，《漢唐史論集》（臺北：聯經出版事
業公司，1977），頁 12。

同擺設,殊乏真正之政策左右力⑩。則班、張自文化角度視西漢猶秦,非具實質意義之經學當令王朝,不盡屬辭臣舞文弄墨、苟取高異以迴人視聽之誣言。

其實,自文化角度譏西漢與秦並無二致,於文學創作領域中,並非班固孤明先發。《漢書》卷八七上〈揚雄傳〉收載氏著〈羽獵賦〉。賦筆於描繪成帝畋獵波及水陸禽獸、三輔黎萌以至它界鬼神無不驚悚、失據、罹殃後,假稱彼上:

> 奢雲夢,侈孟諸,非章華,是靈臺,罕徂離宮而輒觀游。土事不飾,木功不雕,丞民乎農桑,勸之以弗迨,儕男女使莫違。恐貧窮者不徧被洋溢之饒,開禁苑,散公儲,創道德之囿,弘仁惠之虞,馳弋乎神明之囿,覽觀乎群臣之有亡,放雉菟,收罝罘,麋鹿芻蕘與百姓共之……未遑苑囿之麗、游獵之靡也。

終篇即以「背阿房,反未央」結穴。「阿房」所以指斥漢猶秦舊之事實;「未央」則係作者標舉理想中漢治之符碼。經驗層面之漢置於文化視鏡下非漢;符合文化理想之漢非歷史存在,實者不真,真者乃虛,形成虛實出入、真幻交疊之妙境,可謂沈思超凡、巧構絕倫。

文化史意義上之「秦」於為政理念方面類屬霸道,霸道「唯力

---

⑩　《西漢儒家的政治地位及其對國家政策的影響力》,第三章,第三節,頁79-91。

是視」。意謂：是種政治文化以力為尚，且無論於追求力、或運用力之際，俱乏節度——用法則「威以參夷之刑」；籍民則「收以太牛之賦」；對待自然資源則「澤虞是濫，何有春秋」；興造文物則「相高以奢麗」，「以肆奢為賢」——是則其心態可以「取樂今日，遑恤我後？既定且寧，焉知傾陁」概括之。去「常翹翹以危懼，若乘奔而無轡」之王道表現，如：

> 方其用財取物，常畏生類之殄也；賦政任役，常畏人力之盡也，取之以道，用之以時……民忘其勞，樂輸其財，百姓同於饒衍，上下共其雍熙。⑩

燕楚異趣不足況。

遵此霸道文化，擇建帝國中樞以維繫政權際，自係險要是尚，京都位置勢難八方輻輳。唯王道文化導向之政權方克仗恃道德吸引力，重視帝邑宅中，上應天心。故〈東都〉先行反詰：

> 僻界西戎，險阻四塞，脩其防禦，孰與處乎土中，平夷洞達，萬方輻輳？秦嶺、九嵕、涇渭之川，曷若四瀆、五嶽、帶河泝洛、圖書之淵？

進而指陳對方認知上之陋誤：

---

⑩　以上引文分見〈東京〉，頁 53、52；〈西京〉，頁 48，〈東京〉，頁 52、54；〈西京〉，頁 48；〈東京〉，頁 67。

子徒習秦阿房之造天，而不知京洛之有制也；識函谷之可
關，而不知王者之無外也。⑪

〈東京〉則先正面教訓：

> 天子有道，守在海外，守位以仁，不恃隘害。苟民志之不
> 諒，何云嚴險與襟帶？

繼之從反面鑑戒以示「秦」式守備枉然：

> 秦負阻於二關，卒開項而受沛，彼偏據而規小，豈如宅中而
> 圖大？

而西漢淪亡尤具示警作用。其時軍事險要在握，巨變已生肘腋，所
謂「函谷擊柝於東，西朝顛覆而莫持」。亦唯置諸是種觀念模式
下，方或克解悟：張衡何以有如下乍視全然強詞奪理之言：

> 召伯相宅，卜惟洛食，周公初基，其繩則直……京邑翼翼，
> 四方所視，漢初弗之宅，故宗緒中圮。⑫

因弗以洛爲宅猶言弗以德爲宅。

---

⑪　〈東都〉，頁 34-5。
⑫　以上引文分見〈東京〉，頁 54、68、55。

　　由是可見，班、張心目中，定都洛陽抑長安之爭實係二都代表之東、西漢政治文化取向──王道或霸道之爭。儒家崇王道；法家主霸道，則兩都頡頏實又間接反映儒、法影響力之消長。法家觀念落實下來輻輳於秦王朝，而傳統上區辨夷夏以文化，不以種姓，將是種論式觸類旁通而運用之，秦與非秦之辨本諸政治文化取向，無涉皇家姓氏血胤，西漢爰漢名秦實之政權，見摒於眞漢之外，然則二京優劣、西東漢高下實乃藏身大賦外衣下、文化意義之「秦」、「漢」之爭歟？

×　　　　　×　　　　　×

　　自文化史角度，指西漢於相當程度上形同秦之翻版或延續，固持之有據，然此並不得意謂東漢即體現儒道。班、張身當東漢，又俱嘗用心於當代史：《漢記》❶❶❸，焉容不識「建武之治、永平之事」去儒家理想頗有間？復參照上文所云：洛陽、長安二者作為京都選擇對象之高下，實乃兩種政治文化取向爭議之化身。然則〈兩都〉、〈二京〉如彼揄揚世祖、顯宗，舍本文伊始提出、個案色彩甚濃之說：作者風骨問題，得無它者較具時代通性之疏釋途轍？

　　盡人皆知：漢人以孔子作《春秋》係為漢制法，如《論衡》卷

---

❶❶❸　《後漢書》，卷四十上〈班固傳〉，頁 480：「除蘭臺令史，與前睢陽令陳宗、長陵令尹敏、司隸從事孟冀共成〈世祖本紀〉。遷為郎，典校秘書，固又撰功臣、平林、新市、公孫述事，作列傳、載記二十八篇」；卷五九〈張衡傳〉，頁 689：「永初中，謁者僕射劉珍、校書郎劉騊駼等著作東觀，撰集《漢記》，因定漢家禮儀，上言衡參論其事。會並卒，而衡常歎息，欲終成之。及為侍中，上疏請得專事東觀，收檢遺文，畢力補綴」。

十二〈程材〉：

> 《春秋》，漢之經，孔子制作，垂遺於漢。

此一看法不僅無間學風今古，且跨越政治壁壘，故《漢書》卷九九中〈王莽傳〉始建國元年詔稱：

> 自孔子作《春秋》，以爲後王法，至於哀之十四而一代畢。協之於今，亦哀之十四也。赤世計盡，終不可強。

《後漢書》卷十三〈公孫述傳〉亦曰：

> 孔子作《春秋》，爲赤制，而斷十二公，明漢至平帝十二代，歷數盡也，一姓不得再受命。

漢人所謂之《春秋》乃公羊學《春秋》，爲後世制法即本諸《公羊傳》卷二七〈哀公十四年·西狩獲麟〉傳文。公羊家聲言：孔子「託新王受命於魯」⑭，乃假《魯春秋》「行事」⑮，「以當王法」⑯。以是之故，史實發展與理想進程適相反，世愈亂而文愈

---

⑭　《春秋公羊傳何氏解詁》，卷一〈隱公元年春王正月〉何注，頁 1a。

⑮　《史記》，卷百三十〈太史公自序〉，頁 1337。

⑯　《史記》，卷一二一〈儒林列傳·太史公曰〉，頁 1253。

治；以個別案例而言，見裁者，若齊襄、叔術之流⓱，平生作爲并該案背後動機誠或鄙如犬彘，然無妨藉此褒大，權充典範。故《公羊注疏》卷一〈隱公元年‧公子益師卒〉解云：

> 當爾之時，實非大平，但《春秋》之義若治之大平於昭、定、哀也，猶如文、宣、成、襄之世實非升平，但《春秋》之義而見治之升平然。

《春秋公羊通義》於「莊公九年八月庚申及齊師戰于乾時我師敗績」條下曰：

> 齊、魯皆非能復讎者，而假襄公以見復讎之善，又假莊公以寬不能復讎之責，皆所以因事託義，著爲後法。

然則班、張撰著〈兩都〉、〈二京〉時，莫不亦襲用時人共喻之是種模式乎？世祖、顯宗諸般禮樂活動、政治作爲徒充寄託、鼓吹儒生理想之器用也，係應然境界之描繪，未嘗信以爲「建武之治、永平之事」乃五經精義，或說道德富貴之具現，甚或乃藉達此「王者之事」以「貶天子」⓲、勗嗣君？

⓱　《春秋公羊傳何氏解詁》，卷六〈莊公四年‧紀侯大去其國〉傳，頁 6a-7a、卷二四〈昭公三十一年‧黑弓以濫來奔〉傳，頁 11a-13a。

⓲　同注⓯。《漢書》，卷六二〈司馬遷傳〉，頁 1250，於載錄〈自序〉時，刪去此三字，配合前文所引〈典引‧序〉，充分顯示班固迎合上意之媚態。

按：〈東都〉末，假借西都賓稱許〈明堂〉等五篇頌德之詩：

> 義正乎楊雄，事實乎相如，匪唯主人之好學，蓋乃遭遇乎斯時也。(119)

李賢、李善俱以爲持與相較者實指揚、馬辭賦而言。所謂「事」自非就〈西都〉狩獵敘寫立品，乃就〈東都〉頌揚諸節而言，〈子虛〉末天子爲繼嗣垂統而命有司一大段文字乃虛構(120)，純屬作者司馬相如一己之企望。所謂「義」當指揚雄〈甘泉〉等四賦之撰作動機與目的，揚雄自供該四賦咸意在針砭——「奏〈甘泉賦〉以風」、「雄以爲臨川羨魚，不如歸而結罔，還，上〈河東賦〉以勸」、「因〈校獵賦〉以風」、〈長楊賦〉「藉翰林以爲主人、子墨爲客卿以風」(121)——特手法不一耳。如今班固自許較之上揭揚、馬諸賦義正事實，而此又係遭遇明時使然：無須刺君，可頌聖；不勞虛構，容實錄，則斷非襲取公羊家法爲賦。

〈東京〉末則責難：

> 相如壯上林之觀；楊雄騁羽獵之辭，雖系以隤牆填塹；亂以收罝解罘，卒無補於風規，祇以昭其愆尤。(122)

---

(119) 同注(79)。

(120) 《史記》，卷一一七〈司馬相如傳·上林賦〉，頁 1220-1。

(121) 以上引文分見《漢書》，卷八七上〈揚雄傳〉，頁 1517、1523、1525；卷八七下〈揚雄傳〉，頁 1531。

(122) 同注(103)。

粗視之下，似僅重彈舊調：揚、馬賦作「極麗靡之辭，閎侈鉅衍，競於使人不能加也，既迺歸之於正，然覽者已過矣」⑫，然末句「祇以昭其愆尤」大堪玩味。夫果自暴露西漢諸帝之荒淫而論，〈西京〉但有過之而無不及，上文已詳。對象從同，愆尤無殊，然張衡得昭之，揚、馬弗獲允，則責難「昭其愆尤」似僅容理解作不應昭時君之愆尤，時君僅宜是，不宜非。即使意存忠孝風規，以隤牆塡塹，收置解罘為象徵之虛構功德篇幅亦應大增，方克文過飾非，否則，「卒無補於風規，祇以昭其愆尤」。〈東京〉假借憑虛公子，稱許安處先生所述「大漢之德馨」「信而有徵」⑭，是張氏亦非借事託義、假頌反諷，〈二京〉之頌，誠頌也！

✕   ✕   ✕

以道自任之儒生逶邐至此，誠令人扼腕。雖然，儒教於東漢社會文化方面之影響程度確乎較以往廣大。姑以孔子以降力主之三年喪為例，迨西漢末尚「少能行之者」⑫，至滿腦子古典憧憬之王莽須道之以政，令吏六百石以上服之⑯。然於東漢此乃通例，并擴及舉主故將，所謂資之事父以事君，以至作偽圖聲譽者刻意喪二十餘載以示尤異⑰。唯儒教文化勢力表現於文學方面者，前賢似尚有隻

⑫　《漢書》，卷八七下〈揚雄傳〉，頁 1537。

⑭　同注⑩。

⑫　《漢書》，卷八三〈薛宣傳〉，頁 1475。

⑯　《漢書》，卷九九上〈王莽傳〉，頁 1722。

⑰　《後漢書》，卷六六〈陳蕃傳〉，頁 773。參錢穆，《國史大綱》（臺北：臺灣商務印書館，1975），第三編，第十章，第六節，頁 140；李如森，《漢代喪葬制度》（長春：吉林大學出版社，1995），第二章，第三

隅未照，爰於本節末略綴數語。

儒家一貫以爲最高統治者品行會影響下民及整個政治機制運作。反省儒家所以置帝王縱情畋獵爲諫阻重點之一，當因貌視之，似但屬個人行徑，實則波及天（無時無日之捕殺禽獸，上干陰陽消息運行）、人（擴張苑囿，勢必侵奪農墾面積），影響遐（加重忍殺不仁，好大矜功之傾向，而輕開邊釁）、邇（荒廢日日待理之萬幾），乃「流連之樂，荒亡之行」⑫。

西漢初葉，枚乘撰〈七發〉，託言「楚太子有疾」，診斷癥結係因聲色失度。於「以要言妙道說而去也」之過程中，論及畋獵時，患者「陽氣見於眉宇之間，浸淫而上，幾滿大宅」，「有起色矣」，惜終未病已，待「奏方術之士有資略者」方癒。細味斯文章法上之漸進安排，並配合內容，可察識二則重要消息：一，其時儒

節，頁 51-4。

⑫ 《孟子正義》，卷二〈梁惠王章句下〉，頁 75。其它見諸經傳者，如孫星衍，《尚書今古文注疏》（臺北：臺灣中華書局，1966），卷二一〈無逸〉，頁 5a-b：「文王不敢盤于遊田……繼自今嗣王則其無淫于觀、于逸、于遊、于田，以萬民惟正之供，無皇曰：今日耽樂」、韋昭解，《國語》（臺北：藝文印書館，1974），卷二一〈越語下〉，頁 463：「吾年既少，未有恒常，出則禽荒；入則酒荒，吾百姓之不圖，唯舟與車，上天降禍於越」、孔穎達，《春秋左傳正義》（臺北：藝文印書館，1979），卷二九〈襄公四年〉引〈虞人之箴〉，頁 508：「民有寢廟，獸有茂草，各有攸處，德用不擾，在帝夷羿，冒于原獸，忘其國恤，而思其麀牡，武不可重，用不恢于夏家」、孫希旦，《禮記集解》（臺北：文史哲出版社，1982），卷二五〈郊特牲第十一之一〉，頁 636：「大羅氏，天子之掌鳥獸者也……戒諸侯曰：『好田好女者亡其國。』」

教尙未當令,壟斷「道」之認知,因此「若莊周、魏牟、楊朱、墨翟、便蛻、詹何之倫」與孔、孟並列齊足,俱屬有資略者,堪「理萬物之是非」⑲。

畋獵與宮館、滋味、聲色之娛固同爲病因,然設若剋就「生於深宮之中,長於婦人之手」⑳之紈袴而言,惡之程度猶有深淺之辨。此非意謂:獨儒生力反帝王縱情畋獵,蓋按理論之,墨、道等家派拒斥應尤烈。唯冀彰明:儒教於官學中尙未稱尊之前,馳騁畋獵雖見非,猶未視爲疾首。

俟儒教揚眉伸目後,帝王縱情畋獵迅即成爲諫阻焦點。西漢賦家推長卿、子雲爲巨擘,二人最見稱道之代表作莫不以此爲抨擊對象。揚、馬俱勉君上苟欲畋獵,宜擇高層次之精神畋獵是務,所謂:

> 游乎六藝之囿,騖乎仁義之塗,覽觀《春秋》之林,射〈貍首〉,兼〈騶虞〉……載雲罕,揜群雅……修容乎《禮》園,翶翔乎《書》圃,述《易》道,放怪獸。㉛

即或一般意義之畋獵,用心亦不當外乎「奉郊廟、御賓客、充庖廚而已」㉜,或者尙可益以安不忘危、寓教於樂之講武備目的。是等

---

⑲　以上引文分見《文選》,卷三四〈七上〉,枚乘〈七發〉,頁 487、488、490、493。

⑳　《荀子》,卷二十〈哀公〉,頁 356。

㉛　同注⑲。

㉜　《漢書》,卷八七上〈揚雄傳・羽獵賦〉,頁 1525。

要求於班、張筆下永平畋獵之景況中並獲「踐履」。〈東都〉曰：

> 制同乎梁騶，誼合乎靈囿。若乃順時節而蒐狩，簡車徒以講
> 武，則必臨之以〈王制〉，考之以〈風〉、〈雅〉，歷〈騶
> 虞〉，覽〈駒鐵〉，嘉〈車攻〉，采〈吉日〉……然後舉烽
> 伐鼓，申令三驅……弦不暇禽，轡不詭遇……樂不極盤，殺
> 不盡物，馬踠餘足，士怒未渫……於是薦三犧，效五牲，禮
> 神祇，懷百靈。[133]

〈東京〉曰：

> 文德既昭，武節是宣，三農之隙，曜威中原……坐作進退，
> 節以軍聲，三令五申，示戮斬牲，陳師鞠旅，教達禁成……
> 馭不詭遇，射不翦毛，升獻六禽，時膳四膏，馬足未極，輿
> 徒不勞。成禮三歐，解罘放麟，不窮樂以訓儉；不殫物以昭
> 仁，慕天乙之弛罟，因教祝以懷民，儀姬伯之渭陽，失熊羆
> 而獲人，澤浸昆蟲，威振八寓，好樂無荒，允文允武。[134]

畋獵活動中原先涵具之縱情逞欲成分不僅於焉滌盪淨盡，回歸為禮
之一項節目，復因仁心浸染，上躋為展示道德優越之盛舉。無怪乎
此際類乎王逸〈折武論〉之高調：

---

[133]　〈東都〉，頁32-3。
[134]　〈東京〉，頁63-4。

用道德爲弓弩，□仁義爲鎧甲。**⑬**

見世。以至曾幾何時一再戒愼之畋獵轉爲儒生提倡。《後漢書》卷六十上〈馬融傳〉有云：

> 是時鄧太后臨朝，驚兄弟輔政，而俗儒世士以爲文德可興，
> 武功宜廢，遂寢蒐狩之禮，息戰陣之法，故猾賊從橫，乘此
> 無備。融乃感激，以爲文、武之道聖賢不墜，五才之用無或
> 可廢。元初二年（115）上〈廣成頌〉以諷諫。其辭曰：「臣
> 聞孔子曰：『奢則不遜，儉則固。』奢儉之中以禮爲界，是
> 以〈蟋蟀〉、〈山樞〉之人竝刺國君……「戛擊鳴球」，載
> 於虞〈謨〉；〈吉日〉、〈車攻〉，序於周《詩》，聖主賢
> 君以增盛美，豈徒爲奢淫而已哉……。

正屬張衡所斥〈西京〉憑虛公子之非難：

> 獨儉嗇以齷齪，忘〈蟋蟀〉之謂何，豈欲之而不能，將能之
> 而不欲歟？**⑬**

兩造均訴諸儒家經典，均主張節禮用中，然或因過，或緣不及，至此文之所非於彼文中反成是，前後消息豈非彰明較著？

---

⑬　《書鈔》，卷九七〈藝文部三·博學十二〉自注，頁433。

⑬　〈西京〉，頁51。

茲摘錄〈廣成〉是類賦作於敘畢田狩後、循例續見節目之部份文句，持與〈子虛〉等對應處比列如次——

〈廣成〉	〈子虛〉等四賦
於是流覽徧照，殫變極態，上下究竟，山谷蕭條，原野寥愀，上無飛鳥；下無走獸。	覽山川之體勢、觀三軍之殺獲，原野蕭條，目極四裔，禽相鎮壓；獸相枕藉[137]。
棲遲乎昭明之觀，休息乎高光之榭。	相羊乎五柞之館；旋憩乎昆明之池[138]。
鎮以瑤臺，純以金堤，樹以蒲柳，被以綠莎。	周以金堤，樹以柳杞[139]。
天地虹洞，固無端涯，大明生東，月朔西陂。	視之無端；察之無崖，日出東沼，入於西陂[140]。
乃命壺涿，驅水蠱，逐岡螭，滅短狐，箝鯨鯢。	乃使文身之技，水格鱗蟲……薄索蛟螭，蹈獱獺，據黿鼉，拪靈蠵……騎京魚……鞭洛水之虛妃[141]。

---

[137] 〈西都〉，頁 29。

[138] 〈西京〉，頁 47。

[139] 〈西京〉，頁 44。

[140] 《史記》，卷一一七〈司馬相如傳・上林賦〉，頁 1215。

[141] 《漢書》，卷八七上〈揚雄傳・羽獵賦〉，頁 1529。

陵迅流,發櫂歌,縱水謳,淫魚出,箸蔡浮,湘靈下,漢女游。	齊棧女,縱櫂歌……感河馮,懷湘娥,驚螞蜦,憚蛟蛇⑭。
水禽鴻鵠,鴛鴦鷗鷖,鶴鶄鸀鸁,驚雁鷺鷫,乃安斯寢,戢翮其涯。	鳥則玄鶴白鷺,黃鵠鶵鶬,鶴鶄鵁鶄,鳧鷖鴻雁……沈浮往來,雲集霧散⑭。
然後擺牲班禽,汻賜犒功,群師疊伍,伯校千重,山罍常滿,房俎無空,酒正案隊,膳夫巡行,清酤車湊,燔炙騎將,鼓駭舉爵,鐘鳴既觴⑭。	置互擺牲,頒賜獲鹵,割鮮野饗,犒勤賞功,五軍六師,千列百重,酒車酌醴,方駕授饟,升觴舉燧,既醑鳴鐘,膳夫馳騎,察貳廉空⑭。

即可識:馬融頌美、欲君上實踐者,適係馬、揚、班、張竭精運筆以期揭示「淫荒田獵」⑭者。

　　儒家未嘗不辨青紅皂白反對畋獵,亦未嘗因醉心道德理想,以至倡言武力可廢,惟學術思想是一回事,文化風習又是一回事,前者之精密錯綜非我凡庶,包括大多之士子所克如份掌握。值學術思想影響及廣闊社會層面時,鮮有不遭肢解、扭曲、化約。事實上,微肢解、扭曲、化約,罕能與凡庶之壅闇心態、認知水準合拍,見吸納,以至所謂影響者亦無一或免偏差膚陋之特性。上引〈馬融

⑭　〈西京〉,頁48。
⑭　〈西都〉,頁29。
⑭　以上引文並見《後漢書》,卷六十上〈馬融傳〉,頁698。
⑭　同注⑱。
⑭　《漢書》,卷八七下〈揚雄傳‧長楊賦〉,頁1533。

傳〉文：「俗儒世士以爲……」，即個中佳例。持〈廣成〉與〈子虛〉等賦相較，結構、文句固步武相因，了無新趣，若「軒翥出轍，而終入籠內」●，然兩下動機取向則南北乖背，令人不能不首服，東漢受儒教漸漬，確確出乎西漢之上，以至原先戒慎之活動轉成待激發提倡之對象。

伍·蕭《選》弁首

《三國志》卷十一〈國淵傳〉載：

> 遷魏郡太守，時有投書誹謗者，太祖疾之，欲必知其主……
> 其書多引〈二京賦〉，淵勑功曹曰：「此郡既大，今在都輦
> 而少學問者，其簡開解年少，欲遣就師。」功曹差三人，臨
> 遣引見，訓以所學未及，〈二京賦〉，博物之書也，世人忽
> 略，少有其師，可求能讀者，從受之……。

博物自涵博學一義，學既廣，自多涉不經之說。張華嘗搜討故籍「所不載者」凡十卷，即以《博物志》名之，是可知：博物之謂，乃世「所未聞」、「所未見」，令人「驚」、「異」之「浮妄」●

● 范文瀾，《文心雕龍注》（臺北：臺灣開明書店，1970），卷六〈通變〉，頁 18a。

● 以上引文分見范寧，《博物志校證》（臺北：明文書局，1984），卷一，頁 7；王嘉《拾遺記》（臺北：木鐸出版社，1982），卷九〈晉時事〉，頁 211。

事類也。今視〈二京〉爲博物之書，此車永答陸雲書中所以持〈二京〉、〈南都〉與《山海經》、《異物志》並論。依車氏之見：并陸雲來函在內之是類作品，若衡以內容眞妄，「恐有其言，能無其事耳」，然無妨其其賞心快意之妙用，所謂「足息號泣，懽汴笑也」⑭。由此可覘：魏、晉士人心目中，〈二京〉見賞原由之一存乎其豐富多姿之小說成分。

《隸釋》卷十九收錄夏侯湛〈張平子碑〉，推許張氏「文爲辭宗」：

> 若夫巡狩誥頌，所以敷陳主德；〈二京〉、〈南都〉，所以讚美幾葦者，與〈雅〉、〈頌〉爭流，英英乎其有味與！

---

⑭ 以上引文並見陸雲，《陸士龍集》（臺北：臺灣中華書局，1971），卷十〈書集·車茂安又答書〉，頁 8b。何沛雄，〈班固〈兩都賦〉與漢代長安〉，《漢魏六朝賦論集》（臺北：聯經出版事業公司，1990），頁 36-38、〈從〈兩都賦〉和〈二京賦〉看漢代的長安與洛陽〉，《慶祝饒宗頤教授七十五歲論文集》（香港：香港中文大學中國文化研究所，1993），頁 145-146、155，指出：《三輔黃圖》、《長安志》嘗引及〈兩都〉、〈二京〉文句，後者頗具研究漢代長安之史料價值。按：奚止〈兩都〉？六朝志怪、小說，如干寶《搜神記》、裴啓《語林》之疇，亦堪爲治史佐證，要之，班、張二賦本衷是否係輿志之撰，而漢、晉人士又可嘗以報導文學視之。汪繼培，《潛夫論箋》（臺北：世界書局，1962），〈務本第二〉，頁 8：「今賦頌之徒苟爲饒辯屈塞之辭，競陳誣罔無然之事，以索見怪於世，愚夫戇士從而奇之，此悖孩童之思，而長不誠之言者也」，是讀者樂聞「無然之事」、「不誠之言」；作者期「索見怪」稱「奇」之聲價，茂安賞鑒乃據其時通義也。

畿輦所以可讚美，緣京都規制風尚體現五經理想，而五經理想得於
帝邑具像化，乃君主聖德所致，是則置前引孫綽品目中之譏薄語氣
不論，就說明〈二京〉與經、聖間之關係言，孝若、興公二人之見
猶合符節。設以東晉時期玄言詩、賦乃「柱下之旨歸」、「漆園之
義疏」⑩，津梁方外，則〈二京〉地位奠基於掌握世教精髓：尊經
頌聖。於其時內外兩行、本末一貫之安頓架構中⑪，〈二京〉地位
仍不可奪。

　　《陸士龍集》卷八〈與平原書〉第十首中自供「才不便作大
文」；第十八首敦勉：「兄作大賦必好，意精時，故願兄作數大
文」；第十九首則云：

> 古今兄文所未得與校者，亦惟兄所道數都賦耳，其餘雖有小
> 勝負，大都自皆爲雄耳……雲謂兄作二京，必得無疑，久勸
> 兄：兄爲耳。又思三都，世人已作是語，觸類長之，能事可
> 見。

是「大文」乃〈二京〉、〈三都〉一類京苑「大賦」之謂。文士撰

---

⑩　《文心雕龍注》，卷九〈時序〉，頁24a。

⑪　《晉書斠注》，卷九二〈文苑列傳・李充・學箴〉，頁1562：「聖教救
　　其末；老、莊明其本，本末之塗殊，而爲教一也」；僧祐，《弘明集》
　　（臺北：新文豐出版公司，1986），卷三，孫綽〈喻道論〉，頁153-4：
　　「周、孔即佛，佛即周、孔，蓋外內名之耳……周、孔救極弊；佛教明其
　　本耳，共爲首尾，其致不殊」。

賦取題於斯，所以見其「能事」，稱雄文壇⑮。則〈二京〉當年乃以才華鎮服群英，所謂「未得與校」。依曹植之見，「孔璋之才不閑辭賦，而多自謂與司馬長卿同風」，「前爲書啁之，反作論盛道僕贊其文」⑯，所以顚倒如是，豈不正因文士作家率亟欲一己才華見重，而按當代觀點，閑於該類大賦否適爲才華高下之試金石耶？

　　見存魏、晉史料，足以一窺時人激賞〈兩都〉原委之記述甚夥，然〈兩都〉、〈二京〉重同處匪鮮，則以〈兩都〉於彼時人心目中同具博物異聞、頌聖尊經、才華難校之特點，殆不盡乖於情實。

×　　　　　×　　　　　×

　　誠明乎魏、晉人心儀〈兩都〉、〈二京〉之處，則可膚探《文選》何以擷取二賦，其間有無特識。

　　《文選》既乃歷代「詞人才子」「清英」之篩集，〈兩都〉、〈二京〉自在膺選之列。而於鋒起眾制，貴其「並爲入耳之娛」、「俱爲悅目之玩」⑰，則〈兩都〉、〈二京〉恃博物異聞亦堪入錄。是編乃皇家具名之右文事工，類目詮序畢露上下尊卑之繩尺，故於「筆」中，詔、冊、令、教、策文先於臣下之表、上書、啓、

---

⑮　以作賦方見能事，是風迄六朝晚期猶然。李延壽，《北史》（臺北：藝文印書館，1972），卷五六〈魏收傳〉，頁 903：「收以溫子昇全不作賦，邢雖有一兩首，又非所長。常云：『會須能作賦，始成大才士。唯以章表碑志自許，此外更同兒戲。』」

⑯　盧弼，《三國志集解》（臺北：藝文印書館，1972），卷十九〈陳思王傳〉裴注引魚豢，《典略・與楊修書》，頁 503。

⑰　以上引文並見《文選・序》，頁 1。

賤;於「文」中「詩」類,述德、訓誨、應制之篇序於私人遊宴、
贈答之前。此所以「賦」類以帝王活動之題材——郊祀、耕藉、畋
獵居前。而律以君國一體、京都乃國之具體而微者,則京都一目居
首乃當然次第。〈兩都〉、〈二京〉俱係潤色鴻業之鉅構,則準以
敷陳主德,二賦亦不至見棄。

然上述徒能就大體原則說明〈兩都〉、〈二京〉具備采入《文
選》之必要條件,尚弗克剴切解答:於諸多博物異聞、潤色鴻業、
才華璀璨之賦作中,何由獨蒙青睞。

〈廣成〉、〈二京〉後,京苑大賦告歇,代之鋒起者乃歌頌郡
國都邑之作,此自與元、成以降地方意識日盛、郡國豪右勢力彌烈
桴鼓相應⑮。曹氏開基鄴下,「設天網以該之、頓八紘以掩之」,
一時文傑「盡集茲國矣」⑯,以帝王行止爲題材之賦作重光,延續
至魏明帝時。如楊脩〈出征〉、〈許昌宮〉⑰、繁欽〈征天山〉、
〈建章鳳闕〉⑱,王粲〈浮淮〉、〈羽獵〉⑲,陳琳〈武軍〉、

---

⑮ 請參拙作,〈自東漢中葉以降某些冷門詠物賦作論彼時審美觀的異動〉,
　本書,頁 264。

⑯ 同注⑬。

⑰ 分見《類聚》,卷五九〈武部・戰伐〉,頁 1071、《書鈔》,卷一三七
　〈舟部上・舟摠篇一〉自注,頁 639;《類聚》,卷六二〈居處部二・
　宮〉,頁 1114。

⑱ 分見《類聚》,卷五九〈武部,戰伐〉,頁 1071、李昉等撰,《太平御
　覽》(臺北:臺灣商務印書館,1992),卷三三九〈兵部七十・敘兵
　器〉,頁 1684;《類聚》,卷六二〈居處部二・闕〉,頁 1117。

⑲ 分見徐堅,《初學記》(臺北:鼎文書局,1976),卷六〈地部中・淮第
　五〉,頁 128;卷二二〈武部・獵第十〉,頁 542。

〈神武〉❿，應瑒〈西狩〉、〈馳射〉、〈撰征〉、〈校獵〉、
〈西征〉❽，曹丕〈浮淮〉、〈校獵〉❾，曹植〈射雉〉、〈遊
觀〉、〈登臺〉❽，繆襲〈藉田〉、〈許昌宮〉❿，而何晏、韋
誕、夏侯惠均有〈景福殿賦〉❿。雖琳瑯滿目，獨何晏之篇見采，
寔非尋常。

　　五馬渡江後，京殿大賦未盡銷聲匿跡。晉庾闡、曹毗、宋夏侯
弼俱嘗以南朝皇城所在，撰寫〈揚都〉、〈吳都〉之篇❿；宋孝武
帝、江夏王義恭、何尚之率賦〈華林清暑殿〉❿，而是類之作更無

---

❿　分見《太平御覽》，卷三三六〈兵部六七·攻具上〉，頁 1674、《類
　　聚》，卷五九〈武部·戰伐〉，頁 1070；1070-1。

❽　分見《類聚》，卷六六〈產業部下·田獵〉，頁 1177；卷五九〈武部·
　　戰伐〉，頁 1069；《初學記》，卷二二〈武部·獵第十〉自注，頁 541；
　　《水經注》，卷二二〈渠水注〉自注，頁 386。

❾　分見《初學記》，卷六〈地部中·淮第五〉，頁 128-9；卷二二〈武部·
　　獵第十〉自注，頁 542。

❽　分見《初學記》，卷三〈歲時部·春第一〉自注，頁 45；《類聚》，卷
　　六三〈居處部三·觀〉，頁 1135；《三國志集解》，卷十九〈陳思王
　　傳〉裴注引陰澹，《魏紀》，頁 501。

❿　分見《初學記》，卷十四〈禮部下·籍田第一〉自注，頁 340；《太平御
　　覽》，卷五三七〈禮儀部十六·籍田〉，頁 2568。

❿　分見《文選》，卷十一〈賦己·宮殿〉，頁 176-83；《類聚》，卷六二
　　〈居處部二·殿〉，頁 1124。

❿　分見《類聚》，卷六一〈居處部一·總載居處〉，頁 1108-10；《太平御
　　覽》，卷九四〇〈鱗介部十二·海𤝗魚〉，頁 4309；《書鈔》，卷一三
　　七〈舟部上·舟摠篇一〉自注，頁 639、卷一五八〈地部二·穴篇十
　　三〉，頁 777。

❿　並見《類聚》，卷六二〈居處部二·殿〉，頁 1124-5。

一入選。

　　上述現象殆難以純自作品本身成就不高爲辭——雖然曹丕〈論文〉已披端倪：王粲、徐幹長於辭賦，然見許「雖張、蔡不過」之諸作中即無一屬京苑題材者⑯——因《文選》所錄不容諱有甚拙劣之篇什存焉，鄒陽〈獄中上書自明〉即個中之尤⑯。恐亦難自文學

---

⑯　《三國志集解》，卷二一〈王粲傳〉裴注引曹丕，《典論》，頁 537。

⑯　《文選》，卷三九〈上書〉，頁 557-60。首先，通檢全篇啓承轉合語——
　　　　「願大王察」三次：「……而燕、秦不寤也，願大王熟察之」、「……恐
　　　　　　　　　　　　　遭此患，願大王察玉人、李斯之意」、「……乃今知
　　　　　　　　　　　　　之，願大王熟察」。
　　　　「昔」四次：「昔者荊軻慕燕丹之意」、「昔玉人獻寶」、「昔者司馬喜
　　　　　　　　　　臏腳於宋」、「昔魯聽季孫之説」。
　　　　「臣聞」四次：「臣聞：忠無不報」、「臣聞：比干剖心」、「臣聞：明
　　　　　　　　　　　月之珠」、「臣聞：盛飾入朝者」。
　　　　「是以」七次：「是以箕子陽狂」、「是以蘇秦不信於天下」、「是以申
　　　　　　　　　　　徒狄蹈雍之河」、「是以秦用戎人由余」、「是以聖王覺
　　　　　　　　　　　悟」、「是以孫叔敖三去相」、「是以聖王制世御俗」。
　　　　「何則」九次：「何則？知與不知也」、「何則？誠有以相知也」、「何
　　　　　　　　　　　則？兩主二臣……」、「何則？眾口鑠金」、「何則？欲
　　　　　　　　　　　善無猒也」、「何則？慈仁殷勤」、「何則？無因而至前
　　　　　　　　　　　也」、「何則？以左右先爲之容也」、「何則？以其能越
　　　　　　　　　　　拘攣之語」。
　　　　「故」十一次：「故樊於期逃秦之燕」、「故女無美惡」、「故不能自免
　　　　　　　　　　　於嫉妬之人也」、「故百里奚乞食於路」、「故偏聽生
　　　　　　　　　　　姦」、「故意合則胡越爲昆弟」、「故功業覆於天下」、
　　　　　　　　　　　「故無因而至前」、「故有人先談」、「故秦始皇任中庶
　　　　　　　　　　　子蒙嘉之言」、「故里名勝母」。
　　　不惟立即顯示論辯模式僵硬單調，且反映思路措詞貧瘠。其次，全文一千

發展史之角度索解，辯稱：就是類題材而言，特「屋下架屋」，
「事事擬學」，故雖「人人競寫，都下紙爲之貴」⑰，殊不符新變
代雄之尺度，必須割愛。因〈二京〉蹈襲之成分即頗高，遑言張載
〈擬四愁〉等作，依然登冊。竊臆：《文選》編者殆措意作品題材
性質與時局間是否相應。京苑大賦，至少自統治者觀之，旨在潤色
帝國鴻業，四海離析或偏安半壁時，彼等非特不勝頌美之任，反予

三百六十一字，十分居九係以古史傳說警況，今依序揭列所涉人名：

荊	軻	燕	丹	衛先生	秦昭王	和	氏	楚武王	李 斯	胡	亥
箕	子	接	輿	比 干	子 胥	樊於期	荊 軻	王 奢	蘇	秦
尾	生	白 圭	蘇 秦	燕昭王	白 圭	魏文侯	司馬喜	范	雎
申徒狄	徐 衍	百里奚	秦穆公	寗 戚	齊桓公	季 孫	孔	子
子 冉	墨 翟	由 余	子 臧	朱、象	管、蔡	子 之	田	常
比 干	晉文公	齊桓公	商 鞅	文 種	孫叔敖	於陵子	荊 軻
要 離	隋 侯	秦始皇	蒙 嘉	荊 軻	周文王	呂 尚	鮑	焦
曾 子	墨 子							

凡五十八。其間兩舉白圭、齊桓，三稱比干，四及荊軻。此絲毫不意味鄒
氏博學洽聞，徒見其用典功力甚拙劣，僅堪節略故事，弗克鎔裁，以至全
文如同暴發戶廳堂，各色古董悉數堆陳，全不成擺設格局。第三，姚鼐，
《古文辭類纂》（臺北：臺灣中華書局，1971），卷二八〈書說類四〉，
頁 2a-4b，於此文五言段落所記、各段要旨、段落間文意關係，是般解析
絕不見諸《類纂》所錄它文，何嘗緣其脈絡足法？豈不正因一無脈絡，致
何處章分義完俱無從悉，乃費此工夫？就文論文，鄒陽〈獄中上書自明〉
雖甚惡，然其於駢文發展史上之地位斷不容忽視。另闢蹊徑之作往往因爐
火尚未純青，難逃泥沙滿目之悲哀宿命，然其坎坷藍縷豈非適示轉捩點業
臨、康莊在望？此又豈蹈襲故轍以策安全之凡庸者流克呶呶弄舌？昭明殆
有見於是而取之歟？誠然，乃復示蕭《選》之卓犖不凡。

⑰ 《世說新語校箋》，上卷〈文學第四〉，第 79 條，頁 201。

人滑稽挖苦之感,譬之於半身風癱或絓纊大漸者榻前高歌「力拔山兮氣蓋世」般荒唐不協。苟有是種考量,前揭〈校獵〉、〈藉田〉、〈吳都〉等賦自遭摒棄。且既存大一統之想,則〈齊都〉、〈魯都〉等發皇地方意識之作自亦不容攬入。《文選》所擷京苑大賦自〈二京〉後,度越鄴下、三國諸作,逕接西晉,不惟左思〈三都〉入選,潘岳〈藉田〉、〈射雉〉亦登冊,蓋典午西朝雖享阼甚短,然一統中樞之局畢竟嘗存二十餘載。永興後,是類大賦如庾闡〈揚都〉「為世所重」❼、郭璞〈南郊〉見目艷逾〈清廟〉、〈雲漢〉,「穆穆以大觀」❼,雖亦粉黛盈案,終因遲暮,率見裁徹不御。然則蕭統及其學士於文章去取之際,碻有別識,《文選》歷千餘載而屹立,果非偶然。

╳　　　　╳　　　　╳

唯以上左見有待進一步辨明處。

〈三都〉中之魏乃王國,非朝代;所歌頌者乃王都鄴城,非篡漢稱帝後之京帥洛陽。易言之,魏與蜀、吳形同鼎足,勢俱偏霸,位份上實無差異。〈魏都〉末雖敘及受禪,然該章篇幅不及全首什一,迅即「籌祀有紀,天祿有終,傳業禪祚,高謝萬邦」❼。

---

❼　《晉書斠注》,卷九二〈文苑列傳‧庾闡傳〉,頁 1560。

❼　分見葛洪,《抱朴子》(臺北:臺灣中華書局,1980),〈外篇三十‧鈞世〉,頁 1b;《文心雕龍注》,卷十〈才略〉,頁 5b。筆者定稿後,得幸拜讀王琳,〈試論魏晉人對大賦的態度及魏晉大賦的地位問題〉,《第三屆國際辭賦學學術研討會論文集》(臺北:國立政治大學,1996),頁 173-86,稱引材料頗多重合,少部分解釋亦相印,讀者可自行參照異同。

❼　《文選》,卷六〈賦丙‧京都下〉,左思〈魏都賦〉,頁 108。此後引文

持〈魏都〉末有關方物土產之描述：

> 至於山川之偉詭，物產之魁殊，或名奇而見稱，或實異而可
> 書，生生之所常厚，洵美之所不渝……眞定之梨、故安之
> 栗，醇酎中山，流湎千日。淇、洹之筍、信都之棗、雍丘之
> 粱、清流之稻。錦繡襄邑、羅綺朝歌、縣纊房子、縑總清
> 河。若此之屬，繁富夥夠，非可單究，是以抑而未罄也。⑭

對照涿郡盧毓之〈冀州論〉：

> 冀州，天下之上國也。尚書何平叔、鄧玄茂謂其土產無
> 珍……異徐、雍、豫諸州也。盧釋曰：……南河以北，易水
> 以南，膏壤千里，天地之所會，陰陽之所交，所謂神州
> 也……常山爲林，大陸爲澤，蒹葭、蒲葦、雲母御席。魏郡
> 好杏、常山好梨、中山好栗、房子好綿、河內好稻、眞定好
> 稷，地產不爲無珍也。⑮

凡出自〈魏都賦〉者，不復揭書名，逕標〈魏都〉。

⑭ 〈魏都〉，頁 109-10。

⑮ 分見《初學記》，卷八〈州郡部・河東道第四〉，頁 176；《類聚》，卷
六九〈服飾部上・薦蓆〉，頁 1206、卷八七〈果部下・杏〉，頁 1487；
《太平御覽》，卷九六九〈果部六・梨〉，頁 4428、卷九六四〈果部
一・栗〉，頁 4410、卷八一九〈布帛部六・絮〉，頁 3774、卷八三九
〈百穀部・稻〉，頁 3882、卷八四〇〈百穀部四・稷〉，頁 3884。引文

復將〈魏都〉繼述留名史乘之魏地英傑一段：

> 其軍容弗犯，信其果毅，糾華綏戎，以戴公室，元勳配管敬
> 之績；歌鍾析邦君之肆，則魏絳之賢有令聞也。閑居臨巷，
> 室邇心遐，富仁寵義，職競弗羅，千乘爲之軾廬；諸侯爲之
> 止戈，則干木之德自解紛也。貴非吾尊，重士踰山，親御監
> 門，嗛嗛同軒，搦秦起趙，威振八蕃，則信陵之名若蘭芬
> 也。英辯榮枯，能濟其厄，位加將相，窒隙之策，四海齊
> 鋒，一口所敵，張儀、張祿亦足云也。⓱

較諸《類聚》卷二二〈人部六·品藻〉所收孔融〈汝潁優劣論〉：

> 融以爲汝南士勝潁川士，陳長文難，融答之曰：「汝南戴子
> 高親止千乘萬騎，與光武皇帝共於道中，潁川士雖抗節，未
> 有頡頏大于者也。汝南許子伯與其友人，共說世俗將壞，因
> 夜舉聲號哭，潁川雖憂時，未有能哭世者也。汝南府許掾教
> 太守鄧晨，圖開稻陂數萬頃，累世獲其功，夜有火光之瑞，
> 韓元長雖好地理，未有成功見効如許掾者也。汝南張元伯身
> 死之後，見夢范巨卿，潁川士雖有奇異，未有能神而靈者

中「異徐、雍、豫諸州」之「異」原誤作「冀」，從嚴可均，《全三國
文》，《全上古三代秦漢三國六朝文》（臺北：世界書局，1961）第三
冊，卷三五，頁8改。

⓱ 〈魏都〉，頁110-111。

也。汝南應世叔讀書五行俱下，潁川士雖多聰明，未有能離婁並照者也。汝南李洪爲太尉掾，弟煞人當死，洪自劾詣閤，乞代弟命，便飲鴆而死，弟用得全，潁川雖尚節義，未有能煞身成仁如洪者也。汝南翟子威爲東郡太守，始舉義兵，以討王莽，潁川士雖疾惡，未有能破家爲國者也。汝南袁公著，爲甲科郎，上書欲治梁冀，潁川士雖慕忠讜，未有能投命直言者也。

《三國志》卷三八〈秦宓傳〉：

先主既定益州，廣漢太守夏侯纂請宓爲師友祭酒，領五官掾，稱曰仲父。宓稱疾，臥在茅舍，纂將功曹古朴、主簿王普廚膳，即宓第宴談，宓臥如故。纂問朴曰：「至於貴州養生之具，實絕餘州矣，不知士人何如餘州也？」朴對曰：「乃自先漢以來，其爵位者或不如餘州耳，至於著作爲世師式，不負於餘州也。嚴君平見黃老，作《指歸》；揚雄見《易》，作《太玄》，見《論語》，作《法言》；司馬相如爲武帝制封禪之文，于今天下所共聞也。」纂曰：「仲父何如？」宓以簿擊頰曰：「願明府勿以仲父之言假於小草民……禹生石紐，今之汶山郡是也。昔堯遭洪水，鯀所不治，禹疏江決河，東注于海，爲民除害，生民已來，功莫先者……明府以雅意論之，何若於天下乎？」於是纂逡巡無以復答。

卷五七〈虞翻傳〉裴注引《會稽典錄》：

> 昔初平末年，王府君以淵妙之才，超遷臨郡，思賢嘉善，樂
> 采名俊，問功曹虞翻……王府君笑曰：「地勢然矣，士女之
> 名可悉聞乎？」翻對曰：「不敢及遠，略言其近者耳。往昔
> 孝子句章董黯盡心色養，喪致其哀，單身林野，鳥獸歸懷，
> 怨親之辱，白日報讎，海內聞名，昭然光著。太中大夫山陰
> 陳囂漁則化盜，居則讓鄰，感侵退藩，遂成義里，攝養車
> 嫗，行足厲俗，自揚子雲等上書薦之，粲然傳世。太尉山陰
> 鄭公清亮質直，不畏彊禦。魯相山陰鍾離意秉特殊之姿，孝
> 家忠朝，宰縣相國，所在遺惠，故取養有君子之蓍，魯國有
> 丹書之信，及陳宮、費齊，皆上契天心，功德治狀記在漢
> 籍。有道山陰趙曄、微士上虞王充各洪才淵懿，學究道源，
> 著書垂藻，絡繹百篇，釋經傳之宿疑；解當世之槃結，或上
> 窮陰陽之奧秘；卜據人情之歸極。交阯刺史上虞綦母俊拔濟
> 一郡，讓爵土之封。決曹掾上虞盂英三世死義。主簿句章梁
> 宏、功曹史餘姚駟勳、主簿句章鄭雲皆敦終始之義，引罪免
> 居。門下督盜賊餘姚伍隆、鄮主簿任光、章安小吏黃他身當
> 白刃，濟君於難。揚州從事句章王脩委身授命，垂聲來世。
> 河內太守上虞魏少英遭世屯寨，忘家憂國，列在八俊，爲世
> 英彥。尚書烏傷楊喬，桓帝妻以公主，辭疾不納。近故太尉
> 上虞朱公天姿聰亮，欽明神武，策無失謨，征無遺慮，是以
> 天下義兵思以爲首。上虞女子曹娥父溺江流，投水而死，立
> 石碑紀，炳然著顯。」

王府君曰：「是既然矣！穎川有巢、許之逸軌；吳有太伯之
三讓，貴郡雖士人紛紜，於此足矣。」翻對曰：「故先言其
近者耳。若乃引上世之事及抗節之士，亦有其人。昔越王翳
讓位，逃于巫山之穴，越人薰而出之，斯非太伯之儔邪？且
太伯，外來之君，非其地人也。若以外來言之，則大禹亦巡
於此而葬之矣。鄞大里黃公潔己暴秦之世，高祖即阼，不能
一致；惠帝恭讓，出則濟難。微士餘姚嚴遵，王莽數聘，抗
節不行；光武中興，然後俯就，矯手不拜，志陵雲日。皆著
於傳籍，較然彰明，豈如巢、許，流俗遺譚、不見經傳者
哉？」王府君笑曰：「善哉！話言也；賢矣，非君不著，太
守未之前聞也。」

昭然可見：〈三都〉乃東漢以降郡國豪右標榜鄉里、互較勝負風尚
下之產物。差異特在一為辯士之辭，所謂「話言」；一為文人之
賦，所謂「篇章」[117]，前者散敘；後者韻寫，乃至物色描繪於前者
率付闕如，章法結構及變化亦遠不足與後者相侔。惟兩下體式之重
合（如客主問對、先譏中駁終服）；篇幅之宏大（似虞氏之對，雖
置諸揚、班賦作之林，亦不遑多讓，此所以筆者不煩彌引），幾不
辨東西。時賢用是嘗以辯士之辭與文人之賦比況。《三國志》卷二
九〈管輅傳〉裴引注引管辰〈管輅別傳〉載：

---

[117] 《文選·序》，頁 2。《文選》不取該等聲「流千載」之「語」、「賢人
之美辭」，拙作〈賦源平章之隅〉，第三節、注 60，本書，頁 31-2 嘗道
及，可參看。

琅邪太守單子春……聞輅一黌之雋，欲得見輅，父即遣輅造
之。大會賓客百餘人，坐上有能言之士……問子春：「今欲
與輅爲對者，若府君四坐之士邪？」子春曰：「吾欲自與卿
旗鼓相當。」……（輅）於是唱大論之端，遂經於陰陽，文
采葩流，枝葉橫生……子春及眾士互共攻詰，論難鋒起，而
輅人人答對，言皆有餘，至日向暮，酒食不行。子春語眾人
曰：「此年少盛有才器，聽其言論，正似司馬犬子游獵之
賦，何其磊落雄壯，英神以茂……。」

尤其，彼等標榜鄉里物庶人傑，必須根諸事實，所謂「著於傳籍、
較然彰明」者，方不克見破，焉能粗取「流俗遺譚、不見經傳者」
爲虛飾？與左思〈三都賦·序〉賦作尚實之主張：

> 考之果木，則生非其壤；校之神物，則出非其所，於辭則易
> 爲藻飾；於義則虛而無徵……余旣思摹〈二京〉而賦〈三
> 都〉，其山川城邑則稽之地圖；其鳥獸草木則驗之方志，風
> 俗歌舞各附其俗；魁梧長者莫非其舊，何則……美物者貴依
> 其本；讚事者宜本其實，匪本匪實，覽者奚信？[176]

全然闇合。斯豈節然乎？抑淵源有自，復值時流運會後之必然歟？
然則〈三都〉實乃〈齊都〉、〈魯都〉彼等歌頌地方都邑賦作之集
大成并拔乎庶類者。惟全賦落幕前，情節發展已臻蜀社告屋，魏禪

---

[176] 《文選》，卷四〈賦乙·京都中〉，頁 76。

於晉，而滅吳在望，所謂：

> 揆既往之前迹，即將來之後轍，成都迄已傾覆，建鄴則亦顛
> 沛……權假日以餘榮，比朝華而蓓蕾，覽〈參秀〉與〈黍
> 離〉，可作謠於吳、會。

混同書車之勢已成，爰高揭正統大義：

> 亮曰：日不雙麗，世不兩帝。[179]

既不悖乎蕭氏取舍大賦之原則，故獨蒙顧錄。

究其實，何啻〈三都〉？〈兩都〉、〈二京〉等作業屬地方勢力托名中央爭鋒。彼方乃關西豪右，如杜篤、馬融；此方則關東士族，如崔駰、張衡[180]。前、後漢政治文化高下之歷史之爭，與關隴、伊洛鄉土利益之地理優劣之辨交錯相包，然兩下弦箭文章畢竟猶於九州攸同下行之。

---

[179] 以上引文分見〈魏都〉，頁112、113。

[180] 自《漢書》，卷一百上〈敘傳〉，頁1760，知：自班固曾祖況即占數長安，故籍里稱扶風；自《後漢書》，卷四十上〈班固傳·奏記東平憲王蒼〉，頁479-80，所薦六子四隸三輔、一涼州、一弘農，可見班固非無地方觀念。及賦〈兩都〉時，竟背鄉向君、關門反拒，此或亦所以見陋平子之一因乎？又，東漢末，隴西臨洮之董卓遷都長安，沛國譙縣之曹操迎帝駐蹕許昌，此一遷一返固皆有當時軍、政現實上之考量與無奈，然個中豈全無鄉里意識、盤根錯節勢力所在作祟，則兩都之爭終東漢之世矣！

《藝概》卷三〈賦概〉條九五嘗云：

> 賦兼列敘二法：列者，一左一右，橫義也；敘者，一先一
> 後，豎義也。

斷章取義，頗足說明〈兩都〉、〈二京〉之特性：敘、列兼包，
縱、橫交揉。即此一巒，冠弁蕭《選》，豈不宜哉？

結　語

漢賦名物瑰繁，字詞古僻，籀閱者素難以終篇。而〈兩都〉、
〈二京〉篇幅浩大，達《文選》原編二十分之一，益令人生畏。況
茲二賦撰作動機複雜——既有個人學術信念之揭唱，復夾雜鄉里利
益，並取媚功令之嫌疑，兼之其於賦史、文化史上蘊涵之意義多端
——如轉諷爲頌、崇今卑古、反秦意識之倫，苟非匯貫經、史，出
入諸子、雜鈔，嫻諳先後鋒起眾作，縱宮牆亦蒙然不辨所在，遑言
及肩否，窺內在之美富？曼倩云談何容易，於斯取徵。昔人於二賦
高予位置，苟千餘載非盡閉目吠聲之人，則棄是不究，猶如何元元
本本疏講中國中古文學史，即非拙於用巧若我者克悉。爰不自量
力，甘心蚩毀，勉草此學習箋記，以補白焉。

惟事有出乎意表；趣乃繫於文外。東京西都，王霸齟齬歷百葉
而投影；金陵水苑，資社頡頏隔一淵而回聲，雙遣俱是，殊乖判教
之眞諦；師張踵杜，豈符興國之良津？燃脂弄墨，境異寒柳；吮毫
搔首，惑甚亡楊。子山之悲困久染，舜水之它卜早倦，頹齡尙遠，

飽飯已終日；永夜堪消，飣餖幸成疾。

（先發表於中央研究院《中國文哲研究集刊》13 期，1998 年 11 月）

論張衡〈歸田賦〉

建安以來，學圍文林一提到欽仰的前朝作家，每每以張（衡）、蔡（邕）并稱，如《三國志》卷二一〈王粲傳〉裴松之注引曹丕《典論》：

> 如粲之〈初征〉、〈登樓〉、〈槐賦〉、〈征思〉，幹之〈玄猨〉、〈漏卮〉、〈圓扇〉、〈橘賦〉，雖張、蔡不過也，然於他文未能稱是。

卷四二〈杜周杜許孟來尹李譙郤傳〉陳壽評：

> 郤正文辭粲爛，有張、蔡之風。

《陸士龍集》卷八〈與平原書〉第十七：

> 今兄有張、蔡之懷，得此乃懷怖也。

魏、蜀、吳三方各自品評本國秀異，卻不約而同以張、蔡標譽，足見二家卓倫乃時人通議。而渡江以後猶然，如《文選》卷十七〈賦

壬・論文〉所收陸機〈文賦〉作者名下注引臧榮緒《晉書》❶：

> （機）天才綺練，當時獨絕，新聲妙句係蹤張、蔡。

沈約《宋書》卷六七〈謝靈運傳・史臣曰〉矜誇歷代才人未睹聲響低昂此秘時說：

> 張、蔡、曹、王曾無先覺，潘、陸、顏、謝去之彌遠。

顯然視張、蔡爲東京之俊，方克與身爲建安之傑的曹、王，太康之英的潘、陸，元嘉之雄的顏、謝類比并論。張、蔡所以連稱，當然是因爲二人有許多類似的地方❷，《文心雕龍》卷十〈才略〉就

---

❶ 李善注，《文選》（臺北：藝文印書館，1971）附胡克家，《文選考異》，卷三〈文賦・注機字士衡下至係蹤張蔡〉條，頁 57：「袁本、茶陵本無此一百字，有陸機二字。案：士衡自於〈歎逝賦〉下注訖，增多全非」；《景印宋本五臣集注文選》（臺北：國立中央圖書館，1981。以下簡稱《五臣本》），卷九〈賦壬・文賦〉，頁 1a，作者名下全無注文，但此爲臧書故文當無疑義。

❷ 好比二人俱擅天文曆算，瞿曇悉達撰，《開元占經》（長沙：岳麓書社，1994），卷一〈天體渾宗〉引晉侍中劉智〈論天〉，頁 14：「自司馬遷、劉向、劉歆、揚雄、賈逵、張衡、蔡邕、劉洪、鄭玄此九君者不但精于算步，皆博索沈綜，才思弘遠……」；又俱志撰史書，見王先謙，《後漢書集注》（臺北：藝文印書館，1972。以下簡稱《後漢書》），卷五九〈張衡傳〉（以下簡稱〈衡本傳〉），頁 689，及卷六十下〈蔡邕傳〉，頁 712。

說：

> 張衡通贍，蔡邕精雅，文史彬彬，隔世相望。

以至東晉末葉裴啓的《語林》就已記下了先時的傳說：

> 張衡之初死，蔡邕母始孕，此二人才貌相類，時人云：邕是
> 衡之後身。❸

那些類似的地方往往正是漢季以來欽仰所在，好比二人都善於「捃
摭經史，華實布濩，因書立功，皆後人之範式也」❹。時尚貿遷，
品評標準自會隨之轉易，以至受矚目的作品古今不一。以張衡而

---

❸ 李昉等撰，《太平御覽》（京都：中文出版社，1980。以下簡稱《御
覽》），卷三六○〈人事部一・孕〉，頁 1660 引，又見於卷三九六〈人
事部・相似〉，頁 1831。有關裴啓《語林》撰述的情況及可信度，請參
看楊勇，《世說新語校箋》（臺北：明倫出版社，1971），卷四〈文
學〉，第 90 條，頁 207；卷二六〈輕詆〉，第 24 條及劉孝標注引檀道
鸞，《續晉陽秋》，頁 632-3。梁殷芸《小說》也有同樣記載，見李昉等
撰，《太平廣記》（臺北：文史哲出版社，1981），卷一六四〈蔡邕〉
條，頁 1190，自注：「出商芸《小說》」。易殷作商乃爲避宋太祖父趙
弘殷的名諱。有關殷芸《小說》於史料上的功能，請參看唐蘭，〈輯殷芸
小說并跋〉，《周叔弢先生六十生日紀念論文集》（香港：龍門書店，
1967），頁 226-7 及周一良，《魏晉南北朝史札記》（北京：中華書局，
1985），《晉書》札記，〈持尺威帝〉條，頁 48-9。
❹ 范文瀾，《文心雕龍注》（臺北：臺灣開明書局，1970），卷八〈事
類〉，頁 9b。

言，江東名賢楊泉在《物理論》中說：「平子〈二京〉文章卓然」
❺；西州高士皇甫謐撰〈三都賦序〉時稱：「張衡〈二京〉」乃
「近代辭賦之偉也」❻；系出魏、晉盛門的夏侯湛〈張平子碑〉推
許他「文爲辭宗」❼，「自屬文之士未有如先生之善選言者也」
❽，具體指涉就在於他那幾篇包括〈二京賦〉在內的皇皇巨製，所
謂：

> 若夫巡狩詰頌，所以敷陳主德；〈二京〉、〈南都〉，所以
> 贊美畿輦者，與〈雅〉、〈頌〉爭流❾。

江左未改，故《抱朴子・外篇》卷三十〈鈞世〉以「汪濊博富」譽
〈二京〉，爲《毛詩》所不及；《南齊書》卷五二〈文學・陸厥
傳〉所載〈與沈約書〉中說：

> 平子恢富，〈羽獵〉不累於憑虛。

而今人則常提他的〈歸田賦〉，貪彼篇幅短小、字詞平易外，自可

---

❺ 《文選》，卷二〈賦甲・京都上〉所收張衡〈西京賦〉作者名下李善注
　引，頁37。
❻ 《文選》，卷四五〈序上〉，頁653。
❼ 洪适，《隸釋》，嚴耕望編，《石刻史料叢書》甲編（臺北：藝文印書
　館，1969），第二冊，卷十九，頁19b。
❽ 同上，頁20a。
❾ 同注❼。

有別識心裁，然總應在掌握內容和作品性質之後，否則抑兮揚兮都
不過囈說夢囈。為下文討論便利計，謹根據《文選》卷十五〈賦
辛·志中〉所載，將賦文凡二百一十二字謄錄於下：

> 遊都邑以永久，無明略以佐時，徒臨川以羨魚，俟河清乎未
> 期。感蔡子之慷慨，從唐生以決疑。諒天道之微昧，追漁父
> 之同嬉。超埃塵以遐逝，與世事乎長辭。於是仲春令月，時
> 和氣清；原隰鬱茂，百草滋榮；王雎鼓翼，鶬鶊⑩哀鳴，交
> 頸頡頏，關關嚶嚶，於焉逍遙，聊以娛情。爾乃龍吟方澤，
> 虎嘯山丘。仰飛纖繳，俯釣長流。觸⑪矢而斃，貪餌吞鉤。
> 落雲間之逸禽，懸淵沉之鯊鰡。于時曜靈俄景，係⑫以望
> 舒，極般⑬遊之至樂，雖日夕而忘劬。感老氏之遺誡，將⑭
> 迴駕乎蓬廬。彈五絃之妙指，詠周、孔之圖書，揮翰墨以

---

⑩ 鶬鶊，歐陽詢等撰，《藝文類聚》（臺北：文光出版社，1977。以下簡稱
《類聚》），卷三六〈人部二十·隱逸上〉，頁 644、《五臣本》，卷
八，頁 10a、《宋本六臣注文選》（臺北：廣文書局，1979。以下簡稱
《六臣本》），卷十五，頁 287，俱作倉庚。《文選考異》，卷三，〈歸
田賦·鶬鶊哀鳴〉條，頁 52 說：「袁本、茶陵本……二本是也，注中字
作『倉庚』可證。」

⑪ 觸，《五臣本》作解，非是。觸矢、貪餌乃分別照應下兩句的禽落、魚懸
而言，主詞是禽、魚，與上兩句的仰飛、俯釣主詞乃作者不同。

⑫ 係，《類聚》，頁 645、《五臣本》、《六臣本》，俱作繼。

⑬ 般，《類聚》、《五臣本》、《六臣本》，俱作盤。

⑭ 將，《類聚》、《五臣本》，俱作且。

奮藻，陳三皇之軌模⑮。苟縱心於物⑯外，安⑰知榮辱之
所如⑱？

×　　　　×　　　　×

從結構的形式層面來說，賦中共用「於是」、「爾乃」、「于
時」三個轉接詞。熟悉漢賦的人都清楚：這些乃發端別起的慣用語
⑲，如司馬相如〈子虛賦〉在擴大性的四至描述後，三次使用「於
是」⑳引領構成全賦主幹的三大段；〈上林賦〉則九次以「於是

---

⑮　模，《五臣本》作範，非是。範為談部字，與本段韻腳不協。

⑯　物，《文選》，卷十三〈賦庚‧物色〉所載謝惠連〈雪賦〉，「何慮何
　　營」善注引〈歸田賦〉，頁 200、《類聚》、《五臣本》、《六臣本》，
　　頁 288，俱作域。

⑰　安，《類聚》、《五臣本》，俱作焉。

⑱　如，《類聚》作拘，非是。《文選》，頁 228，善注：「班固《漢書》述
　　賈鄒枚路曰：『榮如辱如，有機有樞』……張晏曰：『乍榮乍辱；如，辭
　　也。』」對照《文選》，卷十三〈賦庚‧鳥獸上〉所載張華〈鷦鷯賦〉，
　　頁 207：「普天壤以遐觀，吾又安知大小之所如」、郭茂倩，《樂府詩
　　集》（臺北：里仁書局，1980），卷六七〈雜曲歌辭七〉所載張華〈遊獵
　　篇〉仿本賦的尾章，頁 970：「至人同禍福，達士等生死，榮辱渾一門，
　　安知惡與美？遊放使心狂，覆車難再履，伯陽為我誡，檢跡投清軌」，知
　　善注為是。

⑲　可參王利器，《文鏡秘府論校注》（北京：中國社會科學出版社，
　　1983），北卷〈論對屬‧句端〉，頁 494-503。

⑳　瀧川龜太郎，《史記會注考證》（臺北：藝文印書館，1972。以下簡稱
　　《史記》），卷一一七〈司馬相如傳〉，頁 1211，「於是楚王乃弭節裴
　　回……」、頁 1212，「於是楚王乃登陽雲之臺……」、「於是王默然無
　　以應僕也」，三處的「於是」不計。

乎」、四次「於是」、兩次「若夫」、一次「然後」㉑冠於段首。
其次，賦一開始，押東漢之部韻——時、期、疑、嬉、辭，然後隨
著三次發端別起，三度換韻：清、榮、鳴、嚶、情的東漢耕部韻；
丘、流、鰡與鉤的東漢幽、魚通押；舒、劬、廬、書、模、如的東
漢魚部韻㉒。因此，我們很容易得到全賦分四段的推論，但如果段
落畫分以意義為主，所謂「宅情曰章」㉓，「一章之間事理可結」
㉔，而作家又不一定都能在短小篇製中使形貌起訖與命義發展密合
㉕，則我們不能不捨形扣情，如此一來反立刻會發現全賦實以
「遊」為關鍵概念，採漸昇的方式分為三段：

　　(一)遊於宦——開篇「遊都邑以永久」就點明了。倦遊後決定

㉑　前揭書，頁 1214，「然後灝漾潢漾……」、頁 1218，「然後浸潭促
　　節……」，兩處的「然後」不計。

㉒　請參羅常培、周祖謨，《漢魏晉南北朝韻部演變研究》（北京：科學出版
　　社，1958），第一分冊，第三章〈兩漢韻部分論·陰聲韻〉，頁 21-2、第
　　四章〈兩漢韻部之間通押的關係·東漢時期〉，頁 58、第七章〈個別方
　　言材料的考查·張衡、蔡邕的韻文〉，頁 103-4。

㉓　《文心雕龍注》，卷七〈章句〉，頁 21b。

㉔　《文鏡秘府論校注》，南卷〈論體〉，頁 336。

㉕　長篇巨製自然很難一段一韻，即使勝任，也會流於板滯，故《文心雕龍
　　注》，卷七〈章句〉，頁 22b 說：「改韻從調，所以節文辭氣……百句不
　　遷，則唇吻告勞」，但短幅小品既無此顧慮，也宜如是。試觀《文選》，
　　卷十一〈賦己·遊覽〉所收王粲〈登樓賦〉，頁 166-7，三段三韻，依序
　　是三國侯、侵、職部，而且各段都無通押狀況。〈登樓賦〉共三百二十九
　　字，較諸〈歸田賦〉猶多出三分之一，可見這是個人藝術功力問題，非關
　　篇幅多寡。

「追漁父以同嬉」，說嬉也就等於在說遊❷，配合下句「超塵埃以遐逝」，可謂這將是遠（遐）遊（嬉）。由此啓下文。

(二)遊於野——「於是」一節描繪所處的客境，以「於焉逍遙，聊以娛情」作結（逍遙❷、娛❷實乃遊的另一種表示法），接著的「爾乃」一節就是主體活動的具實例示：仰射俯釣。這番嬉娛直至「日夕」，故用「極般遊之至樂」總括。經由念及「馳騁田獵令人心發狂」❷這針對遊的誡語而「將迴駕乎蓬廬」的告白，賦的內容也同時轉折了。

(三)遊於藝——「彈五絃之妙指」四句乃所遊的具體內容；「安知榮辱之所如」乃遊於藝獲致的效應，所謂真正的

---

❷ 《史記》，卷一一七〈司馬相如傳〉所載〈上林賦〉，頁 1217：「若此輩者數千百處，嬉游往來」、《文選》，卷十三〈賦庚‧鳥獸上〉所收禰衡〈鸚鵡賦〉，頁 205：「故其嬉游高峻，栖跱幽深」、卷十八〈賦壬‧音樂下〉所收嵇康〈琴賦〉，頁 264：「非夫曠遠者不能與之嬉遊；非夫淵靜者不能與之閑止」，可見嬉游（遊）乃漢、魏文士慣用的相關義複詞。

❷ 鄭玄，《毛詩鄭箋》（臺北：臺灣中華書局，1967），卷十一〈小雅‧鴻雁之什‧白駒〉，頁 4b：「所謂伊人，於焉逍遙」，鄭氏以「於何遊息乎」訓讀次句。

❷ 盧弼，《三國志集解》（臺北：藝文印書館，1972），卷五九〈吳主五子傳‧孫和傳〉，頁 1114：「夫人情固不能無嬉娛，嬉娛之好亦在於飲晏琴書射御之閒」、《文選》，卷二四〈詩丙‧贈答二〉所收潘岳〈爲賈謐作贈陸機〉，頁 358：「嬉娛絲竹‧撫幹舞韶」。

❷ 《老子道德經河上公章句》（北京：中華書局，1993），卷一〈檢欲第十二〉，頁 45。

「至樂」。賦文中雖不見遊字，但實涵此義，詳下文。
經過這番清理，也立刻可使我們發現：「遊於野」這最佔篇幅的一
大段並非全賦命義所在，仍屬過渡階段，否則無須在倦於遊宦、
「長辭」官場後再度「迴駕」；同時，既用「誠」這負面意義的語
詞，可見不以「遊於野」爲然，否則在已「超埃塵」後猶說「縱心
於物外」就成了贅語。作者顯然認爲只有在「周、孔之圖書」、
「三皇之軌模」中才能安身立命，所謂真逍遙，以臻外物的境界。
只是他採取圖窮匕見的手法，非盡展畋獵之娛（「極……樂」），
不足顯彌高一域。

　　在繼續討論之前，我們須要面對一個可能的質疑：張衡身處東
漢中葉，會有如筆者形容：「真逍遙以臻物外」那般濃烈的莊學觀
念嗎？首先，應指出：《莊子》一書在兩漢雖非顯學，但上自劉
安，下至馬融，都嘗注論過《莊子》[30]，向秀以前「注《莊子》者
數十家」[31]，以東漢人士居半殆不爲過。其次，以張衡自身來說，
《類聚》卷十七〈人部一・髑髏〉所收的張衡〈髑髏賦〉全篇等於
在以賦體重演《莊子》卷六下〈至樂・莊子之楚章〉，就算對該賦
作者歸屬的可信性持保留態度[32]，因「觀者觀余去史官五載而復

---

[30]　請參江世榮，〈有關《莊子》的一些歷史資料〉，《文史》第一輯，
　　　（1962年），頁221-4。

[31]　《世說新語校箋》，卷四〈文學〉，第17條，頁157。

[32]　《類聚》，卷十七〈人部一・髑髏〉，頁321-2所收曹植〈髑髏説〉、呂
　　　安〈髑髏賦〉與張作大同小異，張衡名下的〈髑髏賦〉未始不可能係魏、
　　　晉文士的擬作。請參王瑤，《中古文學史論》（臺北：長安出版社，
　　　1975），〈中古文人生活・擬古與作僞〉，頁110-34。

還……以爲失志矣」❸❸而作的〈應閒〉：

> 曾何貪於支離，而習其孤技邪❸❹？
> 子憂朱泙曼之無所用，吾恨輪扁之無所教也。
> 吾感去蟻附鷗，悲爾先笑而後號也❸❺。

明顯在分別使用《莊子》卷十上〈列禦寇・朱泙漫學屠龍於支離益章〉、卷五中〈天道・桓公讀書於堂上章〉、卷六下〈秋水・公孫龍問於魏牟章〉及〈惠子相梁章〉這四個典故，張衡閑悉《莊子》是毋庸置疑的。誠然，當時五十二篇本的《莊子》摻有不少「或似《山海經》、或類《占夢書》」❸❻的詭誕之辭，注家或多不免黃、老方士觀點，張衡未必能如正始後人那般得其玄致、究其旨要❸❼，但試觀《漢書》卷一百上〈敘傳〉有關他堂伯班嗣的一段記述：

> 嗣雖修儒學，然貴老、嚴之術，桓生欲借其書，嗣報曰：
> 「若夫嚴子者，絕聖棄智，修生保眞，清虛淡泊……不爲世

❸❸ 〈衡本傳〉，李賢注引《張衡集》，頁 677。

❸❹ 〈衡本傳〉，頁 678。

❸❺ 同上，頁 680。

❸❻ 陸德明，《經典釋文》，《四部叢刊初編》（臺北：臺灣商務印書館，1979），第三冊，卷一〈莊子敘錄〉引郭象語，頁 17。

❸❼ 吳士鑑、劉承幹，《晉書斠注》，卷四九〈向秀傳〉，頁 942：「莊周著〈內〉、〈外〉數十篇，歷世才士雖有觀者，莫通論其旨統也。秀乃爲之隱解，發明奇趣，振起玄風。」

俗所役者也⋯⋯不絓聖人之罔，不齅驕君之餌，蕩然肆志⋯⋯今吾子已貫仁誼之羈絆，繫名聲之韁鎖⋯⋯既繫攣於世教矣，何用大道為自眩曜？昔有學步於邯鄲者⋯⋯恐似此類。」故不進。

不正可證實：以名利為韁索、視聲色猶羅網乃人類相當普遍的經驗，遑言像班、張這些讀過《莊子》的人？實不待隱解大扇後方能悟解。

×　　　×　　　×

前面是在運用上下文脈絡、關鍵詞彙這兩項原則來解讀張衡的〈歸田賦〉，事實上，我們還可從以經解經中獲得印證。試按諸張衡的〈思玄賦〉：

〈歸田〉	〈思玄〉
遊都邑以永久，無明略以佐時。	既娇麗而鮮雙兮，非是時之攸珍⋯⋯ 辛二八之逅虞兮，喜傅說之生殷⋯⋯ 感鸞鶲之特棲兮，悲淑人之稀合❸。
俟河清乎未期。	冀一年之三秀兮，遒白露之為霜，時靄靄而代序兮，疇

---

❸　〈衡本傳〉，頁682。

感蔡子之慷慨，從唐生以決疑。

涼天道之微昧，

追漁父以同嬉。

超埃塵以遐逝，與世事乎長辭。

於是仲春令月，時和氣清；
原隰鬱茂，百草滋榮；
王雎鼓翼，鶬鶊哀鳴，交頸

可與乎比伉？

心猶與而狐疑兮，即歧阯而攄情，文君為我端蓍兮……❸。

黃靈詹而訪命兮，摎天道其焉如。曰：「……神遠昧其難覆兮，疇克謨而從諸……死生錯而不齊兮，雖司命其不晰……夫吉凶之相仍兮，恆反側而靡所……親所睎而弗識兮，刓幽冥之可信……❹」

咎妒娭之難並兮，想依韓以流亡❹。

翾鳥舉而魚躍兮，將往走乎八荒。

簡元辰而儆裝❹。
天地烟熅，百卉含蘳。
鳴鶴交頸，雎鳩相和❹。

❸　同上，頁 683。
❹　同上，頁 685。
❹　同注❸。
❹　〈衡本傳〉，頁 684。
❹　同上，頁 687。

頡頏，關關嚶嚶。

仰飛纖繳，俯釣長流……落雲間之逸禽，懸淵沉之魦鰡。

極般遊之至樂，

感老氏之遺誡，

將迴駕乎蓬廬。

彈五絃之妙指，詠周、孔之圖書，揮翰墨以奮藻，陳三皇之軌模。

苟縱心於物外，安知榮辱之所如？

建岡車之幕幕兮，獵青林之芒芒，彎威弧之撥剌兮，射嶓冢之封狼。

雖邀遊以媮樂兮❹，

惟盤逸之無斁兮，懼樂往而哀來❺。

收疇昔之逸樂兮，卷淫放之遐心。

倐眩眩兮反常閭。

御六藝之珍駕兮，遊道德之平林，結典籍而為罟兮，毆儒、墨而為禽，玩陰陽之變化兮，詠〈雅〉、〈頌〉之徽音，嘉曾氏之〈歸耕〉兮，慕歷陵之欽丕。

苟中情之端直兮，莫吾知而不愍。墨無為以凝志兮，與仁義乎消搖❻。

---

❹ 同上，頁 688。

❺ 同注❸。

❻ 同注❹。

〈思玄賦〉末總「繫一賦之前意❼」的「系曰」尤其能將它與〈歸田賦〉并途一致表現得清清楚楚:「天長地久歲不留,俟河之清祇懷憂」就是「遊都邑以永久」、「俟河清乎未期」;「願得遠度以自娛」、「超踰騰躍絕世俗」相應於「追漁父以同嬉。超埃塵以遐逝」;「精結遠遊使心攜」乃「感老氏之遺誡」的另一種表示法;「回志朅來從玄謀」正是「迴駕乎蓬廬」後「詠周、孔之圖書」、「陳三皇之軌模」的縮寫;「獲我所求夫何思❽」豈非「縱心於物外,安知榮辱之所如」的同趣異構?

　　這番比對不單可證實上文對〈歸田賦〉的分段和標旨並非筆者將一己構想投射到作品上,實係作品自身待啓發的供承,更提供了辨識它在文學上位份的基礎。

×　　　　　×　　　　　×

　　首先,漢人每當舖敍完宮室、聲色、畋獵等巨麗壯觀,總以指出向上一路作結。如枚乘〈七發〉:

> 客曰:「將爲太子奏方術之士有資略者,若莊周、魏牟、楊朱、墨翟、便蜎、詹何之倫,使之論天下之釋微,理萬物之是非,孔、老覽觀,孟子持籌而算之,萬不失一,此亦天下要言妙道也,太子豈欲聞之乎?」於是太子據几而起,曰:「渙乎!?」若一聽聖人辯士之言,忽然汗出,霍然病已。❾

---

❼　《文選》,卷十五〈賦辛・志中〉,善注,頁227。

❽　以上「系曰」引文俱見〈衡本傳〉,頁688。

❾　《文選》,卷三四〈七上〉,頁493。

司馬相如〈上林賦〉：

> 於是酒中樂酣，天子芒然而思，似若有亡，曰：「嗟乎！此
> 泰奢侈……非所以爲繼嗣創業垂統也。」於是乃解酒罷
> 獵……游于六藝之囿，騖乎仁義之塗，覽觀《春秋》之林，
> 射〈貍首〉，兼〈騶虞〉，弋玄鶴，建干戚，載雲罕，揜群
> 雅，悲〈伐檀〉，樂樂胥，修容乎《禮》園，翱翔乎《書》
> 圃，述《易》道，放怪獸，登明堂，坐清廟，恣群臣，奏得
> 失，四海之內靡不受獲⑩。

揚雄〈羽獵賦〉：

> 上猶謙讓而未俞也……奢雲夢，侈孟諸，非章華，是靈臺，
> 罕徂離宮，而輒觀游……創道德之囿，弘仁惠之虞，馳弋乎
> 神明之圃，覽觀乎群臣之有亡……崇賢聖之業，末皇苑囿之
> 麗、游獵之靡也⑪。

〈歸田賦〉先敘於野逍遙，射釣娛情，所謂「極般遊之至樂」，接
著就迴駕依歸道藝，「遊道德之平林」，「與仁義乎消搖」，也就
是班固〈兩都賦〉末連排對比：

---

⑩　《史記》，卷一一七〈司馬相如傳〉，頁 1220-1。

⑪　王先謙，《漢書補注》（臺北：藝文印書館，1972。以下簡稱《漢
　　書》），卷八七上〈揚雄傳〉，頁 1529-30。

秦嶺、九嵕、涇、渭之川曷若四瀆、五嶽、帶河汧洛圖書之
淵？建章、甘泉館御列仙孰與靈臺、明堂統和天人？太液、
昆明、鳥獸之囿曷若辟雍海流道德之富？游俠踰侈、犯義、
侵禮孰與同履法度、翼翼濟濟也❺❷？

所欲昭揭道德富貴、仁義膏腴的優越性。可見〈歸田賦〉較諸〈七
發〉等固然篇幅銳減、奢侈排場匿跡、瑋詞奇字杳然、果木鳥獸褪
盡神異色彩，降爲日常可經驗到的百草和王雎等物、主人翁由帝王
易作臣民❸、敘事角度由第三者轉成作者自身❺❹、諷人轉爲自誡，
基本格局仍是道地的漢賦步武。

　　其次，〈思玄賦〉在形式上乃十足的騷體賦，五分之四的篇幅
可謂取〈離騷〉爲範，揉以〈遠遊〉、〈招魂〉而成，朱熹《楚辭

---

❺❷　《文選》，卷一〈賦甲・京都上〉，頁 34-5。

❺❸　畋獵這類題材的賦，就統治者而言，原本確有「潤色鴻業」的用意，但並
　　非意謂它專屬御用，不得用來描述臣民的同類活動。《文選》，卷九〈賦
　　戊・畋獵下〉收錄潘岳的〈射雉賦〉，射雉豈唯君舉？皁隸亦預焉。同
　　時，〈射雉賦〉末，頁 145，說：「若乃耽槃流遁，放心不移，忘其身
　　恤，司其雄雌，樂而無節，端操或虧，此則老氏所誡，君子不爲」，簡直
　　是〈歸田賦〉第二段末的改版。可見將〈歸田〉與〈上林〉、〈羽獵〉齊
　　觀，並無僭越不倫之嫌。

❺❹　《漢書》，卷九七下〈外戚傳〉所載班婕妤〈自悼賦〉，頁 1694-5、《後
　　漢書》，卷五二〈崔駰傳〉所載崔篆〈慰志賦〉，頁 611-2、《文選》，
　　卷九〈賦戊・紀行上〉所載班彪〈北征賦〉，頁 146-8，都是張衡〈歸田
　　賦〉以前，採第一人稱撰寫的短篇賦作，足見篇幅是否短小、敘述角度是
　　否用第一人稱並非判別漢賦的適當標準，更不得作爲張衡〈歸田賦〉下啓
　　魏、晉流制的推論依據。

集注》就將它收在附錄的〈楚辭後語〉卷三中，但在最底層的精神意識上則斷非楚靈餘影。全賦以變卦、互體式解析下的〈遯〉卦（☰☶）：

> 利飛遯以保名。歷眾山以周流兮，翼迅風以揚聲，二女感於崇岳兮，或冰折而不營。天蓋高而爲澤兮，誰云路之不平？酚自強而不息兮，蹈玉階之嶢崢❺❺。

爲主幹，重點落在暗用的〈泰〉九三爻辭：「無平不陂，無往不復❺❻」上，所謂「天蓋高而爲澤兮，誰云路之不平」。然後分別假借三次占問——文王布蓍、黃帝論命、巫咸解夢❺❼——爲股，每次占問畢展開神遊，共三度往復。而通篇因「仰先哲之玄訓兮，雖彌高其弗遠」❺❽，而「悲淑人之稀合」，「咨妒媤之難並」，歷經三番遐覽，至終「反常閭」，「修初服之娑娑」，「共夙昔而不貳兮，固終始之所服」，認爲「何必歷遠以劬勞」❺❾，更是一大往復❻⓪。從不知往的，乃世間萬千祿蠹尸人；眞往而不復的，乃僊家逸民；

---

❺❺ 同注❸❾。

❺❻ 孔穎達，《周易注疏》（臺北：臺灣學生書局，1967），卷二，頁181。九三〈象傳〉，頁182：「无往不復，天地際也。」

❺❼ 同注❹❸。

❺❽ 同注❸❽。

❺❾ 同注❹❹。

❻⓪ 請參陰法魯審訂，《昭明文選譯注》（長春：吉林文史出版社，1987），第二冊〈志·思玄賦〉題解，頁787。

屈原的痛苦就在眞當「陟陞皇之赫戲」時,又「忽臨睨夫舊鄉」,
「蜷局顧而不行」❻，可是要他「屈心而抑志兮,忍尤而攘詬」
❻，卻又「寧溘死以流亡」❻，惟恐昭質有虧,而「忽反顧以遊目
兮,將往觀乎四荒」❻，這種往而不忍、復而不堪的困境最後只有
藉自戕打破,以求得解脫。與張衡至終安息下來,所謂「歸母氏而
後寧」❻，或說「安和靜而隨時兮,結純懿之所廬」❻，有本質上
的差異,正顯示漢武以降先王六藝學組成的宇宙人生間架的力量。
誠然,現實諸般的沖擊挑戰早使這間架時露罅隙,但在最後土崩瓦
解前,它仍足提供大部份人心靈所需求的解釋與安定力。像張衡,
不正是因切身「遭遇之無常」❻，深感「神遙昧其難覆」,在熟悉
的六籍告示以外,思別「摎天道其焉如」?但不論怎麼怨、狐疑過

---

❻　洪興祖,《楚辭補注》(臺北:臺灣中華書局,1966),卷一〈離騷
　　經〉,頁 36b。

❻　同上,頁 13a。

❻　同上,頁 12b。

❻　同上,頁 14b。

❻　同注❸。《老子道德經河上公章句》,卷二〈異俗第二十〉,頁 82:
　　「我獨異於人,而貴食母」,注:「食,用也;母,道也」;卷三,〈歸
　　元第五十二〉,頁 199:「天下有始,以爲天下母……既知其子,復守其
　　母」,注:「始,道也,道爲天下萬物之母……當復守道,反無爲也」,
　　故李善注:「母氏喻道也」。「歸母氏而後寧」猶卷一,〈歸根第十
　　六〉,頁 63 所說的:「歸根曰靜」,〈思玄賦〉也確實用過這喻象,
　　〈衡本傳〉,頁 687:「滋令德於正中兮,合嘉禾以爲數,既垂穎而顧本
　　兮,爾要思乎故居」。

❻　同注❹。

❻　同注❸。

多少次，最後依舊堅持「彼天監之孔明兮，用棐忱而佑仁」❻，「有無言而不讎兮，又何往而不復」❻？因而「回志揭來從玄謨」，覺得「獲我所求」❼，不再「思百憂以自疚」❼。其實，又何止張衡？先行的班固不也是因為報應參差紛錯而思通幽？至終仍然皈依聖教，認為「觀天罔之紘覆兮，實棐諶而相順，謨先聖之大繇兮，亦𤞤惪而助信」❼。而後來的趙壹縱使那般激憤，痛悼「文籍雖滿腹，不如一囊錢」，了還是以「且各守爾分，勿復空馳驅」自勖，相信「乘理雖死而非亡，違義雖生而匪存」❼。這種心靈狀態不但與屈賦中流露的茫無歸宿判若涇渭，也與東漢末年上述間架土崩瓦解後的荒涼狂放迥別。上文經由比對，已證實張衡〈歸田賦〉乃〈思玄賦〉的撮述別撰❼——同樣是因時政濁亂，由「慷

---

❻ 同注❹。

❻ 〈衡本傳〉，頁 686。

❼ 同注⑭。

❼ 同注❹。

❼ 《漢書》，卷一百上〈敘傳〉，頁 1768。

❼ 《後漢書》，卷八十下〈文苑傳・趙壹傳〉，頁 939。

❼ 〈衡本傳〉，頁 682：「後遷侍中，（順）帝引在帷幄，諷議左右。嘗問衡：天下所疾惡者，宦官懼其毀己，皆共目之，衡乃詭對而出。閹豎恐終為其患，遂共讒之。衡常思圖身之事，以為吉凶倚伏，幽微難明，乃作〈思玄賦〉以宣寄情志」。孫文青，〈張衡年譜〉，《金陵學報》三卷二期（1933 年），頁 402，即據此繫賦作於順帝陽嘉四年（135）、張衡居侍中第三載，五十八歲時。〈歸田賦〉則繫於順帝永和三年（138）二月、張衡任河間相第三載，六十一歲時。至於理由，《張衡年譜》，頁 406，說：「平子從政以來，未曾有過消極觀念。惟為河間相時感天下漸弊，又鬱鬱不得志。故初為〈四愁詩〉，繼即上書乞骸骨。〈歸田賦〉之

慨」進而疑「天道」，決定「遐逝」娛心，但至終仍「迴駕」，在
先王「軌模」中寧靜下來——〈思玄賦〉既然是假楚辭之貌寫漢家
之魂，那麼，說〈歸田賦〉重現楚靈，已屬不知有楚；若猶不知
止，說它並下啓魏、晉賦新猷，就簡直是無論魏、晉了。劉恕《資
治通鑑外紀》卷九〈周紀七‧敬王下〉引原出《尚書大傳》的一段
文字：

> 子夏曰：「《書》之論事，昭昭若日月焉，所受于夫子者弗
> 敢忘。退而窮居河、濟之間、深山之中，壞室蓬戶，彈琴瑟

作，想在二事之間，觀乎文中首末所謂『遊都邑以永久，無明略以佐
時；……苟縱心於城外，安知榮辱之所如。』云云，卻爲消極思想之極端
表現。又文中有仲春令月云云，當是二月；故系之此年，而繼之以乞骸骨
焉」。楊清龍，〈張衡著作繫年〉，《書目季刊》九卷三期（1976
年），頁 79、81；廖國棟，《張衡生平及其賦之研究》（臺北：國立政
治大學中國文學研究所碩士論文，1979），第三章，第五節，頁 136、第
六節，頁 155-6，俱從孫〈譜〉。按：〈思玄賦〉的撰作背景，《後漢
書》曾道及，我們沒理由質疑范氏的體會與報導，然〈歸田賦〉的繫年實
乏確據可資。消極云云固屬俗見，不勞置辯。即使遊宦永久、志業難伸也
端視作者主觀感受，三秋可曰漫長，三紀猶無妨彈指；任河間相時固可覺
道窮，積年不徙、復爲太史令又何嘗不可興歸與之嘆？張雲璈，《選學膠
言》，《選學叢書》（臺北：廣文書局，1966），卷八〈張衡仕不得志〉
條，頁 15b，即據〈衡本傳〉，頁 677，推測〈歸田賦〉作於順帝永建初
（126-?）、張衡撰〈應間〉時。轉不如李善於《文選》，頁 227，此賦作
者下所注：「〈歸田賦〉者，張衡仕不得志，欲歸於田，因作此賦」，不
著實爲得。〈歸田賦〉著成時代晚於〈思玄賦〉既難必，故本文不曰「改
寫」，只說「別撰」。

以歌先王之風。有人亦樂之；無人亦樂之，上見堯舜之道；
下見三王之義，可以忘死生矣。」

當是張〈賦〉「將迴駕乎蓬廬，彈五絃之妙指，詠周、孔之圖書」
等句所出。但阮籍這位大人先生在他的《詠懷》第五十八中：

非子爲我御，逍遙遊荒裔，顧謝西王母，吾將從此逝，豈與
蓬戶士，彈琴誦言誓？

竟將張氏企慕認同的境界一壁推倒，恥與同調，而阮取乃張棄！然
則究竟是我們苛評先進，還是他們厚誣古人呢？

第三，〈思玄賦〉以「仰先哲之玄訓」始，歷經三度往復，以
「從玄諆」「獲我所求」終，是張衡以玄爲心靈始終，但玄指涉的
究竟是什麼呢？陸續〈述玄〉嘗引張衡〈與崔瑗書〉：

乃者以朝駕明日披讀《太玄經》，知子雲特極陰陽之數
也……非特傳記之屬，心實與五經擬。漢家得二百歲卒乎所
以作，興者之數其道必顯，一代常然之符也……竭己精思，
以揆其義，更使人難論陰陽之事❼⑤。

---

❼⑤　范望注，《太玄經》，《四部叢刊初編》（臺北：臺灣商務印書館，
　　1979），第二一冊，卷首，頁2。

可知揚雄《太玄》令張衡歎服備至，故既作〈玄圖〉以贊❼，復為
之作注❼。據揚雄的忘年知己桓譚的理解：

> 揚雄作《玄》書，以為：玄者，天也，道也，言聖賢制法作
> 事，皆引天道以為本統，而因附續萬類、王政、人事、法
> 度，故宓羲氏謂之易、老子謂之道、孔子謂之元❼，而揚雄

---

❼ 〈衡本傳〉，頁 689：「所著詩、賦……〈靈憲〉……〈懸圖〉，凡三十
二篇」，李賢注：「《衡集》作《玄圖》，蓋玄與懸通」。《文選》，卷
三〈賦乙·京都中〉所收張衡〈東京賦〉，頁 65：「左瞰暘谷，右眄玄
圖」，李善注：「《淮南子》……又曰：『懸圖在崑崙閶闔之中。』玄與
懸古字通」。姚振宗，《後漢藝文志》，《二十五史補編》（臺北：臺灣
開明書局，1974），第二冊，頁 2375：「竊謂〈懸圖〉者，衡常所懸之
圖，凡〈靈憲〉、〈地形〉、〈渾天〉、〈地動〉諸儀象胥在其中，而
〈玄圖〉亦其中之一，後人以其圖不止一端，故綜而名之曰〈懸圖〉。」
按：姚氏乃道地望文生義。圖非圖象，乃謀議之謂。虞世南，《北堂書
鈔》（臺北：宏業書局，1974），卷九六〈藝文部二·圖九〉引張衡圖
序，頁 429：「圖者，心之謀、書之謀也」，玄圖即〈思玄賦·系曰〉的
「從玄謀」（李賢注：「謀或作謨，謨亦謀也」。《文選》、《五臣
本》，卷八，頁 9b、《六臣本》，卷十五，頁 287 都逕改正文作謀），
此其一。范史開列的乃文章，既非圖注（故〈渾儀圖注〉未預焉），更非
圖畫（是以不數〈地形圖〉），〈懸圖〉若誠如姚說，何幸獨入？設使三
十二篇中所數的〈靈憲〉亦圖，則〈靈憲〉與〈懸圖〉分計，焉為綜而名
之，此其二。

❼ 常璩，《華陽國志》（臺北：臺灣商務印書館，1976），卷十上〈先賢士
女總讚·蜀郡士女〉，頁 131。

❼ 《御覽》，卷一〈天部一·太極〉，頁 4，引阮籍〈通老論〉：「道者，
法自然而為化……《易》謂之太極、《春秋》謂之元、《老子》謂之

謂之玄。《玄經》三篇，以紀天、地、人之道❼⓽。

對照《太玄》卷十〈玄圖第十四〉：

> 夫玄也者，天道也、地道也、人道也。兼三道而天名之，君
> 臣、父子、夫妻之道。

可知桓氏所言不誤。而桓譚以《太玄》與《周易》、《春秋》方
軌，「若遇上好事，必以《太玄》次五經也」❽⓿，認為揚雄「能入
聖道」❽①，「卓絕於眾」❽②，非特「西道孔子」，「亦東道孔子」
❽③；陸績視《太玄》「與聖人同趣，雖周公繇大《易》、孔子修
《春秋》，不能是過」，「考之古今，宜曰聖人」❽④。是則張衡所
思、所從諆的玄當屬《太玄》意義的玄，而這種意義的玄，不論東
漢初載的桓譚、還是末葉的陸績都認為，乃以儒家式道德為屬性的
宇宙根源，無怪乎張衡〈玄圖〉說：

道。」

❼⓽ 〈衡本傳〉，李賢注引桓譚，《新論》，頁 677。

❽⓿ 《御覽》，卷六零二〈文部十八・著書下〉引桓譚，《新論》，頁
1991。

❽① 《御覽》，卷四三二〈人事部七三・智〉引桓譚，《新論》，頁 2709。

❽② 同注❽⓿。

❽③ 馬總，《意林》，《四庫叢刊初編》（臺北：臺灣商務印書館，1979），
第二三冊，卷三〈新論〉，頁 47。

❽④ 《太玄經》，卷首，頁 3。

> 玄者，無形之類、自然之根；包含道德，攝掩乾坤；作於太
> 始，莫與爲先；稟篇元氣，稟受無原❽。

這屬性若具體示相，就是〈歸田賦〉中的「周、孔之圖書」、「三
皇之軌模」。這樣的玄與魏、晉新學中所謂的玄❽將無異乎？固
然，桓譚不僅認爲《太玄》與《周易》、《春秋》方軌，也與《老
子》同一論式，甚至還說過：「老子其心玄遠，而與道合」❽，但
另一方面我們也不當忘記揚雄在《法言》卷六〈問道〉中的剖白：

> 或問道，曰：「道也者，通也，無不通也。」或曰：「可以
> 適它與？」曰：「適堯、舜、文王者爲正道；非堯、舜、文
> 王者爲它道，君子正而不它。」

---

❽　一、三兩句見《文選》，卷二五〈詩丁・贈答三〉所收盧諶〈贈劉琨一首
　　并書〉：「處其玄根，廓焉靡結」李善注引，頁 368，復見載於《御
　　覽》，卷一〈天部一・太始〉，頁 3；二、四句則見《御覽》，卷一〈天
　　部一・元氣〉引，頁 1。嚴可均，《全上古三代秦漢三國六朝文》（臺
　　北：世界書局，1961），第二冊，《全後漢文》，卷五五，頁 9，按引文
　　直接併合——一、三、二、四爲序——以至根（文部）、先（元部）、坤
　　（文部）、原（元部）四字交錯協韻，恐昧於古人注錄書文隨宜節引之
　　實，筆者故臆易。

❽　魏晉玄學這個稱謂應指的是那段時期獨特的思想，該思想成分乃魏、晉在
　　思想史上所以得自成一階段的充要條件。我們固然不能以那些成分反映了
　　魏、晉思想界的全貌，但也不應用魏晉玄學來指涉魏、晉與其它時期思想
　　的公分母部份。

❽　《文選》，卷四七〈贊〉所收袁宏〈三國名臣序贊〉：「景山恢誕，韻與
　　道合」李善注引，頁 685。

老子之言道德，吾有取焉耳；及搥提仁義、絕滅禮學，吾無
取焉耳。

以及張衡在〈思玄賦〉：

匪仁里其焉宅兮，匪義迹其焉追❽❽？

〈應間〉：

孔甲且不足慕，焉稱殷彭及周聃❽❾？
且韞櫝以待價，踵顏氏以行止❾⓪。

中表露的志向，他們對老子學說顯然有所去取。縱使我們承認：很
可能照揚雄的理解，就天道這課題而言，《玄》、《老》相通❾①；

---

❽❽　同注❸❽。

❽❾　〈衡本傳〉，頁 679。

❾⓪　同注❸❺。

❾①　兩漢人從不諱言老子明哲或欽樂老學，《漢書》，卷八七下〈揚雄傳·贊
曰〉，頁 1542：「昔老聃著虛無之言兩篇，薄仁義，非禮學，然後世好
之者尚以爲過於五經」，可覘一斑。因爲：一來老子非聖人已拍板定案，
無奪席之虞。僧祐，《弘明集》（臺北：新文豐出版公司，1986），卷六
〈門論〉所收周顒〈重答張長史書〉，頁 299：「王、何舊説皆云：老不
及聖。」玄學鼻祖尚如此説，足見《漢書》，卷二十〈古今人表〉，頁
376，置老子於第四等非班氏一家好惡。再者，孔子向老子問禮的逸聞爲
時人視爲事實，且納入儒生傳記中，見鄭玄，《禮記鄭注》（臺北：新興

張衡思慕歸心的玄是《老子》式的玄❷，但揚、張與王、何雙方理解的《老子》道論難道沒有本質上的歧異？前者不論如何玄之又玄，終究不脫元氣宇宙圖式；後者縱使有而復有，已屬形上本體範疇❸，豈能因兩下都使用一、常、太始、無形這些詞彙，就指鹿為馬，等此老於彼老？撇開天道這些課題不論，兩漢的《老子》學以《河上公注》、《想爾注》為代表的這系居大宗❹，由於這系老學

　　書局，1972），卷六〈曾子問〉，頁 67、70-1。皇侃，《論語集解義疏》
　　（臺北：廣文書局，1968），卷四〈述而〉，頁 1a，夫子自道「竊比於我
　　老彭」，許多漢人將「老」訓讀為老子，如《漢書》，卷一百上〈敘傳〉
　　所載班固〈幽通賦〉，頁 1769：「若胤彭而偕老兮」，及注❽張衡的
　　〈應間〉。既然連儒生宗師都推許老子，向他請益，而且問的還是本身最
　　擅長的禮，後學在這層歷史淵源的外衣下表示老子仰止，又有何褻瀆可
　　言？三則，《老子》畢竟曾為劉漢皇室尊奉的寶典，固然後來漢武改制，
　　但先帝後帝其揆一也，孔、老連言不正甚協允嗎？身為漢臣的他們若真的
　　竭情掊擊柱下，反倒成了另一種意義的非「聖」誣經了。

❷　李賢似乎就傾向這般理解。《衡本傳》，頁 682，「乃作〈思玄賦〉」
　　注：「玄，道也。《老子》曰：『玄之又玄，眾妙之門。』」

❸　請參湯用彤，《魏晉玄學論稿》（臺北：盧山出版社，1978），〈魏晉玄
　　學流別略論〉，頁 45-6；〈王弼大衍義略釋〉，頁 62-9。

❹　《御覽》，卷一〈天部一・太初〉引王阜〈老子聖母碑〉，頁 2：「老子
　　者，道也，乃生于無形之先；起於太初之前；行于太素之元，浮遊六虛；
　　出入幽冥，觀混合之未別；窺清濁之未分」；《隸釋》，卷三載邊韶〈老
　　子銘〉，頁 1b-2a：「厥初生民遺體相續，其死生之義可知也，或有『浴
　　神不死，是謂玄牝』之言。由是世之好道者觸類而長之，以老子離合於混
　　沌之氣，與三光為終始……存想丹田，大一紫房，道成身化，蟬蛻渡世，
　　自羲、農以來……為聖者作師」。王阜乃東漢明帝時人，事蹟見《華陽國
　　志》，卷十上〈先賢士女總讚・蜀郡士女〉，頁 133；邊韶乃東漢桓帝時

的一個重要源頭乃戰國以降盛行的養生、練仙術，所以他們經常論及導引、房中、存想等題目。而揚雄認爲：「有生者必有死，有始者必有終，自然之道也」⑨⑤，人無從益壽，只能益德⑨⑥，否則「名生而實死也」⑨⑦。世間某些書傳「不果則不果矣，又以巫鼓」⑨⑧。或曰：

> 「世無仙，則焉得斯語？」曰：「語乎者非囂囂也與？惟囂囂爲能使無爲有。」⑨⑨

桓譚也認爲「無仙道」，乃「好奇者爲之」⑩⑩。「生之有長，長之有老，老之有死，若四時之代謝矣，而欲變易其性，求爲異道，惑之不解者也。」⑩⑩①曹植〈辯道論〉曾引述他對長生久視的看法：

> 劉子駿嘗問，言：人誠能抑嗜欲，閉耳目，可不衰竭乎？時庭下有一老榆，君山指而謂曰：此樹無情欲可忍，無耳目可

人，事蹟見《後漢書》，卷八十上〈文苑傳〉，頁 935。老子在碑、銘中的形象居然如彼，足示當時老學主流的梗概。

⑨⑤ 汪榮寶，《法言義疏》（臺北：藝文印書館，1968），卷十八〈君子〉，頁 768。

⑨⑥ 同上，頁 759-60、766。

⑨⑦ 同上，頁 762。

⑨⑧ 同上，頁 749。

⑨⑨ 同注⑨⑦。

⑩⑩ 范寧，《博物志校證》（臺北：明文書局，1984），卷五〈辨方士〉，頁 65。

⑩⑩① 《弘明集》，卷五〈新論·形神〉，頁 220。

閭，然猶枯槁腐朽，而子駿乃言可不衰竭，非談也❷。

至於張衡，雖不能確定他是否斷然不信納仙論，但〈思玄賦‧系日〉明言：「天不可階仙夫希」，「松、喬高蹈孰能離？」先王六藝學才是安身立命的所在。同樣，在〈七辯〉中以「祖述列仙，背世絕俗，唯誦道篇，形虛年衰，志猶不遷」的「無為先生」❸為勸折對象，宮室、滋味、音樂等麗樂都無法奏效，最後還是聖君賢臣經世化民的理想藍圖令對方「翻然迴面」，「敢不是務」❹。綜合以上的論列，我們可說：不管是就魏晉時期王、何式的玄學來看，還是從太平、天師以降發展的道術著眼，揚、張的觀念態度俱屬異類。至於吉凶倚伏、盈虛損益、退默明哲這些世故話頭，任何時代的中材都能領略，也都會說，豈待某人孤明先發？然則遂稱〈思玄賦〉以及它的姊妹作〈歸田賦〉充滿道家哲學，乃往後魏、晉文學中的玄風仙趣，或說玄理文學濫觴，恐難辭粗疏之譏、以名亂實之嫌。

×　　　×　　　×

以上是從歷史脈絡中探究張衡〈歸田賦〉的文學位份，如果單就它的內容性質來說，在賦這種文體中應將它歸於那一類呢？近人

---

❷　釋法琳，《辯正論》引，《景印高麗大藏經》（臺北：新文豐出版公司，1982），第三三冊，頁 17。《類聚》，卷八八〈木部上‧榆〉引桓譚《新論》，頁 1525：「劉子駿信方士虛言，為神仙可學，余見其庭下有大榆樹……」，文字略異。

❸　《類聚》，卷五七〈雜文部三‧七〉，頁 1026。

❹　同上，頁 1027。

多視它爲抒情賦，如果採常識意義領會「抒情」這詞，則早期收載
此賦的人似乎有不同看法。《文選》編者將張衡〈歸田賦〉置於
「志」這子目下。恐怕這並非他們的私見，而是反映了江右以來文
壇的通識。陸機〈遂志賦·序〉說：

> 昔崔篆作詩⑩，以明道述志，而馮衍又作〈顯志賦〉、班固
> 作〈幽通賦〉，皆相依傚焉。張衡〈思玄〉、蔡邕〈玄
> 表〉、張叔〈哀系〉，此皆前世之可得言者也……余備託作
> 者之末，聊復用心焉⑩。

〈歸田〉既是〈思玄〉在形式上的別撰、意趣上的撮述，自當廁諸
「志」目中。《文選》編者視爲抒「情」的乃〈高唐〉、〈神
女〉、〈登徒子好色〉、〈洛神〉這些綺思意淫式的作品⑩，也就
是說，他們以最狹義的男女愛、欲爲情⑩，就連對人世離合生死無

---

⑩　「詩」恐應作「賦」。

⑩　《類聚》，卷二六〈人部十·志〉，頁 473-4。

⑩　《文選》，卷十九〈賦癸·情〉，頁 270，目下善注：「性者，本質也；
情者，外染也，色之別名，於事最末」；〈高唐賦〉題下善注：「此賦蓋
假設其事，風諫婬惑也」；頁 274，〈登徒子好色賦〉題下善注：「此賦
假以爲辭，諷於婬也」。

⑩　陳立，《白虎通疏證》（臺北：鼎文書局，1973），卷八〈總論性情〉，
頁 127：「六情者何謂也？喜、怒、哀、樂、愛、惡謂六情」；《禮記鄭
注》，卷七〈禮運〉，頁 80：「何謂人情？喜、怒、哀、懼、愛、惡、
欲七者弗學而能」；戴明揚，《嵇康集校注》（臺北：河洛圖書出版社，
1978），卷五〈聲無哀樂論〉，頁 199：「夫喜、怒、哀、樂、愛、憎、

常的哀、怨之作都另立〈哀傷〉一目,〈長門〉、〈思舊〉、〈歎逝〉、〈懷舊〉、〈寡婦〉、〈恨〉、〈別〉繫屬焉。那麼,與《文選》并號六朝文學璧山珠海的《藝文類聚》呢?它的編者又持什麼觀點呢?由於這書的性質,歸類不時有就名略實、不合理卻便尋討的地方,好比王粲〈登樓〉、潘岳〈閑居〉竟分別納於卷六三〈居處部三・樓〉、卷六四〈居處部四・宅舍〉中,但大體尺度仍可得窺[109]:

> 一、司馬相如的〈長門〉、江淹的〈恨〉收入卷三十〈人部十四・怨〉,與董仲舒的〈士不遇〉、司馬遷的〈悲士不遇〉、班婕妤的〈自傷〉、丁廙的〈蔡伯喈女〉並列。

乍看之下,所收似乎有些牛馬同皁,但若思及戰國以降慣用男女歡怨類比君臣關係,就可了然。江淹〈恨賦〉所敘「古人不稱其情」的案例豈止於「孤臣危涕,孽子墜心」,不也包括「去時仰天太息」、「望君王兮何期」明妃式的女性——

> 二、向秀的〈思舊〉、潘岳的〈懷舊〉收在卷三四〈人部十八・懷舊〉目。

> 三、陸機的〈歎逝〉、潘岳的〈寡婦〉收在卷三四〈人部十八・哀傷〉目。漢武帝的〈李夫人〉、蘇順的〈歎懷〉、王粲的〈傷夭〉,〈思友〉、魏文帝的〈悼夭〉、上述二人和丁廙的三篇〈寡婦〉、曹植的〈慰子〉、高貴鄉公的

憨、懼凡此八者,生民所以接物傳情」。

[109] 下文涉及的僅僅是《類聚》中有關各目收錄的賦這部份,事實上,應就有關各目下各種文體內容舉證,但為免論文重心倒置,故省略。

〈傷魂〉、陸機的〈感思〉，〈大暮〉、潘岳的〈悼亡〉、宋孝武帝的〈擬漢武帝李夫人〉、顏延之的〈行殣〉、江淹的〈傷友人〉、庾信的〈傷心〉等比係相從。

四、江淹的〈別〉收在卷三十〈人部十四·別下〉。此外還著錄了魏文帝的〈離居〉，〈感離〉、曹植的〈感志〉，〈歸思〉、兄弟倆和王粲的〈出婦〉、陸機的〈別〉、傅咸的〈感別〉、劉孝儀的〈歎別〉、張纘的〈離別〉以及江淹的另一篇〈去故鄉〉。

〈別〉目所收俱為生離之作，與〈哀傷〉目中多因追念死者而撰，確實有判⑩，但向、潘二賦同樣是感懷亡故，卻緣沈約的〈懷舊詩〉、庾信的〈思舊銘〉、梁元帝的〈懷舊志序〉俱著一「舊」字，硬生生割席特立，殊待商榷——

五、宋玉名下的〈高唐〉，〈神女〉、曹植的〈洛神〉收入卷七九〈靈異部下·神〉目。陳琳、王粲、楊脩、張敏四人的〈神女〉、謝靈運的〈江妃〉、江淹的〈水上神女〉等並與焉。

六、同在宋玉名下的〈登徒子好色〉則納於卷十八〈人部二·

---

⑩　〈哀傷〉目所收其它的賦：曹丕的〈感物〉、王琿妻鍾琰的〈遐思〉、紐滔母孫瓊的〈悼歎〉、謝靈運的〈感時〉、〈傷己〉、鮑照的〈傷逝〉、庾信的〈哀江南〉多因感歲月不居、景物蕭然或世事無常而作，這點正是〈哀傷〉與〈別〉兩目的另一大分野。也就是說，〈別〉中所錄雖也有許多生離形同死別，如李陵名下的諸〈贈蘇武別詩〉、王褒的〈與周弘讓書〉，和庾信返鄉無期一致，但它們都有一具體人物為對象，不似上舉〈哀傷〉目諸賦乃內心獨白式的自傷。

美婦人〉目中，與司馬相如的〈美人〉、張衡的〈定
情〉、蔡邕的〈協初〉，〈檢逸〉，陳琳、阮瑀二人的
〈止欲〉、王粲的〈閑邪〉、應瑒的〈正情〉、曹植的
〈靜思〉、江淹的〈麗色〉、沈約的〈麗人〉同疇。

《類聚》編者的著眼點昭然可悉：前者愛戀的對象雖曾進入這一時
空，畢竟本爲另一次元中的存有；後者則都是以經驗界中可有的人
物爲所慕。至於江淹的〈倡婦自悲〉、梁元帝的〈蕩婦秋思〉、庾
信的〈蕩子〉另立卷三二〈人部十六·閨情〉目收錄，乃是因爲思
慕的事件固或屬虛構，但在作品中主客雙方都被設定爲實有的，不
似〈美婦人〉類中各篇的客體乃主體理想投射下的產物。以上就是
《文選》賦這文體〈哀傷〉、〈情〉二目下所收十一篇在《類聚》
中的歸類情形，其間但有分而無合，固然不失理據，但主要原委還
是在於配合該書編纂的功能性目的：便於尋檢——

　　七、班固的〈幽通〉收在卷二六〈人部十·言志〉中。此外還
　　　　選載了馮衍的〈顯志〉、劉楨的〈遂志〉、丁儀的〈厲
　　　　志〉、曹植的〈玄暢〉，〈幽思〉、韋誕的〈敘志〉、夏
　　　　侯惇的〈懷思〉、棗據的〈表志〉、潘尼的〈懷退〉、傅
　　　　咸的〈申懷〉、曹攄的〈述志〉、陸機的〈遂志〉、〈懷
　　　　土〉和梁元帝的〈玄覽〉、〈言志〉十五篇。

不但〈言志〉目，其餘七百二十六目下也都不見張衡的〈思玄〉，
這與卷二五〈人部九·嘲戲〉所錄兩漢人這類作品獨闕張衡的〈應
間〉，同樣費解⑩——

---

⑩　將這種現象的原因歸諸今本《類聚》非原貌，並非恰當的思考方式，因爲

八、張衡的〈歸田〉則收在卷三六〈人部二十・隱逸上〉,與
　　張華的〈歸田〉、陸機的〈幽人〉,〈應嘉〉、陸雲的
　　〈逸民〉、孫承的〈嘉遁〉、謝靈運〈逸民〉,〈入道至
　　人〉,〈辭祿〉、陸倕的〈思田〉、梁簡文帝的〈玄虛公
　　子〉等合彙⑫。

且暫置張衡〈歸田〉不論,先探究〈言志〉與〈隱逸〉二目各有何

它本來就未鉅細畢收,只須翻檢同在唐初完成,魏徵等撰,《隋書》(臺
北:藝文印書館,1972),卷三五〈經籍志・別集類〉,頁530,登錄的
見存卷數:四千三百八十一,即可了然。何況《類聚》,卷首〈序〉,頁
23明言:「棄其浮雜」?令我們所以費解的是:再怎麼眼光不一,范史
精挑轉載的這兩篇也不能説是浮雜;若嫌「冗長」,儘可像處理他那更冗
長的〈二京賦〉一樣,進行「刪」易,也還該有節文留存啊!?關於今本
《類聚》有殘佚屬雜,請參《類聚》,卷首〈校藝文類聚序〉,頁13-4。
⑫　今本《類聚》在文體畫分命名上有許多泥題不倫的情況。好比:卷七四
　　〈巧藝部・圍棋〉,頁1273,將班固〈奕旨〉、應瑒〈奕勢〉自賦中剔
　　出,各自成體;卷十一〈帝王部一・帝舜有虞氏〉,頁217,顏延之〈為
　　張湘州祭虞帝文〉、卷五三〈治政部下・錫命〉,頁953-4,潘勗〈策魏
　　武帝九錫命文〉、卷六三〈居處部三・門〉,頁1129-30,溫子昇〈閶闔
　　門上梁祝文〉,不分命祈生死,一律冠以「文」名。準以〈哀傷〉目,頁
　　607-10,「哀辭」、哀「文」都別立,陶淵明的〈歸去來辭〉當從〈隱
　　逸〉目「賦」這部份剔出;準以卷六五〈產業部上・園〉,頁1164,湛
　　方生〈遊園詠〉另成「詠」類,沈約的〈八詠〉也不當歸入〈隱逸〉目的
　　「賦」中。其實,此處的〈八詠〉和卷一〈天部上・風〉,頁20、卷八
　　八〈木部上・桐〉,頁1529、卷九十〈鳥部上・鴻〉,頁1562、〈玄
　　鶴〉,頁1568、沈約的另四首〈八詠〉都是詩,觀吳兆宜箋注,《玉臺
　　新詠》(臺北:臺灣中華書局,1969),卷九,頁15a-b、25a-29b,尤其
　　是29a-b,即可知。

特性。〈言志〉目中所收十之六七內容不脫下列那幾種成份，可匯
補成一模式：先說些過蒙榮擢的門面話⑬，接著就喟歎歲月不居、
功業無成⑭，或憤懟世間良莠倒錯⑮；或致慨天道寧論⑯，然後有

---

⑬　如韋誕〈敘志賦〉，頁 471：「自弱冠而立朝，無匡時之異才……雖固陋
　　之無用，猶收錄而序飾，歷文武於機衡……乃剖符而封殖……心夕惕以愧
　　惡，蒙聖皇之宏恩，過待罪於卿士」、棗據〈表志賦〉，頁 472：「過承
　　嘉惠，擢身泰晨」、傅咸〈申懷賦〉，頁 472-3：「何天施之弘普，扃瓦
　　礫於瓊瑛……豈伊不媿，顧影懲形……命既輕而才下，諒無補於明時，塞
　　賢哲之顯路，而塵損之日滋」。

⑭　如馮衍〈顯志賦〉，頁 469：「歲忽忽而日邁兮，壽冉冉而不與，恥功業
　　之無成兮。赴原野而窮處」、韋誕〈敘志賦〉，頁 471：「念余年之冉
　　冉，忽一過其如馳，微奇功以佐時，徒曠官其何爲」、夏侯惇〈懷思
　　賦〉，頁 472：「何天地之悠長，悼人生之短淺……桑榆掩其薄沒，既白
　　首而無成」。

⑮　如馮衍〈顯志賦〉，頁 469：「悲世俗之險陂，哀好惡之無常，弃衡石而
　　意量兮，隨風波而飛揚」、曹植〈玄暢賦〉，頁 470：「思騫寶以繼佩，
　　怨和璞之始鎬；思黃鍾以協律，怨伶夔之不存」、丁儀〈屬志賦〉，頁
　　471：「嗟世俗之參差，將未審乎好惡，咸隨情而與議，固眞僞以紛
　　錯……恨驒驢之進庭，屏騏驥於溝壑，疾青蠅之染白，悲小弁之靡託」、
　　夏侯惇〈懷思賦〉，頁 472：「嗟聖王之制作，所以貴夫善善，信循道以
　　從法，何世路之迮塞」、潘尼〈懷退賦〉，頁 472：「困吳坂之峻岨，畏
　　鹽車之嚴笶，嗟遊處之弗遇，羙鬱悒之難任」。

⑯　如班固〈幽通賦〉，頁 469：「惟天地之無窮兮，鮮民生之晦在，紛屯遭
　　與蹇連兮，何艱多而智寡……變化故而相詭兮，孰云豫其終始」、曹攄
　　〈述志賦〉，頁 473：「舜拘忤於焚廩，孔怵惕於陳、匡，紛迍蹇之若
　　斯，何遭命之可常」、陸機〈遂志賦〉，頁 474：「彼殊塗而並致；此同
　　川而偏溺，禍無景而易逢；福有時而難學」。

的仿屈騷進行神遊⑰，大多直接表明辭官⑱，並對道德理想重新肯
定⑲。它們與〈怨〉目所錄，尤其是董仲舒、司馬遷的〈悲士不
遇〉，最大差異在於：後者心緒至終仍陷溺在憤懣不平中，而前者
至少在文字上最後多已能自釋，介然寧處。至於前列〈隱逸〉目中
各篇，除了謝靈運的〈辭祿〉，主要筆墨都花在兩方面：一則申明
個人心境高邁塵羅世網之外⑳，再則力陳棲所的幽秀恬和㉑。可以

---

⑰ 如桑據〈表志賦〉，頁 472：「被羽衣之飛飛，握若蕙之芳荂，蹈虬紛之
　絕軌，攀大椿之疏柯，意翹翹而慕遠，思濯髮於天波」、曹攄〈述志
　賦〉，頁 473：「駕麟鳳之靡靡，截龍旂之洋洋，周九州而騁目，登四岳
　而永望。」

⑱ 劉楨〈遂志賦〉，頁 471：「襲初服之蕪葳，託蓬廬以遊翔」、韋誕〈敘
　志賦〉，頁 471：「將訴誠於明后，乞骸骨而告歸」、傅咸〈申懷賦〉，
　頁 473：「莫斯之任，求仁在我，將反初服……進抗疏以歸誠；退抽簪而
　脂車，庶所乞之克從，永收跡於蓬廬」。

⑲ 馮衍〈顯志賦〉，頁 469：「高吾冠之岌岌兮；長吾珮之洋洋……嘉孔丘
　之知命兮；大老聃之貴（榮）玄」、班固〈幽通賦〉，頁 470：「茍能實
　其必榮，要沒世而不朽……觀天網之紘覆兮，實匪諶而相訓；謨先聖之大
　猷兮，亦隣德而助信」、曹植〈玄暢賦〉，頁 470：「弘道德而爲宇，築
　無怨以作藩，播慈惠以爲圃，耕柔順以爲田，不媿景而慙魄，信樂天之何
　欲」、潘尼〈懷退賦〉，頁 472：「窮獨善以全質；達兼利以濟時……理
　殊塗而同歸，雖百慮其何思」、陸機〈遂志賦〉，頁 474：「要信心而委
　命，援前脩以自呈……任窮達以逝止，亦進仕而退耕，庶斯言之不渝，抱
　耿介以成名」。

⑳ 如張華〈歸田賦〉，頁 645：「眇萬物而遠觀，脩自然之通會，以退足於
　一壑，故處否而忘泰」、陸機〈幽人賦〉，頁 645：「物外莫得窺其奧；
　舉世不足揚其波……超塵冥以絕緒，豈世網之能加」、陸雲〈逸民賦〉，
　頁 646：「輕天下，細萬物，而欲專一丘之憒，擅一壑之美，豈不以身重

說：〈言志〉目收錄的多種因於仕途困頓；〈隱逸〉諸篇則以興趣超拔爲由，以致作品內容確實迥然有別。按這種理會，張衡〈歸田〉當然應納入〈言志〉目中。《類聚》編者所以不然，固然可進行多方面的臆測——或將第二段視作該賦主體；或因賦末「縱心於物外」云云有類高蹈；或牽於張華同題之作而附入——但要緊且可確定的是：他們也將情、志二分，而張衡〈歸田〉乃在別、怨、懷舊、哀傷並各式的男女綺思狎念以外。我們當然首肯：「抒情」是個形式詞，可隨使用人賦予不同意義，只是至今尚未見如是類歸張衡〈歸田賦〉者對自己的用詞進行界說，或像古人藉著將相關眾作具體分聚以示尺度梗概，我們也就無從置可否了，只能假設：他們確實知道自己在說的是什麼，並且所說能達到辨析作品內容性質的

於宇宙，而恬貴於芬華哉？天地不易其樂；萬物不干其志」、謝靈運〈逸民賦〉，頁 646：「其見也則如遊龍；其潛也則如隱鳳……不明不晦，不昧不纇……指寰中以爲期；望繫外而廷佇」、〈入道至人賦〉，頁 646-7：「推天地於一物，橫四海於寸心，超埃塵以貞觀，何落落此胃襟」、梁簡文帝〈玄虛公子賦〉，頁 647：「輕滅喧俗，保此大愚，居榮利而不染，豈聲色而能拘……不爲山而自高；不爲海而彌廣」。

⑫ 如張華〈歸田賦〉，頁 645：「目白沙與積礫，玩眾卉之同異，揚素波以濯足，泝清瀾以蕩思」、陸雲〈逸民賦〉，頁 646：「曾丘嶜嶜；穹谷重深，嚴木振穎；葛藟垂陰，潛魚泳汃；嚶鳥來吟」、孫承〈嘉遁賦〉，頁 646：「薄言采薇，收蘿中野，朝觀夷陸；夕步蘭渚，仰弋鳴雁；俯釣魴鱮」、謝靈運〈入道至人賦〉，頁 646：「幽庭虛絕；荒帳成煙，水縱橫以觸石；日參差於雲中，飛英明於對溜；積氳氲而爲峯」、陸倕〈思田賦〉，頁 647：「風去蘋其已開；日登桑而先見，聽唧唧之寒雞；弄差池之春鶯……瞻巨石之前却；玩激水之推移，雜青莎之霢靡；拂細柳之長枝」。

功能，不至使「抒情」淪爲一個什麼似都可沾邊、卻又什麼也無妨它屬的名目。

×　　　　×　　　　×

詮釋學（hermeneutics）是緣釋義這項任務而成立的。從它是嚴格的規則、於情況相同的對象均適用來說，它乃科技；然是否能良好運用那些規則，獲致上乘成果，則存乎其人，就這一面而言，又可謂之藝術，但無論如何，那套有機組合的規則非供人空談，而是實踐的。

Hermeneutics 的語源 Hermes 是位希臘神明，係 Zeus 和 Maia 的兒子，主司向世人傳遞諸神的信息。如果說：古／今、中／外異情猶同神／人分界，那麼，源自 Hermes 的這個詞正足以說明向異文化傳遞信息時的首要原則——忠實。也就是說，詮釋學旨在幫助釋義者使作者表現在作品中的原意被引領出來，而非讀入自己的觀念、感受或判斷，不論那多麼動人、有深度或啓發性。至於那些規則預設的前提是否站得住腳、一篇作品的原意是否只有一種、讀者是否可能比作者更瞭解他的作品、甚至旁人是否有可能瞭解作者作品的原意，這些問題固然極其重要，卻已逸出詮釋學的眞正範圍了。因爲不管各人在那些問題上持什麼堂皇繁密的說辭，最切要莫過於一篇篇作品攤在你我眼前等待釋義這現實。

中古歐洲的基督教神學界盛行寓意（allegorical）詮釋，Martin Luther 痛斥它爲妓女，認爲對懶人最具誘惑力❷。其實，眞要能作

---

❷　Martin Luther, *Lectures on Genesis*, in Jaroslav PeliRan (ed.) *Luther's Works* (St. Louis: Concordia, 1958-61), Comments on Genesis 20.

到 Origen 的三重釋義、Clement of Alexandria 的四重釋義,還需要相當的學養、技巧、章法,豈是像近世中國人文學界某些人但憑一己立場、印象、兩三摘句、蹈襲俗見就能竣工的?若 Luther 復起,又適爲中國人,目睹談起詮釋學時頭頭是道,實際釋義時卻乖張粗陋地蹂躪文獻,眞不知他針對這種現象又會作何譬喻。筆者假篇幅短小、字詞平易、人文學界幾乎都讀過,並自信業已理解的張衡〈歸田賦〉爲對象,略依詮釋規則解讀如上,其實猶未盡契詮釋要求的嚴密度,而或人已感徵繁析蔓,披覽吃力,是則示範云云,遑敢侈言?唯冀不至替那冊不名譽紀錄的兩漢卷中再添新頁。

(先於 1996 年 4 月臺灣大學主辦之「語文、情性、義理──中國文學的多層面探討國際學術會議」上宣讀,後收於該會論文集,1996 年 7 月)

自東漢中葉以降某些冷門詠物
賦作論彼時審美觀的異動

漢賦與魏、晉以降的賦特性匪一，自古人即能言之，勝義亦復
不尠，就平素讀書所及，似尚有隻隅可得發覆。任繼愈曾引述他老
師湯用彤先生的話：第二等資質就老老實實作第二等學問，反倒可
能產生第一等成果，偏偏有人明明是次流人才，卻要作第一流的研
究，侈言理論、建立體系，其實不過是趨風氣，搬弄半知不解的術
語，結果連第三流成果也出不來，不過淪爲外邦某家某派（？）在
華的小攤販❶。湯先生是筆者一向景仰的前輩學人，故謹遵訓誡，
但鉤輯舊籍中有關材料，略附詮說，以備治中古文學史者覆瓿。

壹

東漢中葉的張衡名下有篇〈冢賦〉❷。一百五十多年後「係蹤

---

❶ 任繼愈，〈湯用彤先生和他的治學方法〉，《任繼愈學術論著自選集》
（北京：北京師範學院出版社，1991），頁 515。
❷ 章樵注，《古文苑》（臺北：鼎文書局，1973），卷五〈漢臣賦九首〉，
頁 137-9。

張、蔡」❸的陸機先後寫了〈大墓〉、〈感丘〉二賦❹。冢乃人死後的居所，人若不得斂葬，勢必成爲荒野枯骨，張衡名下還有篇〈髑髏賦〉❺，三國時期的曹植、李康、呂安在同一題目、同一模式下各作了一篇❻。

張衡逝世前已誕生，但好事者相傳是張衡後身的蔡邕❼曾已著手摹寫魯靈光殿，「未成，及見（王）延壽所爲，甚奇之，遂輟翰而止」❽。我們不清楚：在蔡邕心目中，對王延壽〈魯靈光殿賦〉

---

❸ 李善注，《文選》（臺北：藝文印書館，1971），卷十七〈賦壬・論文〉，陸機〈文賦〉作者名下注引臧榮緒，《晉書》，頁 245。

❹ 分見歐陽詢，《藝文類聚》（臺北：文光出版社，1977。以下簡稱《類聚》），卷三四〈人部十八・哀傷〉，頁 602、卷四十〈禮部下・冢墓〉，頁 734。惟《類聚》作〈大暮〉，虞世南，《北堂書鈔》（臺北：宏業書局，1974。以下簡稱《書鈔》），卷九二〈禮儀部十三・葬・六親雲赴　姻族如林〉，頁 412、卷九四〈禮儀部十五・冢墓・扃幽戶〉，頁 422；徐堅，《初學記》（臺北：鼎文書局，1976），卷十四〈禮部下・死喪〉，頁 359；吳棫，《韻補》，《百部叢書集成》之五九《連筠簃叢書》（臺北：藝文印書館，1966），卷一〈十五眞・嗣〉，頁 16a，「暮」並作「墓」。

❺ 《古文苑》，卷五〈漢臣賦九首〉，頁 134-7。

❻ 曹、呂二作俱見《類聚》，卷十七〈人部一・髑髏〉，頁 321-2；李賦則見《文選》，卷六十〈祭〉，謝惠連〈祭古冢文〉「幽靈琴黕」注引，頁 853。

❼ 李昉，《太平御覽》（京都：中文出版社，1980。以下簡稱《御覽》），卷三六〇〈人事部一・孕〉，頁 1660、卷三九六〈人事部三七・相似〉，頁 1831 引裴啓，《語林》。

❽ 《文選》，卷十一，〈賦己・宮殿〉，王延壽〈魯靈光殿賦〉作者名下引范曄，《後漢書》，頁 172。然王先謙，《後漢書集解》（臺北：藝文印

「甚奇」這激賞的指涉究竟爲何，不過歷來稱許此賦的多集中在他對建築的描繪，尤其是雕刻圖畫部份：

> 飛禽走獸，因木生姿：奔虎攫拏以梁倚，仡奮豐而軒鬐；虬龍騰驤以蜿蟺，頜若動而躨跜……狡兔跧伏於柎側，猿狖攀椽而相追；玄熊舑舕以齗齗，却負載而蹲踞，齊首目以瞪眄，徒眽眽而狋狋。胡人搖集於上楹，儼雅跽而相對，仡欺惥以鵰眹，鶬顙顡而睽睢，狀若悲愁於危處，憯嚬蹙而含悴。神仙岳岳於棟間，玉女闚窗而下視，忽睢眇以響像，若鬼神之髣髴。圖畫天地，品類群生。雜物奇怪，山神海靈……五龍比翼，人皇九頭，伏羲鱗身，女媧蛇軀，鴻荒朴略，厥狀睢盱❾。

在「旋室婱娟以窈窕，洞房叫窱而幽邃」的光線下，「鴻爌炾以爣閬，颺蕭條而清泠，動滴瀝以成響，殷雷應其若驚」❿的感覺、聽覺中，目睹那些雕刻圖畫，形同步入恐怖蠟像館，無怪乎他會說：「魂悚悚其驚斯，心惢惢而發悸」⓫。大概在賦寫魯靈光殿之前，王延壽已就上引文中的神怪、動物部份專門別構，一爲〈夢賦〉

書館，1972。以下簡稱《後漢書》），卷八十上〈文苑列傳・王逸傳〉，頁934，「止」作「已」，且「而已」二字似當連下文讀。

❾　《文選》，卷十一〈賦己・宮殿〉，頁174-5。

❿　同上，頁173。

⓫　同上，頁174。

⑫；一爲〈王孫賦〉⑬。前者在建安時期根本屬異數，王氏作的是噩夢，賦的一半篇幅在描繪鬼魅的醜形凶態，建安文士卻成天在那裡作「嘉夢」⑭，滿腦子神女艷姬的綽約風姿⑮。至於後者，也要到正始以後才有迴響，好比傅玄的〈猿猴賦〉⑯、阮籍的〈獼猴賦〉⑰。

影響建安賦題甚鉅的乃「輟翰」止撰〈魯靈光殿賦〉的蔡邕⑱。在他的〈霖雨賦〉後，出現曹丕、曹植、王粲、應瑒四篇〈愁霖賦〉⑲，和曹植、王粲、陳琳、劉楨四篇〈大暑賦〉，繁欽、楊

---

⑫　《古文苑》，卷六〈漢臣賦六首〉，頁 157-62。

⑬　前揭書，頁 162-6。

⑭　《類聚》，卷七九〈靈異部下·神〉，頁 1351 引陳琳〈神女賦〉：「託嘉夢以通精」。《初學記》，卷七〈地部下·漢水·夢神　遊女〉，頁 143 引徐幹〈喜夢賦序〉，但嘉靖辛卯年錫山安國刻本《初學記》（臺北：新興書局有限公司，1972），頁 351，「喜」作「嘉」。

⑮　曹植〈洛神賦〉見《文選》，卷十九〈賦癸·情〉，頁 275-7。陳琳、王粲、楊脩三篇〈神女賦〉俱見《類聚》，卷七九〈靈異部下·神〉，頁 1351-2；應瑒〈神女賦〉則見《御覽》，卷三八一〈人事部二二·美婦人下〉，頁 1760。陳琳、阮瑀二篇〈止欲賦〉、王粲〈閑邪賦〉、應瑒〈正情賦〉俱見《類聚》，卷十八〈人部二·美婦人〉，頁 332-3。

⑯　《類聚》，卷九五〈獸部下·猿〉，頁 1652-3。

⑰　陳伯君，《阮籍集校注》（上海：中華書局，1985），卷上〈賦〉，頁 41-5。

⑱　程章燦，《魏晉南北朝賦史》（江蘇：江蘇古籍出版社，1992），第二章第一節第三小節，頁 41-3。

⑲　王賦但存目，見《文選》，卷三一〈詩庚·雜擬下〉，江淹〈雜體詩三十首·張黃門〉「愁霖貫秋序」注，頁 457，餘者佚文見《類聚》，卷二〈天部下·雨〉，頁 30。惟蔡賦誤題作〈愁霖〉，並署諸曹植，當據

脩兩篇〈暑賦〉❷，旱、潦這類題目的賦作直延續到西晉末，就見存資料可考知著成時代的，殆以陸雲、崔君苗、胡安道的〈愁霖〉三賦❷為殿軍之作，其間尚有成公綏的〈陰霖〉、夏侯湛的〈大暑〉、傅咸和阮脩的兩篇〈患雨〉、潘尼的〈苦雨〉、嵇含的〈困熱〉諸賦❷。

然蔡邕另兩篇突出的賦作：〈瞽師〉❷、〈短人〉❷則與王延

《文選》，卷二七〈詩戊·樂府上〉，曹植〈美女篇〉「中夜起長歎」注，頁 400、卷二九〈詩己·雜詩上〉，張協〈雜詩十首之四〉「森森散雨足」注，頁 429，校正。

❷ 楊賦但存目，《文選》，卷四十〈牋〉所收楊脩〈答臨淄侯牋〉，頁 574：「是以對〈鶡〉而辭，作〈暑賦〉，彌日而不獻」善注：「植為〈鶡鳥賦〉，亦命脩為之，而脩辭讓。植又作〈大暑賦〉，而脩亦作之，竟日不敢獻。」陳賦見《初學記》，卷三〈歲時部·夏·炎風 熾日〉，頁 50。餘者俱見《類聚》，卷五〈歲時下·熱〉，頁 89-90。

❷ 陸雲，《陸士龍集》（臺北：臺灣中華書局，1971），卷一〈賦箴〉，頁 5a-6b。賦〈序〉言作於「永寧三年夏六月」，按：永寧二年（302）十二月改元，史例從後稱，曰大安元年，是「三」必為訛字。
卷八，〈與平原書〉，第二八首，頁 11b：「君苗文，天才中亦少爾……作〈愁霖賦〉，極佳，頗傚雲。」
《文選》，卷二六〈詩丁·贈答四〉所收謝朓〈在郡臥病呈沈尚書〉「連陰盛農節」注引，頁 377。劉文典，《三餘札記》（合肥：黃山書社，1990），卷一，頁 5 考證胡氏當係陸雲仕於鄴中之同僚。

❷ 阮賦見《書鈔》，卷一五七〈地部一·堆〉，頁 762。嵇賦見《書鈔》，卷一五五〈歲時部三·伏〉，頁 748。餘者分見《類聚》，卷二〈天部下·雨〉，頁 30-31、卷五〈歲時下·熱〉，頁 90。

❷ 《書鈔》，卷一一一〈樂部七·笛〉，頁 492。

❷ 《初學記》，卷十九〈人部下·短人〉，頁 463。

壽的〈夢賦〉、〈王孫賦〉一樣,於建安時期賡續乏人。可是若不泥於題目表象,取其精神方向,則有繁欽的〈三胡賦〉❷、傅巽的〈蚊賦〉、曹植的〈蝙蝠賦〉❷可謂步武之篇。

依目前材料來看,阮瑀完全不能繼踵他同鄉師父蔡邕❷在賦作這方面別開的仄徑,反而是他的遺孤阮籍頗能遙相呼應,除了前述的〈獼猴賦〉,還寫了篇〈元父賦〉❷。阮家的姻親潘岳❷、潘尼也分別寫了〈狹室〉❸、〈惡道〉❸二賦。

---

❷ 《御覽》,卷三八二〈人事部二三・醜丈夫〉,頁 1764。

❷ 分見《類聚》,卷九七〈蟲豸部・蚊〉,頁 1683、〈蝙蝠〉,頁 1686。惟前者「巽」誤作「選」,時代亦誤署爲晉。

❷ 盧弼,《三國志集解》(臺北:藝文印書館,1972。以下簡稱《三國志》),卷二一〈王粲傳〉,頁 535。

❷ 《阮籍集校注》,卷上〈賦〉,頁 19—24。

❷ 根據吳士鑑、劉承幹,《晉書斠注》(臺北:藝文印書館,1972。以下簡稱《晉書》),卷四九〈阮瞻傳〉,頁 934:「內兄潘岳每令鼓琴,終日達夜,無忤色」、楊勇,《世說新語校箋》(臺北:明倫出版社,1971。以下簡稱《世說》),〈賞譽第八〉,第 139 條,頁 368:「(王)堪,烈之子,阮千里姨兄弟、潘安仁中外,安仁詩所謂:『子親伊姑,我父唯舅。』」,及相關史料,可將三家關係略表如下:

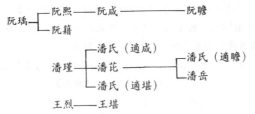

❸ 《類聚》,卷六四〈居處部四・室〉,頁 1151。

×　　　　×　　　　×

　　以上列舉的這些賦在題材大方向以及聯帶的描繪內容上似乎隱隱透露一點通性。如果我們將「人」設置爲討論起點，則上列諸賦不少或以殘缺的人，如瞽師、侏儒，甚至以非人爲題材。髑髏是人死後的殘餘，冢墓是殘餘的安頓處，猿猴等實爲人的扭曲，所以一則說「顏狀類乎老公，軀體似乎小兒」**㉜**，再則說「體多似而匪類，形乖殊而不純」**㉝**。牠們似人，又不似人，所以「戴以赤幘，襪以朱巾，先裝其面，又丹其脣」**㉞**，作爲鄙夷戲謔的對象。在兩漢人的觀念中，蠻夷等同禽獸**㉟**，晉人說猿猴「類胡兒」**㊱**，因此對雙方的總評竟同是「人面而獸心」**㊲**，將猴舞擬爲胡舞**㊳**。「侏儒短人」「出自外域」，乃「戎狄別種」，戎狄既被視同禽獸，當「引譬比偶」侏儒時，也就以禽蟲刻畫：

㉛　前揭書，卷七〈山部上‧總載山〉，頁 127。

㉜　同注**⓭**，頁 162。

㉝　同注**⓱**，頁 44。

㉞　同注**⓰**，頁 1652。

㉟　王先謙，《漢書補注》（臺北：藝文印書館，1972。以下簡稱《漢書》），卷六四上〈主父偃傳〉，頁 1279：「上自虞、夏、殷、周固不程督（匈奴），禽獸畜之，不比爲人」、六四下〈終軍傳〉，頁 1284：「（四裔）禽獸行，虎狼心」、〈賈捐之傳〉，頁 1291：「駱越之人……與禽獸無異……其民譬猶魚鼈」、卷九四上〈匈奴傳〉，頁 1599：「夷狄譬如禽獸」。

㊱　同注**⓰**，頁 1653。

㊲　《漢書》，卷九四下〈贊曰〉，頁 1623；同注**⓱**，頁 44。

㊳　同注**㊱**。

雄荊雞兮鶩鷺鶬，鶻鳺鷦兮鶉鶡雌，冠戴勝兮啄木兒，觀短人兮形若斯。蟄地蝗兮蘆蝍蛆，繭中蛹兮蠢蠕蝢，視短人兮形若斯㊴。

如果說一般人是鍾五行之秀氣所生，則這些殘缺之人及非人存在就是陰陽乖戾所致。至於髑髏、王延壽夢到的那些魑魅魍魎當然更屬純陰。

漢賦，不論是西漢描述帝王活動的〈甘泉〉、〈上林〉，還是東漢鋪陳帝王居所的〈兩都〉、〈二京〉，在帝王心目中都期望能達到「潤色鴻業」㊵的目的。暨東漢末葉，隨著長期地方力量及意識的增強，方域都會的賦作蠭出，像徐幹的〈齊都〉、劉楨的〈魯都〉、劉卲的〈趙都〉、韋昭的〈雲陽〉、文立的〈蜀都〉㊶，最後的傑作就是左思的〈三都〉。然而不管是中央心態，還是地方意識，描述時都強調物華天寶，人傑地靈，何嘗像阮籍〈元父賦〉花那麼多筆墨、亟力「以詆之」？

論城郭：則「卑小局促，危隘不遐」
論人民：則「頑嚚檮杌，下愚難化」
論川渠：則「暆澮不暢，垢濁實臻」

㊴ 以上引文出處並同注㉔。

㊵ 《文選》，卷一〈賦甲・京都上〉所收班固〈兩都賦・序〉，頁 21。

㊶ 分見《類聚》，卷六一〈居處部一・總載居處〉，頁 1103-5、《御覽》，卷一九四〈居處部二二・亭〉，頁 938、《文選》，卷四〈賦乙・京都中〉所收左思〈蜀都賦〉「鼁貙氓於葽草」劉淵林注引，頁 82。

論植物：則「穢菜惟產兮不食實多」
論動物：則「鷗鴉群翔，狐狸萬口」

照阮氏的說法，所以如彼窮山惡水、人頑物劣，乃「地下沈陰兮受氣匪和」❷。潤色鴻業的手法多端，其中之一是強調人間世萬里同條共貫，這須以車同軌爲一大前提，並往往即以此爲象徵，故顯示始皇一統大業，會道及：

爲馳道於天下……道廣五十步，三丈而樹，厚築其外，隱以金椎，樹以青松，爲馳道之麗至於此❸。

現在竟侈言「行者之艱難，羈旅之困斃」❹，「輪輿顚覆，人馬仆僵」❺，反其道而行。方式之二則是臚陳諸般天與神嘉的徵兆，所謂生物并非生物的祥瑞，如今賦作居然以旱、潦這類陰陽失調的災異、「姦氣」所生的蝙蝠和蚊「蟁」❻爲鋪敘對象，豈非咄咄怪事？

中國雖素來大一統，但也素來肯定明哲高蹈的內在價值，認爲

---

❷ 以上引文出處並同注❷，頁 19-21。

❸ 《漢書》，卷五一〈賈山傳〉，頁 1103。以路塗修整或荒塞作爲政治是否上軌道的象徵之一，起源頗早，見韋昭注，《國語》（臺北：藝文印書館，1974），卷二〈周語中・定王使單襄公聘於宋〉，頁 51-4。

❹ 同注❸。

❺ 《初學記》，卷二四〈居處部・道路〉，頁 590。

❻ 同注❷。

「或出或處」，「各得道之一節」❹。不論是基於「大樹將顛，非一繩所維」❹的理解，而欲抽身廟堂，還是企慕幽人逸民的境界，思養眞林下，談到個人實有或願有的莊廬時，總是一派鄉紳體段、豪右風流，從仲長統的《昌言・樂志論》：

> 使居有良田廣宅……場圃築前；果園樹後……養親有兼珍之膳，妻孥無苦身之勞，良朋萃止，則陳酒肴以娛之；嘉時吉日，則烹羔豚以奉之，躕躇畦苑，遊戲平林……❹。

石崇的〈金谷詩敘〉：

> 有別廬在河南縣界金谷澗中，或高或下，有清泉茂林，眾果、竹柏、藥草之屬莫不畢備，又有水碓、魚池、土窟，其爲娛目歡心之物備矣❺。

至謝靈運的〈山居賦〉，蔑以復加矣。其間，潘岳的〈閒居賦〉豈止不能免俗？簡直是俗中之尤，像：

> 其西則有元戎禁營，玄幙綠徽……其東則有明堂辟廱，清穆敞閒……爰定我居，築室穿池……張公大谷之梨、梁侯烏椑

---

❹　《漢書》，卷七二〈王貢兩龔鮑傳・贊曰〉，頁 1375。

❹　《後漢書》，卷五二〈徐稺傳〉，頁 625。

❹　前揭書，卷四九〈仲長統傳〉，頁 590。

❺　《世說》，〈品藻第九〉注引，頁 401。

之柿、周文弱枝之棗、房陵朱仲之李靡不畢殖……㊿。

迻譯成現代的話，等於在說：我的幽隱小築坐落在台北市黃金地段名人巷，草坪皆舶來；盆景率萬金。這種林下生活固可謂關起門來扮皇帝，即在敘寫上也可謂將原用在京苑大賦上的布局手法移轉到個人莊園上。現在竭思刻畫斗室的破陋：

> 閣戾以互掩，門崎嶇而外扉，室側戶以攢楹，檐接柤而交榱。

爲求強化印象，又描繪酷暑、久霖下的苦處：

> 當祝融之御節，熾朱明之隆暑，沸體恧其如鑠，珠汗揮其如雨。若乃重陰晦冥……叢溜奔激，白甍爲之沈溺，器用爲之浮漂㉜。

這豈不破陋得甚軼塵脫俗嗎？

　　按照兩漢氣化史觀，會將上述現象解釋爲：東漢中葉以降，玄律漸昇，陽九厄臨，反應於賦的領域，就是這些異端題材面世。今人自難接受這種論式，那麼究竟是什麼在半自覺或不自覺中拓轉了？

㊿　《文選》，卷十六〈賦辛・志下〉，頁 230-231。
㉜　以上引文出處並同注㉚。

貳

《文選》卷四五〈序上〉之〈三都賦序〉[53]說：

> 賦也者，所以因物造端，敷弘體理，欲人不能加也。引而申
> 之，故文必極美；觸類而長之，故辭必盡麗，然則美麗之
> 文，賦之作也。

至於怎樣才算得上美麗，從漢賦主流實際的事物描繪：

> 論臺閣：「列宿迺施於上榮兮，日月纏經於欀枅……鬼魅不
> 　　　　能自逮兮，半長途而下顛」[54]。
> 論内宮陳設：「翡翠火齊，絡以美玉，流懸黎之夜光，綴隨
> 　　　　　　珠以爲燭……珍物羅生，煥若崑崙」[55]。
> 論苑囿規模：「日出東沼，入乎西陂，其南則隆冬生長，涌水
> 　　　　　　躍波……其北則盛夏含凍裂地，涉冰揭河」[56]。

---

[53] 《世說》，〈文學第四〉，第 68 條注引《左思別傳》，頁 195，指皇甫
謐並未「爲思賦序」，乃左思「欲重其名，故假時人名姓也」。劉孝標徵
引諸書以晉、宋之際爲限斷，是此說起之甚早，也確非盡屬誣枉，詳拙
著，〈張載劍閣銘著成時代及其相關問題〉，《書目季刊》十卷一期
（1976 年），頁 67。

[54] 《文選》，卷七〈賦丁・郊祀〉，揚雄〈甘泉賦〉，頁 116。

[55] 前揭書，卷二〈賦甲・京都上〉，張衡〈西京賦〉，頁 40。

[56] 前揭書，卷八〈賦丁・畋獵中〉，司馬相如〈上林賦〉，頁 128。

論上林奇珍：「九眞之麟、大宛之馬、黃支之犀、條支之鳥……殊方異類至于三萬里」(57)。

論扈從：「敦萬騎於中營兮，方玉車之千乘」(58)。

論裝備：「荷垂天之畢，張竟壄之罘」(59)。

論捕獲：「風毛雨血，灑野蔽天」(60)。

論娛樂：「撞千石之鍾，立萬石之虡……千人唱，萬人和，山陵爲之震動，川谷爲之蕩波」(61)。

論戰威：「腦沙幕，髓余吾……蹂屍輿廝，係累老弱，吮鋋瘢，耆金鏃淫者數十萬人」(62)。

可知乃以世俗心目嚮往推許的高、貴、廣、富、多、大、強等爲美的具體內涵。但東漢中葉以降，如上述，出現了一支數量有限、意義堪思的涓流(63)，走向兩漢審美主流的對立面，以愚魯、粗拙、荒

---

(57) 前揭書，卷一〈賦甲・京都上〉，班固〈西都賦〉，頁 24。

(58) 同注(54)，頁 115。

(59) 前揭書，卷八〈賦丁・畋獵中〉，揚雄〈羽獵賦〉，頁 134。

(60) 同注(57)，頁 28。

(61) 同注(56)，頁 131。

(62) 前揭書，卷九〈賦戊・畋獵下〉，揚雄〈長楊賦〉，頁 141。

(63) 就筆者統計，設將〈七〉、〈解嘲〉、〈書勢〉類均歸入，三國時期見存賦目約二百八十上下；兩晉時期則爲五百六十左右，是本文揭舉者，以量而言，佔的比例甚低，但數量多寡與意義輕重無必然關係。這點同樣反映在個別作家的創作上。爲本文視作「反」階段例證的那些賦在它們個別作者現存的賦作中，絕大多數不過十分居一，那些作者筆下大部份仍屬不同意義的從俗之構。這絲毫不足怪，一人一生能有幾篇佳作？同理，一人一生未

穢、困厄、災孽、殘缺、死亡等爲賦作的鋪摛對象。

迨正始後，玄風大扇，思想界的變動也多少波及文學界。以賦這支流的題材而言，庾敳的〈意賦〉、李充的〈玄宗賦〉、謝尚的〈談賦〉、王彪之的〈水賦〉、賈彪的〈鵬賦〉(64)等可爲著例。這些賦究竟是文學創作，還是僅能算作韻語形式的「柱下之旨歸」、「漆園之義疏」(65)，可置不論，眼前我們關懷的是某些賦作反映出在玄學影響下審美觀的轉換。今本《老子》第二章說：

> 天下皆知美之爲美，斯惡矣；皆知善之爲善，斯不善矣。

世俗的美乃是朴散爲器後對較意義下的美，非「天地之純」(66)美，眞正的美只有在返朴歸根後才能達到，而那種美是不可名狀，「淡乎其無味」(67)的，導致擁有那種美的「聖人被褐懷玉」(68)。因此，

必能有一篇自文學發展的角度可視爲重要的作品。從俗之篇未必無佳構，佳構與重要作品或一或不一，個中分合稍具思想訓練者即能明辨，不復辭費。

(64) 分見《晉書》，卷五十〈庾敳傳〉，頁 954-5、《文選》，卷三一〈詩庚·雜擬下〉，江淹〈雜體詩三十首·殷東陽〉「玄風豈外慕」注，頁459、《書鈔》，卷九八〈藝文部四·談講〉，頁 435、《初學記》，卷六〈地部中·總載水〉，頁 113、《類聚》，卷九二〈鳥部下·鵬〉，頁1608。

(65) 范文瀾，《文心雕龍注》（臺北：臺灣開明書局，1970），卷九〈時序〉，頁 24a。

(66) 郭慶藩，《校正莊子集釋》（臺北：世界書局，1971），卷十下〈天下〉，頁 1069。

(67) 王弼，《老子王弼注》(臺北：河洛圖書出版社，1974)，第三五章，頁 48。

卑、曲、弱、下這些俗世聞之則大笑的表象在老、莊學說中被推許爲內涵眞正價値，至於一般企慕的富、貴、高、強反倒是可鄙夷的。《莊子》卷七上〈山木〉一段寓言頗足闡述這套廣義的美惡觀：

> 陽子之宋，宿於逆旅，逆旅人有妾二人：其一人美；其一人惡，惡者貴而美者賤。陽子問其故，逆旅小子對曰：「其美者自美，吾不知其美也；其惡者自惡，吾不知其惡也」。

在這種觀點下，人人蔑視的叩頭蟲才是當頌揚的對象，因牠具有「能柔」、「執雌」、「多畏」、「不校」的品質。故「無害之可賈」，「自天祐之，吉無不利」(69)。同理，杕杜乃以「其質菲薄，既不施於器用」被孫楚相中，他說：

> 家弟以虞氏〈梨賦〉見示，余謂：豈以梨有用之爲貴，杜無用之爲賤？故（無）用獲全，所以爲貴；有用獲殘，所以爲賤，故賦之云爾(70)。

賦作中最足顯示這種新審美觀的莫過於成公綏的〈鸚鵡賦序〉。鸚鵡乃建安以來熱門的賦題，因爲牠「紺趾丹觜，綠衣翠衿，采采麗

(68) 前揭書，第七十章，頁 100。

(69) 《類聚》，卷九七〈蟲豸部・叩頭蟲〉，頁 1686。

(70) 前揭書，卷八七〈果部下・杜梨〉，頁 1493。

容，咬咬好音」(71)，不僅是一般認爲的「艷」、「麗」(72)代表，並且「能言解意」(73)，成爲世間意義「明慧聰善」(74)的象徵。且不說後者實出自後天訓練、刻意模仿，乃莊學觀點中的大忌，縱使視之爲天機玄發，因此「爲人所愛」，以至「戍之以金籠，升之以殿堂」，也殊悖自然，所謂「未得鳥之性也」(75)。以往「焉比德於眾禽」的「可貴」、「可嘉」(76)處如今盡成缺點。沿用到人事方面，有才之才並非眞才，看似無才之才方屬上選。也只有在這種包括審美在內價值觀的翻轉下，或許才能理解：何以阮籍會激賞張華有「王佐之才」，那正是因爲他讀到張華早年自惕之作〈鷦鷯賦〉(77)。自人觀之，鷦鷯「色淺體陋」，「行微處卑」，既「無玄黃以自貴」，復「毛弗施于器用；肉弗登于俎味」，較諸「彼鷲、鶚、鷗、鴻、孔雀、翡翠」，依兩漢的觀點，牠那裡有廁身被讚美行列

---

(71) 《文選》，卷十三〈賦庚・鳥獸上〉所收禰衡〈鸚鵡賦〉，頁 205。

(72) 《類聚》，卷九一〈鳥部中・鸚鵡〉引應瑒〈鸚鵡賦〉，頁 1576：「何翩翩之麗鳥，表眾艷之殊色」；阮瑀〈鸚鵡賦〉：「惟翩翩之艷鳥，誕嘉類於京都」。

(73) 《御覽》，卷七六四〈器物部九・籠〉，頁 3393。

(74) 同注(71)，頁 204。

(75) 以上引文出處俱同注(73)。《魏晉南北朝賦史》，第四章第一節（第 3 小節），頁 129-30 已略言及。

(76) 同注(71)、(74)。

(77) 《晉書》，卷三六〈張華傳〉，頁 751-2 敘賦作於「初未知名」、未仕時，經阮籍品題，「由是聲名始著，郡守鮮于嗣薦華爲太常博士……除著作郎，頃之，遷長史，兼中書郎」。《文選》，卷十三〈賦庚・鳥獸上〉所收張華〈鷦鷯賦〉作者名下注引臧榮緒，《晉書》，頁 206 卻認爲作於已仕、「轉兼中書郎」後。

的資格？結果反而是彼等在賦題擷選中落榜，「何者？有用於人也」(78)。

如果我們將兩漢審美的主流看法當作「正」，本文第一段所揭諸賦代表的方向視爲「反」的話，則〈鷦鷯〉那幾篇作品可謂已走上某種特殊意義的「合」的階段：以世俗眼光中的不美爲眞美，或者說：他們認爲「至麗無文」(79)。

× × ×

爲什麼說〈鷦鷯〉等賦代表的「合」是種特殊意義的「合」？就形式理論言，這種「合」並未吸納舊「正」且消解舊「正」與「反」之間的矛盾，它只意謂新「正」的提出，將舊「正」與「反」的同層級對立轉爲舊「正」與新「正」異層級的衝突。落實來說，絕大部份的作者與讀者都非修身踐道者，生活實際中的境界沒有達到那般經虛涉曠的層面，看著嫫母，卻能爲對方的內在美心搖神曳，願接枕席；目擊毛嬙，倒因洞鑒彼人特一堆膿血，而槁木死灰。我們盡可同意：文應載道，但首先被接觸的不是道，而是傳

---

(78) 以上引文出處俱見《文選》，卷十三〈賦庚・鳥獸上〉所收張華〈鷦鷯賦〉，頁 206。

《類聚》，卷九二〈鳥部下・鷺鷀〉引張望〈鷺鷀賦〉，頁 1607：「余覩鷺鷀之爲鳥也，形皃叢蔑，尾翮燋陋，樂水以遊，隨波淪躍，汎然任性而無患也……」，可謂異世同調。

(79) 《晉書》，卷九二〈文苑列傳・成公綏傳〉，頁 1550。欲深切理解這句話涉及的意義，應參汪榮寶，《法言義疏》（臺北：藝文印書館，1968），卷十〈寡見〉「或曰良玉不彫」條，頁 334、《漢書》，卷八七下〈揚雄傳・解難〉，頁 1539-40。前者代表傳統的看法；後者顯示變動徵萌。

遞道的媒介或說體現道的素材：文，這媒介或說素材若沒有相當的感染魅力，所欲引薦、彰顯的道再高明，也會令人因文不文而中輟，不復尋繹咀嚼。說它庸俗也好，泥於形象也好，這正是文學的一大特質。在這個關鍵點上，我們或許就能較深刻地認識到鮑照〈蕪城賦〉在中古賦史上的典範地位。

如果說柳宗元永州西山之文首段：

> ……無遠不到；到則披草而坐，傾壺而醉；醉則更相枕以臥；臥而夢，意有所極，夢亦同趣；覺而起；起而歸。

看似筆法拙劣如童生記遊，但非如此不足以見「西山之怪特」(80)，也就是說，以眾山之庸俗凸顯欲寫主體的不凡，則三百四十多年前的鮑照早已深諳此訣，特反其道而行耳。〈蕪城賦〉前半不論如何夸示世俗意義的

眾（「車挂轊，人駕肩」、「廛閈撲地，歌吹沸天」）
強（「士馬精妍」、「製磁石以禦衝」）
富（「孳貨鹽田，鏟利銅山」）
高（「格高五嶽」、「崪若斷岸」）
廣（「袤廣三墳」、「矗似長雲」）
驕貴（「奓秦法，佚周令」）
悠久（「出入三代五百餘載」）

這一切「全盛之時」盛景的鋪張揚厲都不過是素材，供作毀滅，反

(80) 柳宗元，《柳宗元集》（北京：中華書局，1979），卷二九，頁762。

襯敗亡的恐怖徹底。

賦的主體先驚人地連用二十個四字句，其間句法變化多端——或採 S.+V.+O. 的形式（「澤葵依井，荒葛罥塗」），或採 O.+V.+S. 的形式（「壇羅虺蜮，階鬬麏鼯」）；或將四句的主詞形成兩個當句對（「木魅、山鬼，野鼠、城狐」），相應於四個主詞的副詞、動詞另組成兩個當句對（「風嗥、雨嘯，昏見、晨趨」）；意象素材也暗含層次——人固早已消失，惟有掠食的飢鷹、寒鴟、伏虣、藏虎等禽獸，最後動物也消失，只剩下白楊、塞草、灌莽、叢薄在「稜稜霜氣，蔌蔌風威」中早落先衰。最後以一聯五字句總結，不僅將人類一切文明作爲的象徵（「峻隅」、「通池」）全部剷平填埋，而且倒退到洪荒原始，所謂「直視千里外，惟見起黃埃」。此刻「凝思寂聽」，只聽到摧心厲膽的歷史歌聲：

千齡兮萬代，共盡兮何言？

到了這地步，作者仍不放手，以一組十字句將盛景再例舉出，而後搗得粉碎。不，粉碎猶有痕跡可尋，他連那些無形的痕跡——餘音、殘息、死灰、淡影都抹去：

藻扃、黼帳、歌堂、舞閣之基　　薰歇　燼滅
琁淵、玉樹、弋林、釣渚之館　　光沈　響絕(81)

---

(81) 以上引文出處俱見《文選》，卷十一〈賦己‧遊覽〉所收鮑照〈蕪城賦〉，頁 170-2。

好似人和他製造的文明從未在這地球舞臺上出現過。

在兩漢，至少按官方或主流看法，賦是要用來潤色鴻業的，鴻業的輻輳點就是帝國、後來且兼爲宇宙的中心：京都(82)，所以《文選》這部皇家主持編纂的選集開卷即以賦冠庶類，而賦又以京都一目居首。如今賦卻被用來鋪陳一個荒涼敗亡的都邑，所謂蕪城，個中消息不大堪玩味嗎？〈蕪城賦〉雖極力刻畫荒涼、野蠻、敗亡、毀滅，卻刻畫得出奇得美！這種詭異的美雖非常人在生活中喜好、且認知它的存在，可是當它被呈現眼前時，卻又能立即感受體會得到，無待哲學層次的思辯。雖不能說：中古詠物賦涉及的審美觀到此刻方正式步入「合」的階段，但至少待〈蕪城賦〉問世，才算有成功範例，抉發足以令人共鳴的另一種美，既非與荒涼、野蠻等對立的興盛、典雅式的美，也不是精神高層面具眞、善屬性的美，而

(82) 以京都爲天下中心，自商代已然，請參胡厚宣，〈論五方觀念及中國稱謂之起源〉，《甲骨學商史論叢・初集》（臺北：臺灣大通書局，1972），頁 383-6、張光直，〈夏商周三代都制與三代文化異同〉，《中國青銅器時代（第二集）》（臺北：聯經出版事業公司，1990），頁 17-28。周、秦未改，孔穎達，《尚書注疏》（臺北：臺灣中華書局，1968），卷十五〈召誥〉，頁 5a：「旦曰：『其作大邑，其自時配皇天，毖祀于上下，其自時中乂……。』」；《三輔黄圖》，《四部叢刊廣編》（臺北：臺灣商務印書館，1981），第十八冊，卷一〈咸陽故城〉條，頁 6：「因北陵營殿，端門四達，以則紫宮，象帝居；引渭水灌都，以象天漢；横橋南渡，以法牽牛橋」。迨西漢中葉，渾天説起，則京都非特爲天下中心，與天庭相呼應，根本即是天地中心。有關蓋天、渾天説交替時期，請參《法言義疏》，卷十三〈重黎〉，頁 477、《御覽》，卷二〈天部二・天部下〉引桓譚，《新論》，頁 9-10。

是荒涼、野蠻等負面物本身蘊涵的魔性美。

我們若從更高闊的視野俯瞰中古賦史洪流：漢初歌詠〈菟園〉(83)之宏富，六朝末期的庾信卻寫貧寒荒蕪的〈小園〉；漢初以象徵精緻人文成就的〈文木〉(84)為題，庾信卻以自然凋傷的〈枯木〉入賦。前人常認為賦深受楚辭影響，所謂屈騷乃「詞賦之英傑」，賦實「拓宇於楚辭」(85)，而其間又以宋玉居樞紐地位(86)，傳統認為〈招魂〉乃宋玉的代表作之一，《楚辭》卷九〈招魂・亂曰〉：

> 獻歲發春兮汩吾南征，菉蘋齊葉兮白芷生，路貫廬江兮左長薄，倚沼畦瀛兮遙望博，青驪結駟兮齊千乘，懸火延起兮玄顏烝，步及驟處兮誘騁先，抑騖若通兮引車右還，與王趨夢兮課後先，君王親發兮憚青兕，朱明承夜兮時不可以淹，皋蘭被徑兮斯路漸，湛湛江水兮上有楓，目極千里兮傷春心，魂兮歸來哀江南。

漢人櫽栝前半著成〈子虛〉、〈羽獵〉；庾信卻根柢末節寫出震鑠

---

(83) 《古文苑》，卷三〈漢臣賦十二首〉，頁63-7。

(84) 向新陽、劉克任，《西京雜記校注》（上海：上海古籍出版社，1991），卷六，頁253-4。

(85) 分見《文心雕龍》，卷一〈辨騷〉，頁29b、卷二〈詮賦〉，頁46b。

(86) 《文選》，卷四五〈序上〉，皇甫謐〈三都賦序〉，頁653：「及宋玉之徒，淫文放發……〈風〉、〈雅〉之則於是乎乖」、《御覽》，卷五八七〈文部三・賦〉引摯虞，《文章流別論》，頁2645：「至宋玉，則多淫浮之病矣」、《文心雕龍》，卷二〈詮賦〉，頁47a：「宋發夸談，實始淫麗」。

今古的巨構〈哀江南賦〉。此去彼取，余言豈不然乎？誠然乎？不論如何，本諸兩漢或六朝審美主流觀的賦作至此都已充類至盡，賦史前一階段的變化是該、也果眞落幕了。

參

以上只陳述出中古賦作一隅的變化現象，並未說明變化原由。或許有人會從東漢以降政治昏亂、戰爭頻仍等事實來解釋上舉諸賦的出現以及所反映的這期間賦作審美觀點的異動。賦乃文學中的一種體裁，文學創作又只是整個社會活動裏的一個象限，不可能自絕於政、軍等其它象限的影響，但凡稍諳歷史學的人俱悉：以外緣解說某一象限中異動的生發，說服力是欠堅實的，上策莫過於從該象限中尋得內因。下文所言但屬臆測，導致這期間賦作審美觀異動的眞正內在線索謹俟高明。

上文說過：典型的漢賦在摛鋪事物時，講求世俗意義的「巨麗」、「侈麗」、「極麗」(87)，「欲人不能加也」，但誠如今本《老子》第二章所說的：「長短相較，高下相傾」，惟在對比襯托下，長、高才顯其長、高。臚列中的事物非高即巨、或強或富，一方面使得夸飾原先企圖達到驚心駭魄的效果減弱；一方面也會令通篇形同一臃脹板滯的巨人，典型漢賦的一大病痛正坐此。然而這種病痛在某類漢賦中程度較輕，那就是音樂賦。

---

(87) 分見《漢書》，卷三十〈藝文志・詩賦略敘論〉，頁 902、卷五七上〈司馬相如傳〉，頁 1183、卷八七上〈揚雄傳〉，頁 1525。

以音樂爲主題的賦，不論選取鋪敘的樂器爲何，必然都會著墨用該樂器演奏，而任何樂曲均不可能沒有洪纖、低昂、疾徐等變化，一篇刻畫傳神的音樂賦正在於能掌握這種種變化，唯其如此，才能顯示出用該樂器演奏的樂曲音色之美，這也就無形在巨麗之外開啓另一非巨麗的品味。另外，至晚從漢人開始，對樂曲的欣賞即以淒怨悲涼爲尚(88)，極端的情形可自《續漢志》卷十三〈五行志一〉劉昭注引《風俗通》：

> 靈帝時，京師賓婚嘉會皆作魁櫑，酒酣之後，續以挽歌。魁櫑，喪家之樂；挽歌，執紼相偶和之者。

窺見一斑。是風靡及江左，《世說新語》二三〈任誕〉第四三條：

> 時袁山松出遊，每好令左右作挽歌。

注引《續晉陽秋》：

> 北人舊歌有〈行路難曲〉，辭頗疏質，山松好之，乃爲文其章句，婉其節制，每因酒酣，從而歌之，聽者莫不流涕。

卷二八〈黜免〉第七條注引《司馬晞傳》：

---

(88) 參錢鍾書，《管錐篇》（香港：中華書局，1990），第三冊〈全上古三代秦漢三國六朝文〉，第 26 條，頁 946-50。

(晞)喜爲挽歌，自搖大鈴，使左右習和之。又燕會，倡妓作〈新安人〉歌舞，離別之辭，其聲甚悲。

因此音樂這類詠物賦「其體制風流莫不相襲：稱其材幹，則以危苦爲上；賦其音聲，則以悲哀爲主；美其感化，則以垂涕爲貴」(89)。這種癖好乍聞之下費解，但只要反身自省，雖未必明其所以然，也當能莞爾心印首肯。會不會東漢中葉以降某些敏感的文士從欣賞音樂這種聽覺藝術方面的癖好獲得啓發，首先聯類思及音樂賦這種格外聲、色並重的藝術創作，注意到成功作品呈現樂曲動人美感的著眼點和方式，恍惚有見那揭開奧秘的光暈，進而嘗試在一般詠物賦中往巨麗題材的對立面著墨，航向對自己要捕抓的那個美麗精靈全然陌生的冒險歷程？

肆

上文爲免支蔓，有一些須要辯解的地方率略去。

一，《漢書》卷三十〈藝文志·詩賦略〉在雜賦部份羅列了一些題類及各類創作篇數：

雜四夷及兵賦二十篇。

雜思慕、悲哀、死賦十六篇。

雜山陵、水泡、雲氣、雨、旱賦十六篇。

---

(89) 《文選》，卷十八〈賦壬·音樂下〉，嵇康〈琴賦〉，頁260。

雜禽獸、六畜、昆蟲賦十八篇。

難保以本文歸諸「反」階段的那些題材寫的詠物賦在西漢成、哀之前就已經出現了(90)，果如是，則東漢中葉以降出現那些賦並無怪特可言。按：各類賦作獲保存的機會不均，專就賦作內容類別而言，我們沒有任何堅實的理據主張：東漢中葉以前保存下來的賦和未保存下來的賦舖寫內容類別迥異，易言之，那等於在主張：現存東漢中葉以前的詠物賦專寫「正」階段的題材；亡佚的部份裏則多屬「反」階段題材的賦作。就算〈藝文志・詩賦略〉著錄的雜賦中已出現了不少「反」階段題材的賦作，但它們早已經薫歇燼滅、光沈響絕，某類賦能否存留這事象本身即顯示：該類賦在當時賦壇扮演的殆屬邊緣角色，而其內容意義的重要性尚不足度邁悖乎時代趨向、作者名位微末、藝術成就拙陋等不利因素，在賦作流變中留下足跡。

二，賦題類別轉向很可能是既有題類的創作，無論在質或在文方面，都已達飽和，雖有秀俊之士也難出新意，故在獨樹風標、一逞才智的動機下，揀選冷門賦題，與審美觀的異動無關。

按：像漢以來的〈七□〉、〈□志〉，或三國以來的〈蟬〉、〈石榴〉這些一再被選用、寫得令人生厭的題材依然代不乏篇，個中原因匪一，有待專文疏釋，不過已可見：某類題材是否續蒙惠顧、或遭委棄與寫作頻率沒有必然關係。喜新厭舊誠然是大多數人

---

(90) 在上列雜賦篇題外，唯一可差強引爲證的乃《古文苑》，卷三〈漢臣賦十二首〉所收賈誼〈旱雲賦〉，頁 56-9。

的通性，別開生面一見卓絕也屬文士常態。如楊泉讀書不周，誤認
爲「古人作賦者多矣，而獨不賦蠶，乃爲〈蠶賦〉」[91]；成公綏因
「歷觀古人未之有賦」，而以〈天地〉爲題[92]；又好比酈酒、羽扇
之爲物，「往逢天地之否運」，「潛淪於吳邦」[93]，「中國莫有生
意，滅吳之後」[94]始得，故張載、傅咸揀選爲詠讚對象。然以宇宙
之大、品物之繁，題材轉向不必然非要以愚拙、醜惡、殘缺、死亡
等爲歸趨。是則舊題浮濫、另覓新目只能視爲本文揭舉的那些賦作
出現的原因之一，不能構成充要條件。

　　三，盡人皆知：諧隱本是賦的源頭之一。直到西漢中期的枚
皋、東方朔都未洗去這層色彩，可能還變本加厲[95]。據《文心雕
龍》卷三〈諧讔〉的報導：

　　　懿文之士未免枉轡，潘岳〈醜婦〉之屬、束皙〈賣餅〉之
　　　類，尤而效之，蓋以百數。魏、晉滑稽，盛相驅扇。

---

[91]　蕭繹，《金樓子》（臺北：世界書局，1959），卷四〈立言篇九下〉，頁
　　　31a。

[92]　《晉書》，卷九二〈文苑列傳·成公綏傳〉，頁 1550。

[93]　《初學記》，卷二六〈器物部·酒〉，頁 635。

[94]　《類聚》，卷六九〈服飾部上·扇〉，頁 1213。

[95]　根據《漢書》，卷五一〈枚皋傳〉，頁 1117、卷六五〈東方朔傳〉，頁
　　　1304，可知：他們的賦作題材仍然不外乎帝國鴻業，所謂「從行至甘泉、
　　　雍、河東，東巡狩、封泰山，塞決河宣房，遊觀三輔離宮館，臨山澤弋獵
　　　射馭，狗馬，蹵鞠，刻鏤，上有所感，輒使賦之」，只是行文語氣上「頗
　　　詼笑，不甚閑靡」，內容與手法二者不當混爲一談。

針對前舉東漢中葉以降諸賦選愚拙、醜惡、殘缺等狀態下的人物爲題這現象，我們可否採取另一種解釋角度，即視爲滑稽嘲謔文學風尚下的產物或先河？

按：就作意而言，滑稽嘲謔文學不外兩類：一是純粹遊戲，如王褒〈僮約〉、石崇〈奴券〉(96)等；一是藉此揮抒鬱憤，既自勉自慰，復刺世嫉人，但因笑詈假遊戲形式出之，使肆言者易辭罪，如揚雄〈逐貧賦〉、張敏〈頭責子羽〉、陸雲〈牛責季友〉、左思〈白髮賦〉(97)等。這兩類經常都採主客答問的結構形式，全知觀點敘事抒情，本文所鉤輯者，除了張衡等的〈髑髏賦〉，沒有一篇合乎這種規模，而張衡等的〈髑髏賦〉雖是《莊子》卷六下〈至樂·莊子之楚章〉那則寓言的改寫，但絲毫沒有俳優意味，乃在嚴肅地討論死生問題。我們也不能因某篇作品，如阮籍〈獮猴賦〉，甚至上及曹植的〈蝙蝠賦〉，意在刺世嫉人，將對象丑角化，就將它歸諸滑稽嘲謔文學之列，否則〈卜居〉豈不要成這類作品的鼻祖了嗎？至於蔡邕〈短人賦〉正文雖採七言體，而「七言者……於俳諧倡樂世用之」(98)，卻不得據此申論，因爲這種樂府調句式入賦乃東

(96) 分見《古文苑》，卷十七〈雜文〉，頁 445-51；《御覽》，卷五九八〈文部十四·契券〉，頁 2694、卷七七三〈車部二·敘車下〉，頁 3429。

(97) 分見《類聚》，卷三五〈人部十九·貧〉，頁 628-9、《世說》，〈排調第二十五〉，第 7 條注，頁 589-91、《陸士龍集》，卷六〈頌〉，頁 10b-11a、《類聚》，卷十七〈人部一·髮〉頁 320。

(98) 《御覽》，卷五八六〈文部二·詩〉引摯虞《文章流別論》，頁 2639。詳參余冠英，〈七言詩起源新論〉，《漢魏六朝詩論叢》（臺北：坊間翻印本），頁 136-56。

漢以來的趨勢。如班固〈竹扇賦〉：

安體定神達消息，百王傳之賴功力，壽考康寧累萬億(99)。

張衡〈定情賦〉：

歎曰：大火流兮草蟲鳴，繁霜降兮草木零，秋爲期兮時已征，思美人兮愁屏營(100)。

〈思玄賦・系曰〉：

天長地久歲不留，俟河之清祇懷憂，願得遠度以自娛，上下無常窮六區，超踰騰躍絕世俗，飄颻神舉逞所欲，天不可階仙夫希，《柏舟》悄悄吝不飛，松、喬高跱誰能離？結精遠遊使心攜，回志朅來從玄諆，獲我所求夫何思(101)？

馬融〈長笛賦〉：

其辭曰：近世雙笛從羌起，羌人伐竹未及已，龍鳴水中不見已，截竹吹之聲相似，剡其上孔通洞之，裁以當籥便易持，

(99) 《古文苑》，卷五〈漢臣賦九首〉，頁 130。
(100) 《類聚》，卷十八〈人部二・美婦人〉，頁 331。
(101) 《後漢書》，卷五九〈張衡傳〉，頁 688。

易京君明識音律，故本四孔加以一，君明所加孔後出，是謂商聲五音畢(102)。

王延壽〈夢賦·亂曰〉：

齊桓夢物而以霸兮，武丁夜感得賢佐兮，周夢九齡年克百兮，晉文盬腦國以競兮，老子役鬼爲神將兮，轉禍爲福永無恙兮(103)。

蔡邕〈釋誨·歌曰〉：

練余心兮浸太清，滌穢濁兮存正靈，和液暢兮神氣寧，情志泊兮心亭亭，嗜欲息兮無由生……(104)。

不過持前引〈短人賦〉「引譬比偶」的部份與《文心雕龍》卷三〈諧讔〉所舉魏、晉滑稽嘲諷文學中挖苦人的實例：

---

(102) 《文選》，卷十八〈賦壬·音樂下〉，頁 260。

(103) 同注⑫，頁 161-2。《類聚》，卷七九〈靈異部下·夢〉，頁 1357，所引俱無「兮」字，此其一；「而」下多「亦」，「感」下多「而」，使前二句七言轉爲四句四言，此其二；無「年」字，「百」下多「慶」字，致協韻方式變動，顯係受第二點影響，此其三。有關漢人作品「兮」字存省的初步觀察，請參饒宗頤，〈敦煌寫本登樓賦重研〉，《大陸雜誌》二十四卷六期（1962 年），頁 1-2。

(104) 《後漢書》，卷六十下〈蔡邕傳〉，頁 706。

應瑒之鼻方於盜削卵；張華之形比乎握舂杵。

對照，確實類似。而繁欽〈三胡賦〉殘句：

……罽賓之胡面象炙蝟，頂如持囊，隈目赤眥，洞頞卬鼻……頷似䶉皮，色象萎橘(105)。

口氣也差近，然隻斑片羽，頗難斷言。

以滑稽嘲謔爲解釋途徑眞正的棘手處不在於：除了蔡、繁這一兩篇外，其餘賦作都無法由此獲得說明，果眞能將筆者所舉「反」階段諸賦全吸納到滑稽嘲謔文學下，反而麻煩大了。武、宣以後，賦「雍容揄揚」的氣質愈來愈烈，到東京初，班固甚至將「大漢之文章」視同「〈雅〉、〈頌〉之亞也」，「炳焉與三代同風」(106)。這般臺閣風雅的文體如今竟同於最褻慢的、俳優笑詈之途，不以睿智、俊秀、健壯爲可喜，反倒以嘲謔愚拙、醜惡、殘缺求快感，這種倒錯巨變該如何解釋？然則主張滑稽嘲謔說看似與筆者理會不同，實際上它最終還是得乖乖繞回本文提出的解釋模式：時人精神層面出現了異動，只是循它這途徑進行具體詮說時，將愈形複雜，也愈易蹈空，故本文不取。

---

(105) 分見注㉕、《御覽》，卷九六六〈果部三・橘〉，頁 4287。

(106) 以上引文出處俱同注㊵，頁 21-2。

伍

前文除了如上述有須要辯解的地方，另外也有幾點待補充、或可相發明之處。

一，生離、死別、士人自認懷才未仕，雖仕卻陸沈下僚，不克一展抱負，以至得步天衢，偏又遇讒見疏乃古今中外普遍現象，因此屬文發抒(107)，不足為異。古代女性離家遠嫁、已婚煢守空閨，甚至失歡見出，某些中上層女性若因而撰寫閨怨之作(108)，也非什麼奇舉。然而大部份的閨怨賦作是由男性以女性代言人的身份在敘寫，傳統都從託喻角度解讀，以男女關係比配君臣綱目，認為該男性作者在假怨婦、棄婦之口述說自己對所天的怨懟、企慕、忠貞，這不過是男女戀愛包裝的士不遇賦，了無新趣。至於曹丕、潘岳喪知

---

(107) 生離之作，如《類聚》，卷二一〈人部五・友悌〉，頁 390 引曹植〈離思賦〉、〈釋思賦〉，卷二十〈人部十四・別下〉，頁 528-30 引曹丕〈感離賦〉、傅咸〈感別賦〉。

死別之作，如《漢書》，卷九七上〈外戚傳・孝武李夫人傳〉，頁 1684-5，劉徹〈李夫人賦〉；《類聚》，卷三四〈人部十八・哀傷〉，頁 599-60 引曹丕〈悼夭賦〉、曹植〈慰子賦〉，頁 602-3，潘岳〈悼亡賦〉；《文選》，卷十六〈賦辛・哀傷〉，頁 234-7 所收向秀〈思舊賦〉、陸機〈歎逝賦〉、潘岳〈懷舊賦〉。

不遇之作，如《類聚》，卷三十〈人部十四・怨〉，頁 541 引董仲舒〈士不遇賦〉、司馬遷〈悲士不遇賦〉。

(108) 如《漢書》，卷九七下〈外戚傳・孝成班婕妤傳〉，頁 1694-5，班氏〈自悼賦〉；《晉書》，卷三一〈后妃列傳上・左貴嬪傳〉，頁 674，左芬〈離思賦〉；《類聚》，卷三四〈人部十八・哀傷〉，頁 603-4 引鍾琰〈遐思賦〉、孫瓊〈悼艱賦〉。

交，自己不直接寫思友或思舊賦，竟易釵更衫，粉墨登場，用知交髮妻的角色寫〈寡婦賦〉(109)，確似蹊蹺。可是依現代女性主義根據人類學、心理學研究成果的解讀，這與上述戀愛其表、遇不遇其裏的閨怨賦仍屬一丘沙豬：女性不過是個沒主體的道具，男性作者利用這異性媒介物，表達對另一同性的嚮往(110)，媒介兩極的男性或有身份的懸隔（君臣），或爲同等層次（朋友）；彼此交際或爲單純的情義，或爲性愛的戀慕，但都不脫那強化男性間關係的習套。

然而像曹丕、曹植自己寫了〈寡婦〉、〈出婦〉、〈蔡伯喈女〉諸賦，還令王粲、丁廙等並作(111)，就非上述士不遇君、同性戀愛託配男女的解釋模式所能說明的了。一則以曹氏兄弟當時的環

---

(109) 分見《類聚》，卷三四〈人部十八・哀傷〉，頁 600、《文選》，卷十六〈賦辛・哀傷〉，頁 237-40。

(110) Eve Kosofsky Sedgwick, *Between Men：English Literature and Male Homosocial Desire*.（New York：Columbia University Press, 1985）.

(111) 曹丕〈寡婦賦〉出處已見注(109)；曹植〈寡婦賦〉見《文選》，卷二三〈詩丙・哀傷〉，謝靈運〈盧陵王墓下作〉「松柏森已行」注，頁 339；王粲〈寡婦賦〉見《類聚》，卷三四〈人部十八・哀傷〉，頁 601。

《類聚》於王賦後收錄丁廙妻〈寡婦賦〉，然照潘岳〈寡婦賦〉善注所引，「廙」率作「儀」，《初學記》，卷十四〈禮部下・婚姻・辭父母遠兄弟〉，頁 354 則無「妻寡」二字。

今按諸《三國志》，卷十九〈陳思王傳〉，頁 505：「文帝即王位，誅丁儀、丁廙，并其男口」，而賦文中竟有「抱弱子以自慰」、「提孤孩兮出户」語，然則賦題中之「妻」字殆衍，該篇當亦屬丁儀或廙應命之作。

曹丕、曹植、王粲三篇〈出婦賦〉及丁廙之〈蔡伯喈女賦〉分見《類聚》，卷三十〈人部十四・別下〉，頁 528-9、〈怨〉，頁 542。曹丕〈蔡伯喈女賦〉則見《御覽》，卷八○六〈珍寶部五・璧〉，頁 3584。

境，根本沒有不遇的煩惱⑫；再則縱使他們有斷袖之癖，焉有要他人也嗜分桃之理？與其說他們此舉是基於悲天憫人的胸懷，欲天下人同哭，恐怕是爲該事件本身之悲劇性、孤寒美所吸引。讓我們把這差異說得更顯豁點：以往因生離、死別、不遇、見棄作賦，是意圖透過賦寫將那些負面事件引發的情緒感受排遣掉，所謂送窮抒懣，但像曹氏兄弟命人以那些負面事件爲題材作賦時，恐怕在玩味詠歎那些負面事件本身的質性以及其引發的漣漪，以幽怨爲浪漫，視孤寒係奇賞。就賦的類別歸屬而言，他們就不能再算作一般所說的抒情或言志賦了，而是以某種場景、氣氛、情緒爲鋪摛對象的廣義詠物賦。正因如此，作者勢必刻意營造描摹足令讀者欣賞到的哀艷淒美。這與本文所欲指陳東漢中葉以降賦作審美觀的異動過程雖非桴鼓相應，卻也可相映照。這類型的賦巔峰之作就是江淹的〈恨賦〉、〈別賦〉，既「使人意奪神駭，心折骨驚」⑬，又摹寫得香艷絕麗。江淹生平（444－505）與鮑照（約414－466）相銜，賦作

(112) 據《後漢書》，卷八四〈列女傳・陳留董祀妻傳〉，頁999，知蔡琰「在胡中十二年」，不論始沒胡中之年取初平（190-3）中抑興平（194-5）中，蔡氏至遲於建安十一年（206）已歸漢；據《三國志》，卷二一〈王粲傳〉，頁537，知阮「瑀以（建安）十七年（212）卒」、頁533，知王粲於「建安二十一年（216）從征吳，二十二年（217）春道病卒」，則王粲等克應命撰諸賦必在二十一年秋之前。而據《三國志》，卷十九〈陳思王傳〉注引魚豢，《典略》，頁503，建安二十一年曹植二十五歲，〈與楊德祖書〉中尚言之不怍，「庶幾戮力上國，流惠下民，建永世之業，流金石之功，豈徒以翰墨爲勳績」？是建安二十二年十月曹丕被冊爲魏太子前，曹植並無不遇之困境。

(113) 《文選》，卷十六〈賦辛・哀傷〉，江淹〈別賦〉，頁244。

布局、構句、鑄辭也或自覺或不自覺脫胎明遠，故熟精南朝文義的隋、唐人每每江、鮑並稱⑭，如今我們思考側重的部份雖異，卻也一致同歸。

二，如果說人鍾五行之秀氣，故人全幅生命結構乃一小宇宙，則萬物雖氣質有偏，畢竟也能多少體現最高實體的屬性於一二。在這種宇宙論式下詠物，贊其德成爲很難或缺的基調。雖是細物微品，總也要說得它法天契地，故邊韶賦〈塞〉，會說：

> 四道交正，時之則也；棊有十二，律呂極也；人操厥半，六爻列也；赤白色者，分陰陽也；乍亡乍存，像日月也⑮。

禰衡賦〈鸚鵡〉，則曰：

> 體金精之妙質兮，合火德之明煇⑯。

鄭玄賦〈相風〉，乃言：

> 上稽天道陽精之運，表以靈烏，物象其類；下憑地體安貞之德，鎮以金虎，玄成其氣⑰。

---

⑭ 參曹道衡，〈鮑照與江淹〉，《中古文學史論文集續編》（臺北：文津出版社，1994），頁 170-3。

⑮ 《類聚》，卷七四〈巧藝部·塞〉，頁 1280。

⑯ 同注(74)。

⑰ 《御覽》，卷九〈天部九·相風〉，頁 48。

固然由於對最高實體的理會不同，庶物所具特性孰為德、孰非德也會隨之變易，但詠物應贊其德這點則始終被抽象地繼承下來。

不過，按照玄學的思路詠物並非易事。動物中的蚍蜉、植物中的浮萍數量既多，形體又小，故郭璞說「屬莫賤乎螻蟻」(118)；夏侯湛稱萍係「微草」(119)，確合常識。以前者而言，本來就此表彰自天觀之下、遊乎諸境而不傷的優點，所謂「迅雷震而不駭，激風發而不動，虎賁比而不懾，龍劍揮而不恐」，即已足矣，結果卻又繞回自人觀之的老路，輯比古典傳聞，極力誇張蚍蜉的世用：

> 出奇膠於九眞，流赬液其如血，飾人士之喪具，在四隅而交結。濟齊國之窮師兮，由東山之高垤(120)。

以後者來說，正不妨因其「因（冏）纖根以自滋兮，乃逸蕩乎波表」，「紛上下而靡常兮，漂往來其無窮」(121)，顯示「伊弱卉之無心，合至理之冥符」(122)。作者若說俯就世人，儘量從物色方面描繪：

> 散圓葉以舒形兮，發翠綠以含縹，蔭脩魚之華鱗兮，翳蘭池之清潦。

(118) 《類聚》，卷九七〈蟲豸部・蟻〉，頁 1690。

(119) 《初學記》，卷二七〈草部・萍〉，頁 669。

(120) 以上引文出處俱同注(118)。

(121) 同注(119)。

(122) 《類聚》，卷八二〈草部下・萍〉引蘇彥〈浮萍賦〉，頁 1408。

以迎合他們讀詠物賦的慣性期待，倒也罷了，結果竟然從萍無根因而「浮輕善移，勢危易盪」這通識推出名教中人形象：

> 似孤臣之介立，隨排擠之所往，內一志以奉朝分，外結心以絕黨。

就不得不令人感慨習套力量之難擺脫[123]。

　　將方內價值系統中的負面事物賦寫得具有方外的正面意義，固非易事，將那些方內價值系統中的負面事物描繪得別具某種撼人心弦的方內美感，更非命世鴻才不辦。典午文壇因受玄學影響，取《老》、《莊》書中表現道體屬性的象徵物：水、大鵬為題作賦，使文學淪為哲學的婢女，前文已道及，但西晉年間另有一顯然緣七篇風行而熱衷的賦題：朝菌。此物生命脆弱短暫，卻又炫麗多姿，本乃表現淒美的絕佳素材，可令文學大顯獨擅身手，但就今日所見各篇——傅玄、夏侯湛、盧諶三人的〈朝華〉、成公綏的〈日及〉、傅咸的〈舜華〉、潘尼的〈朝菌〉、嵇含的〈朝生暮落樹〉、羊徽的〈木槿〉——佚文[124]，非特不能將悲、艷二者精巧揉合，洞顯美之所以為美必涵脆弱短暫一義，反而不時洋溢一派謳歌的喜感。從好的一面說，他們大暢莊學中小、大各適性的逍遙隱義，甚至可推許彼等將即有限即無限的真恉洽當具象化[125]，但只怕

---

[123]　以上引文出處俱同注[119]。

[124]　《類聚》，卷八九〈木部下・木槿〉，頁1544-5。

[125]　這可以《類聚》，卷八〈水部上・總載水〉，頁150，左芬〈涪漚賦〉為

實情是非驢非馬，糟蹋材料。以這類型的題材作賦，而真正能刻畫出美麗的哀怨的要到南朝了，江淹的〈青苔賦〉⑫⑥可謂個中翹楚，連鮑照的〈飛蛾賦〉⑫⑦，至少以見存部份來看，都要略遜一籌。

三，將上舉「反」、「合」兩階段諸賦中因宴集高會命題共作而出現的那部份撇開，檢視其它各篇作者的籍里、生卒⑫⑧：

- ·南陽西鄂　　張衡　　　78－139
- ·陳留圉縣　　蔡邕　　　133－192
- 　南郡宜城　　王延壽　　14?－16?
- ·潁川　　　　繁欽　　　170?－218
- 　北地泥陽　　傅巽　　　170?－230?⑫⑨

代表。在她的筆下，這種「若凝霜」「稟陰精」而生的水泡非常美，「體珠光之皎皎……色鮮熠以熒熒」。雖然自人觀之，「存不久寄」，「其敗亦以易」，大可悲哀惋惜，但自天觀之，它不斷相禪，「亡不長消」，「其成不欲難」。像水泡這般善「因」、「假物」，又不遁天執跡的生命形態最能表現道綿綿若存的特性，故讚曰較「庶類」「獨靈」。

⑫⑥　《江醴陵集》，張溥輯，《漢魏六朝百三家集》（臺北：文津出版社，1979），第五冊，卷一〈賦〉，頁 3631-2。

⑫⑦　《御覽》，卷九五一〈蟲豸部八·蛾〉，頁 4224。欲適切理解此賦，須參對《類聚》，卷九七〈蟲豸部·蛾〉，支曇諦〈赴火蛾賦〉，頁 1687。

⑫⑧　以下各人生卒年或據各人本傳，或參陸侃如，《中古文學繫年》（北京：人民文學出版社，1985）相關各條，不復一一注明。

⑫⑨　《三國志》，卷六〈劉表傳〉注引《傅子》，頁 249：「巽……辟公府，拜尚書郎，後客荊州……太和中卒。」客荊州當因漢獻帝初平元年至三年（190-2）兩京大亂，前此已起家，則彼時至少當十八歲；太和乃魏明帝年號，共歷七載（227-233）。

·沛國譙縣	曹植	192－232
中山	李康	190?－240?
·陳留尉氏	阮籍	210－263
北地泥陽	傅玄	217－278
太原中都	孫楚	220?－293
·東平	呂安	224?－262 ❿
·東郡白馬	成公綏	231－273
范陽方城	張華	232－300
北地泥陽	傅咸	239－294
·滎陽中牟	潘岳	247－300
·滎陽中牟	潘尼	250?－311
吳郡吳縣	陸機	261－303

並慮及某些人因行止受到的濡染，如：

傅巽二十左右至建安十三年（208）劉琮歸降曹操這段期間都
寓居南郡，日與避亂南依劉表的汝、潁之士盤桓❿。隨曹氏

---

❿ 　據《三國志》，卷二一〈王粲傳〉注引孫盛，《魏氏春秋》及裴氏按語，
頁 543-4、《晉書》，卷四九〈嵇康傳〉，頁 940、942，知安與康俱死於
景元四年（262）。又據戴明揚，《嵇康集校注》（臺北：河洛圖書出版
社，1978），卷二〈與呂長悌絕交書〉，頁 131-2，知康與安兄巽論交在
先，二人「年時相比」，則安至多與康同年。

❿ 　《後漢書》，卷七四下〈劉表傳〉，頁 865：「（荊州）萬里肅清，大小
咸悅而服之，關西、兗、豫學士歸者蓋有千數。」

北歸後，皆以侍中、尚書等供職許、洛至終🔢。

孫楚乃孫資孫。孫資至晚於建安十八年 (213) 魏建國，即司
典宸翰，至嘉平三年 (251) 卒，所謂「掌機密三十餘年」。
其子宏以南陽太守終🔢。是楚早年很可能長於河南，而非太
原。

張華乃劉放婿🔢。劉放自建安十年 (205) 即任職帷幄迄嘉平
二年 (250) 卒，未嘗離京，即使中間有一年多與孫資同遜
位，仍「以列侯朝朔望」🔢。是張華欲得劉放賞識，勢必年
十七、八即至洛下。

昭然可見：這類賦的作者多出自漢季河南一帶，所謂多奇士之汝、
潁🔢及其附近，該區適爲魏、晉新學萌生蓬勃處🔢。且似自正始之
後，是類賦作雖未蔚爲風尚，但其隱涵的重大意義殆已爲某些秀異
察及，致若早期的傅玄、李康，晚期的陸機這些出自舊學深固方域

🔢 《三國志》，卷二一〈傅嘏傳〉，頁 557。

🔢 前揭書，卷十四〈劉放傳〉及注引《孫資別傳》、《孫氏譜》，頁 434、
436-7。

🔢 《晉書》，卷三六〈張華傳〉，頁 751。

🔢 《三國志》，卷十四〈劉放傳〉，頁 433-4、436-7。

🔢 前揭書，卷十四〈郭嘉傳〉，頁 417。

🔢 關於魏、晉新學起於河內，江東學風保守，請參唐長孺，〈讀抱朴子推論
南北學風的異同〉，《魏晉南北朝史論叢》（香港：三聯書店，1955），
頁 361-71；至於所謂荊州學派實沿兩漢舊轍，請參牟潤孫，〈論魏晉以來
之崇尚談辯及其影響〉，《注史齋叢稿》（臺北：臺灣商務印書館，
1990），頁 312-3、319-22。

的人士當接觸到此區文學脈動的新變,也應感揮翰。然而就學術思想論,縱使那些籍隸河南、即後世新學生發處的作家,以現有史料來看,鮮不在兩漢舊轍中。這或許正可顯示:文學、思想的變異可各自進行,雖不免交涉波及,但彼此並無聲響主從的關係。

×　　　　　×　　　　　×

當我們在歷史的此端登高回顧:彼時雖已屆「季秋之辰」❸,萬物仍舊「既美」「既寧」,「如春之卉,如日之升」❸,天地間之純和依然,「妖邪之怪物敢干真人之正度」❹?既有的一切似乎在原地踏步,將「永無恙」下去。誰又能從「微風起涼」❹中依稀聽出後世蕪城之歌的淒厲?

(先於 1997 年 4 月新竹清華大學主辦之「第一屆中國古典文學國際研討會——先秦至南宋」上宣讀,後發表於中央研究院《中國文哲研究集刊》12 期,1998 年 3 月)

---

❸　同注❺,頁 134。

❸　同注❷,頁 139。

❹　同注⓬,頁 160-1。

❹　同注❸。

國家圖書館出版品預行編目資料

習賦椎輪記

朱曉海著.—初版.— 臺北市：臺灣學生，1999(民 88)
面；公分

ISBN 957-15-0936-1 (精裝)
ISBN 957-15-0937-X (平裝)

1.辭賦 – 評論

822.8　　　　　　　　　　　　　　　　　88001864

習賦椎輪記（全一冊）

著　作　者：朱　　　曉　　　海
出　版　者：臺　灣　學　生　書　局
發　行　人：孫　　　善　　　治
發　行　所：臺　灣　學　生　書　局
　　　　　　臺北市和平東路一段一九八號
　　　　　　郵政劃撥帳號００○２４６６８號
　　　　　　電　話：（０２）２３６３４１５６
　　　　　　傳　真：（０２）２３６３６３３４
本書局登
記證字號：行政院新聞局局版北市業字第玖捌壹號
印　刷　所：宏　輝　彩　色　印　刷　公　司
　　　　　　中和市永和路三六三巷四二號
　　　　　　電　話：（０２）２２２６８８５３

定價：精裝新臺幣三三○元
　　　平裝新臺幣二六○元

西元一九九九年三月初版

82208